Présence du Fantastique / 61

Les Archives des Dracula

RAYMOND RUDORFF

Les Archives des Dracula

roman traduit de l'anglais
par Jane Fillion

DENOËL

Titre original :

THE DRACULA ARCHIVES
(A.M. Heath and C° Ltd, Londres)

Ce roman est paru pour la première fois
en français
aux Éditions Planète / Denoël en 1971.

9, rue du Cherche-Midi, 75006 Paris
ISBN 2-207-24636-1
B 24636-7

À mon père
À John Watson
Et en hommage à Bram Stoker

Écrit par une main inconnue

Que les gens me croient fou, me trouvent bizarre... peu m'importe. Ce que les médecins appelleraient peut-être démence n'est en réalité chez moi que fidélité à une obsession — obsession qui date de l'époque où je lus le *Dracula* de Bram Stoker, publié pour la première fois en 1897 et réédité à de nombreuses reprises dans le monde entier. Depuis ma première rencontre avec ce redoutable personnage, le comte Dracula, lentement, silencieusement, insidieusement grandit en moi l'obsession qui désormais gouverna ma vie. La terrifiante, la ténébreuse personnalité du comte hanta dès lors mes nuits et mes rêves.

Si l'éventuel lecteur de ces lignes ignore le thème de ce « roman » — c'est sciemment que je mets ce mot entre guillemets — qu'il lui suffise de savoir qu'il traite de l'épouvantable aventure que vécut un jeune avoué, Jonathan Harker, qui invité à titre professionnel au château du comte Dracula, en Transylvanie, découvrit que son client n'était autre qu'un vampire, un de ces morts-vivants qui ne survivent qu'en suçant le sang d'êtres humains. Par des extraits de journaux intimes et des lettres, nous apprîmes que la « chose » monstrueuse s'était introduite par ruse en Angleterre dans le sombre propos d'étendre son domaine et de souiller des âmes innocentes en leur communiquant son vampirisme. Finalement, traqué dans son repaire de Transylvanie, il fut abattu par les héros de ce récit, et tout particulièrement par le très savant docteur Abraham van Helsing.

Depuis des temps immémoriaux les hommes ont aspiré à l'immortalité et à la maîtrise de ces puissances que sont la vie et la mort. Je crois, pour ma part, que le comte Dracula était près d'y parvenir lorsqu'il subit lui-même le sort tragique des morts-vivants. Nous savons hélas peu de chose de l'ascendance et des origines du comte, et nous ignorons comment il fut amené à mener l'existence d'un vampire, car Stoker ne se réfère que brièvement aux hauts faits de la lignée des Dracula. C'est donc à moi qu'incombait la tâche d'explorer ce sombre et sanglant passé. Je dirai plutôt, et c'est là mon intime conviction, que j'ai su dès le début que j'étais prédestiné à accomplir cette tâche, et que pour des raisons relevant du royaume des ténèbres et de la mort, je ne pouvais m'y dérober.

L'obsession dont je parle était profondément ancrée en moi avant même la bouleversante révélation que m'apporta la lecture de l'ouvrage de Stoker. Ce que je n'avais fait que pressentir, Stoker le laissait clairement entendre. La voie qu'il avait ouverte, je me suis senti dans l'obligation de la suivre jusqu'au bout.

J'ai peut-être le cerveau dérangé, mais qui pourrait nier l'obstination, la méthode que j'ai mises à explorer d'obscures et poussiéreuses archives, de funestes sépultures jusqu'à ce que je sois enfin à même de reconstituer ces sombres annales. Les gens se sont ri de me voir hanter le British Museum et d'autres importantes bibliothèques ; dépenser jusqu'à mes dernières livres pour me rendre en des pays étrangers ; ignorer les contingences. On m'a reproché de négliger ma tenue, ma famille, mes amis, et de me complaire en la compagnie d'êtres encore plus bizarres que moi, qui partageaient mes convictions et attisaient mon zèle.

Rien de tout cela n'a compté pour moi. Je n'ai fait que me gausser de la suffisance d'un van Helsing et de ses amis, car je me rendais compte que leurs découvertes n'étaient qu'un commencement et que leur tâche n'était encore qu'à demi accomplie. Tout ce que j'ai mis au jour est venu étayer mes théories, qu'on avait prises pour les errements d'un intellectuel à l'esprit dérangé ; venu confirmer la véracité de la relation dont Stoker avait tenté en vain de faire admettre l'authenticité par un public incrédule et qu'il se décida finalement à publier sous forme de roman. Ce dont il n'avait pas conscience et qui s'est révélé d'une importance vitale pour permettre de faire toute la lumière sur ce mystère, c'est grâce à un labeur assidu que je l'ai découvert. J'ai été guidé à la fois par mon intuition et par la conviction qu'il n'existait pas de sacrifices, d'épreuves et d'humiliations trop durs pour me procurer les moyens d'effectuer le long voyage jusqu'au col Borgo, ce lieu hanté des Carpates, et d'explorer les salles désertes de ce château fort en ruine, de ce nid d'aigle que, chose étrange, les guides touristiques omettent de signaler. J'ai reçu comme un appel qui m'est venu d'au-delà des mers, des ténèbres et des siècles. J'y ai répondu et suis resté en union étroite avec ce qui gît au-delà du tombeau. Je suis parvenu maintenant au seuil de la victoire finale. Les documents sont là pour en témoigner. Qui pourrait encore mettre ma bonne foi en doute ?

L'ultime confession de Franz von Langenfels
Septembre 1876

Je ne puis plus supporter le poids de mes effrayants souvenirs et de mes fautes. Au cours des mois qui suivirent les terribles événements que ma conscience me pousse à révéler, aucun malheureux mortel n'a été plus que moi inlassablement poursuivi par de vengeresses furies, d'abominables cauchemars, après cette terrible nuit où ma jeunesse, ma gaieté et ma raison m'abandonnèrent pour toujours. J'aurai beau le tenter, jamais je ne pourrai, et d'ailleurs je ne le souhaite pas, effacer de ma mémoire cette scène dantesque. Ce que j'ai emporté lorsque nous nous sommes enfuis sera enterré avec moi en un lieu où nul ne le retrouvera. Cependant cette nuit fatale m'apparaît encore dans toute son horreur, et chacun de mes jours n'est qu'une longue agonie faite d'angoisse et de sinistres pressentiments... Avant que ne sombre dans la démence le peu de raison qui me reste encore, ou que je mette fin à ma lamentable existence en avalant quelque drogue que me fournira un apothicaire complaisant, laissez-moi révéler ce que furent nos agissements et comment Karl trouva la mort. Que le Dieu de miséricorde nous accorde à tous son pardon !

Karl, Reinhold et moi étions de joyeux étudiants. Lecteur, si tu connais l'université de Vienne, les charmes de cette cité et les innombrables plaisirs qu'elle offre à des fils de familles fortunés, tu comprendras aisément que les études académiques ne représentaient qu'une faible part de nos activités. Nous nous retrouvions tous les soirs pour faire bombance et chercher l'aventure dans les rues étroites et tortueuses de la vieille ville. Nous avions pour compagnons des poètes et des peintres, mais aussi de mauvais garçons, des vauriens. Aucune taverne, si mal famée fût-elle, ne nous était inconnue. Parmi les disciples de Vénus et de Bacchus, nous étions les plus ardents. Nous buvions, plaisantions, lutinions les filles, nous battions en duel, risquions notre argent dans les tripots, n'accordant pas une pensée au lendemain tant que nos parents nous pourvoyaient en *krôner,* que nous étions vêtus à la dernière mode et que nous échappions aux foudres des autorités.

Au bout d'un certain temps nous tombâmes toujours plus bas dans la débauche. Entraînés sur la pente fatale du vice, nous en arrivâmes tous les trois à ne même plus respecter les simples règles de la décence. Échappant à la vigilance de nos maîtres et de la police, nous nous livrions, nuit après nuit, aux plus folles orgies, hantant avec de nouvelles recrues et une ardeur toujours renouvelée les pires bouges.

Finalement, comme nous devions nous y attendre, le bruit de nos débordements parvint aux oreilles de nos parents bien que nous eussions pris soin d'en dissimuler le pire. Nous reçûmes de sévères mises en garde, des menaces d'expulsion, on nous mit à la portion congrue, et les examens qui approchaient projetèrent une ombre menaçante sur nos folles nuits. Nous nous plongeâmes tardivement dans nos manuels et grâce à des semaines de travail assidu nous passâmes nos examens et célébrâmes nos succès en nous livrant à des extravagances sans précédent, car nos parents, nous voyant nous amender, avaient de nouveau délié les cordons de leur bourse. Mais des mois de débauche suivis d'efforts acharnés se prolongeant tard dans la nuit avaient prélevé leur dîme sur notre résistance physique. N'éprouvant aucun désir, pour le moment tout au moins, de nous replonger dans notre vie de débauche, nous résistâmes aux invites des lorettes et des catins et décidâmes de partir excursionner dans les montagnes et les forêts pour nous replonger au sein de notre mère, la nature, et reprendre des forces au milieu de paysages d'une paisible beauté et d'une majestueuse grandeur.

Après avoir parcouru pendant un mois les régions forestières et montagneuses de Styrie, nous poussâmes plus loin et arrivâmes dans la ville de Presbourg. Nous passâmes la nuit à l'hostellerie de l'*Aigle rouge* où l'on nous servit un excellent dîner accompagné de nombreuses bouteilles d'un vin exquis et réputé, puis ayant loué des chevaux frais nous continuâmes notre route en direction du nord. Nous arrivâmes deux jours plus tard à un petit village sis dans la vallée de la Waag dont nous avions suivi le cours, et prîmes des chambres pour la nuit dans l'unique auberge de l'endroit. Nous nagions dans le bonheur. Tandis que nous chevauchions, Karl n'avait cessé de nous chanter de vieilles ballades, Reinhold de nous régaler d'histoires comiques et de souvenirs savoureux, et moi de déclamer les vers de nos poètes préférés. Il faisait un temps magnifique et le paysage pittoresque aurait fait les délices d'un peintre. De chaque côté de la route se dressaient ici et là les ruines imposantes des nombreux forts qui, dans les temps anciens, avaient protégé la région contre les déprédations de l'envahisseur turc. Mais une des ruines éveilla tout particulièrement notre intérêt. Ce château fort, bâti sur un éperon rocheux, dominait le village, et bien qu'à moitié détruit, ses hautes murailles, ses remparts en partie écroulés, son donjon massif conservaient un peu de leur ancienne splendeur.

« J'aimerais grimper jusque là-haut et explorer ces ruines ! s'exclama Karl avec enthousiasme.

— Et moi j'aimerais les dessiner au clair de lune, déclara Reinhold qui montrait un réel don pour les esquisses à la manière romantique.

— Je jurerais qu'il est hanté », dis-je à mon tour.

Nous résolûmes de monter le lendemain jusqu'à ces ruines. Ce projet qui devait nous coûter si cher, nous le conçûmes hélas ce soir-là. Nous avions fait un copieux repas arrosé des meilleurs crus de notre aubergiste, lorsque Reinhold l'invita à venir à notre table et se mit à le questionner sur ce château en ruine que nous nous proposions de visiter. Le brave homme, tout assombri, s'écria :

« Vous ne le savez donc pas, mes jeunes messieurs ? C'est un lieu maudit ! »

Cette réponse ne fit qu'attiser notre curiosité.

« Oui, reprit l'aubergiste non sans une certaine complaisance, ce château a une sinistre réputation. Il aurait appartenu autrefois à une grande dame... une comtesse. Mais une comtesse terriblement malfaisante ! Une grande dame, mais cruelle !

— Et comment se manifestait la cruauté de cette comtesse ? » demandai-je.

L'aubergiste observa un silence pour mieux nous impressionner puis dit enfin, à mi-voix, en prenant des airs de conspirateur :

« C'était, dit-on, une criminelle. Tandis que son mari guerroyait au loin, elle attirait dans son château de toutes jeunes filles et... »

Il se tut, se signa.

« Et quoi ?... fis-je, haletant.

— Dieu me pardonne, mes jeunes messieurs, mais le bruit court qu'elle buvait leur sang, qu'elle se baignait même dans leur sang, persuadée qu'elle conserverait ainsi sa beauté et prolongerait sa vie.

— Mais c'est la comtesse Bathory ! » s'écria Reinhold tout excité. Et comme nous nous tournions vers notre ami dont le visage reflétait un intérêt passionné, il ajouta à l'adresse de l'aubergiste : « C'est son château, n'est-ce pas ?

— Je crois en effet que tel était son nom, reconnut l'excellent homme.

— Je connais son histoire, nous dit Reinhold, mais j'ignorais que ce fût là son château. Oui, mes amis, nous nous y rendrons dès demain.

— Demain, lui fit observer l'aubergiste, des ouvriers y travailleront. Ce sont les ruines d'un château historique et les autorités ont chargé ces ouvriers maçons d'abattre une partie de la tour et un mur qui menacent de s'écrouler et présenteraient un danger pour des visiteurs tels que vous.

— Cela ne me convient nullement, se renfrogna Reinhold. Dans ce cas, nous nous y rendrons de nuit !

— Mes jeunes messieurs, ne faites pas une chose pareille ! s'exclama l'aubergiste. On dit que des esprits malfaisants hantent ces ruines. Tout le monde les fuit, à l'exception de quelques voyageurs curieux tels que vous. Ce fut un lieu de folie sanguinaire et qui sait ce qu'aujourd'hui encore on risque d'y trouver. De plus, le sentier qui y conduit est rude et escarpé. Je ne m'y rendrais pas moi-même pour tout l'or du monde, bien que certains racontent qu'un trésor y est caché.

— Eh bien nous, nous nous y rendrons, affirma Reinhold. Karl ! Franz ! M'y accompagnerez-vous ? Je vous conterai là-haut cette sombre histoire et s'il s'y trouve des fantômes... nous leur lancerons un défi ! Êtes-vous d'accord ? »

Plein d'ardeur, il nous questionna du regard tandis que l'aubergiste levait les bras au ciel et nous implorait de ne pas nous lancer dans une si folle et si périlleuse aventure. Karl et moi nous hâtâmes de donner à Reinhold notre assentiment, tout échauffés que nous étions par tout le vin que nous avions bu. Refusant de tenir compte de la mise en garde et des sombres pressentiments de l'aubergiste, nous décidâmes de visiter et d'explorer les ruines le lendemain soir, après le départ des ouvriers. Cette décision prise, nous commandâmes de nouvelles bouteilles pour boire au succès de notre aventure. Ce fut alors qu'une nouvelle idée se présenta insidieusement à nous. Bravant toute superstition, nous riant des craintes des villageois, et afin de donner plus de piment à cette expédition et à nos vacances, non seulement nous visiterions le château en fin de journée, mais nous y passerions la nuit. Nous nous refusions depuis trop longtemps toute extravagance. La sinistre réputation de ce château en ruine provoquerait en nous de nouvelles sensations, aiguiserait nos sens émoussés par un excès de dissipation. Nous emporterions provisions et boissons, nous raconterions de terrifiques histoires, défiant fantômes ou spectres de nous apparaître et de donner ainsi corps aux légendes locales. Ce projet éveilla en nous un tel enthousiasme que l'idée d'aller nous coucher ne nous effleura pas et que nous passâmes une heure à délibérer, ravis d'avoir conçu un plan aussi original, et tout excités à la pensée du trésor enfoui auquel Reinhold avait fait une si mystérieuse allusion. Un château en ruine, théâtre de crimes atroces, une comtesse perverse assoiffée de sang... à notre plaisir morbide s'ajouterait cet exquis aiguillon qu'est la peur.

« Qui d'entre nous n'a pas aspiré à connaître un jour les délicieuses terreurs du surnaturel ? fit remarquer Reinhold. N'ajouterons-nous pas à la somme de nos expériences en bravant ensemble la nuit et les terreurs qu'elle est censée porter dans son sein ?

— Cette idée est des plus poétiques, marmonna Karl que les vapeurs du vin engourdissaient.

— Aucun être doué de quelque sens artistique ne laisserait échapper une telle occasion », ajoutai-je d'un ton solennel.

Sur quoi nous échangeâmes de vibrantes poignées de main pour sceller notre accord et nous nous retirâmes pour la nuit.

Le lendemain, en dépit des mises en garde de l'aubergiste, nous louâmes un mulet, nous nous munîmes de provisions et de vin, ainsi que de lanternes et de quelques outils. Nous attendîmes pour nous engager dans le chemin escarpé menant au château que le dernier ouvrier en soit descendu, nous refusant à tenir compte des avertissements qu'il nous lançait. La montée nous prit près d'une heure et déjà le soleil descendait à l'horizon. Vues de plus près, les murailles de cet immense château fort semblaient moins ruinées que nous le pensions. L'air sévère de cette masse imposante, qui se dressait, majestueuse, sur un roc désolé, la sauvage beauté du paysage, tout parlait au poète et à l'artiste. On ne pouvait imaginer lieu mieux choisi pour évoquer des crimes abominables ou voir apparaître de mystérieux fantômes.

Le soleil n'avait pas encore disparu derrière la crête des lointaines collines, lorsque nous arrivâmes à l'entrée principale. Des piles de gravats s'amoncelaient sur le sol rocheux, au pied des murailles, mais le donjon et une partie des bâtiments intérieurs avaient conservé leur toiture. Nombre de fenêtres béantes et de recoins obscurs excitèrent notre curiosité et nous incitèrent à explorer ces lieux. Après avoir attaché notre mulet dans la cour d'honneur, nous entreprîmes immédiatement de chercher un endroit favorable à notre veille et à notre festin nocturne. Ayant franchi un porche en ogive, nous pénétrâmes dans une salle voûtée de belles dimensions, entièrement nue, aux murs vierges de toute décoration. Dans un angle une porte entrouverte donnait sur un escalier menant aux appartements de l'étage supérieur. Un regard au plafond voûté nous ayant assuré que nous ne courrions pas le danger de recevoir sur la tête une pluie de gravats, nous gravîmes les marches de l'escalier en colimaçon et arrivâmes dans une petite salle dégradée dont un des murs était à moitié écroulé. Une vaste cheminée de pierre avait cependant subsisté, surmontée d'un blason à demi effacé.

« Les armes des Bathory, nous dit Reinhold qui, chose curieuse, semblait connaître à fond ce sujet.

— Que sais-tu de cette famille ? demanda Karl, fort impressionné.

— Patientez encore, répondit Reinhold d'un ton mystérieux. Ce récit tout plein de bruit, de terreur et de mort ne peut être fait, en un lieu aussi désert que celui-ci, qu'à minuit, et à la lueur des torches. Oui, soyez patients, car ce que je conterai vous fera passer un frisson dans le dos et glacera le sang dans vos veines avant que le soleil ne se lève ! »

Son regard étincelant, tout animé d'une joie impie, eût déconcerté tout autre que nous qui n'ignorions rien de son imagination débridée et de son intérêt passionné pour le *morbide* et l'*horrible.*

« Auriez-vous peur, par hasard ? nous demanda-t-il, non sans ironie.

— Pas le moins du monde », déclara Karl d'un air crâne, mais nous n'en sondâmes pas moins les ténèbres.

Nous redescendîmes dans la vaste salle et profitâmes des dernières lueurs du jour pour entreprendre une exploration systématique du château. Certaines marches s'étaient écroulées, mais dans une tour d'angle nous tombâmes sur une massive porte de chêne aux gonds rouillés et à l'énorme serrure. Nous refusant à laisser un pouce de cet édifice inexploré, nous tentâmes d'ouvrir cette porte qui résista à tous nos efforts jusqu'à ce que Reinhold en brise la serrure au moyen d'un débris de pierre. Le battant céda, dévoilant un autre escalier qui nous mena à l'étage supérieur. Là nous attendait une étrange surprise. Là où un long couloir aurait dû conduire à une série d'appartements se dressait un mur épais, destiné, semblait-il, à condamner les chambres dont il bloquait l'entrée. Au centre de ce mur était aménagée une ouverture en dents de scie juste assez haute et assez large pour qu'un homme y passe sans baisser la tête. Au pied de cette ouverture quelques outils de fabrication ancienne, recouverts d'une épaisse couche de poussière, semblaient avoir été abandonnés par des ouvriers maçons qui, leur tâche accomplie s'étaient enfuis, laissant leur matériel derrière eux.

Franchissant cette ouverture, nous nous trouvâmes devant une autre porte, mais ouverte, celle-là. Elle donnait sur deux autres salles, d'égale grandeur, puis sur une troisième, de vastes dimensions, de forme octogonale, plongée dans une épaisse obscurité. Allumant nos chandelles, nous constatâmes que les fenêtres en avaient été aveuglées par des briques et qu'elle renfermait encore quelques meubles, les vestiges d'un lit, des loques moisies, des torchères, une table, et quelques objets à usage domestique prouvant que dans des temps anciens elle avait été habitée.

« Ha, ha ! s'exclama Reinhold, c'est donc là qu'elle a passé ses derniers jours !

— Qui donc ?

— La comtesse ! Qui d'autre ? Ce fut là sa dernière résidence.

— Combien de temps y vécut-elle ? » demandai-je, sentant un frisson me gagner dans l'atmosphère funèbre de cette salle aux fenêtres aveuglées, de cette prison, car ce n'était rien autre que cela.

« Je vous le dirai tout à l'heure », nous promit Reinhold ; sur quoi nous gardâmes le silence.

À travers les épaisses murailles nous parvenait l'écho affaibli du vent du soir. Considérant les pathétiques reliques que contenait cette salle octogonale, je fus envahi d'un étrange malaise. Il se dégageait quelque chose d'indiciblement angoissant et oppressant de cette salle où régnait depuis des siècles une totale obscurité. J'imaginais son unique occupante, coupée à jamais de la lumière du jour, retranchée du monde extérieur, traînant une existence misérable dans un silence sépulcral. Non, jamais aucun ermite n'avait vécu dans un lieu aussi horrible, aussi déprimant, et aucune geôle n'exhalait d'aussi atroces relents. La désespérance, la vanité de tout, le vide affreux d'une existence vaine... seule la mort pouvait y mettre fin. Tel était le message que me transmettait la dernière demeure de cette morte vivante.

« Suivez-moi », dit Reinhold d'un ton de commandement, comme s'il était le chef de notre expédition, ce qui d'ailleurs était le cas.

Redescendant de la tour, nous vîmes que le soleil avait disparu à l'horizon. Dans l'ombre des remparts s'éleva le ululement d'une chouette qui rendit plus lugubre encore l'atmosphère. Traversant la cour d'honneur, nous prîmes dans le bât de notre mulet les lanternes dont nous nous étions munis et reprîmes notre marche aventureuse dans le crépuscule qui allait s'épaississant. Nous nous frayâmes un chemin à travers un réseau de couloirs, de salles voûtées. Çà et là des brèches dans les murs nous permettaient d'apercevoir un coin de ciel étoilé, la lune blême, puis nous retombions dans des salles plongées dans la plus profonde obscurité. Pas le moindre signe de vie dans ce dédale, à part le mélancolique ululement de la chouette, les soupirs d'une tiède brise d'été et le bruit de nos pas assourdi par une épaisse couche de poussière. Tout, autour de nous, n'était que pourriture et poussière des siècles, tandis que nous parcourions ce château maudit d'où toute vie s'était enfuie deux siècles plus tôt. Il semblait n'y avoir pas de fin à ce labyrinthe, mais grâce à Dieu nous émergeâmes finalement dans une salle haute de plafond, plus vaste encore que celle d'où nous étions partis pour nous livrer à nos pérégrinations. Dans un des murs s'ouvraient de hautes fenêtres en ogive. De faibles rayons de lune filtrant à travers les vitraux encrassés nous permirent de distinguer une longue table de chêne massif, quelques chaises et tabourets, des lambeaux de tapisserie ayant résisté aux ravages du temps et, accrochées aux murs, de lourdes épées et des lances. Au fond de cette vaste salle se dressait une estrade, sorte de galerie de bois à demi effondrée, flanquée de chaque côté d'un passage voûté. À chaque bout de la table étaient posés d'immenses candélabres de fer forgé où nous accrochâmes nos lanternes.

« C'est là que nous tiendrons nos assises et que nous festoierons ! s'exclama Reinhold. Mais poursuivons d'abord notre exploration ! »

En raison du plan bizarre et du dessin capricieux du château, nous étions arrivés dans une partie de l'édifice qui avait jusque-là échappé à notre attention et qui semblait plus étendue que nous ne le pensions. Après avoir franchi le passage voûté qui s'ouvrait sur notre droite, nous découvrîmes une volée de larges marches descendantes et nous nous engageâmes sans hésitation dans ce qui devait aboutir dans les souterrains. Du pied de ce large escalier partaient une multitude de petites salles voûtées qui avaient dû autrefois servir de réserves et sans nul doute d'abris aux vassaux et aux villageois en temps de guerre ou de siège. Je fus envahi d'une infinie tristesse tandis que nous allions lentement d'une cave à l'autre, posant nos pieds là où nul mortel ne les avait posés depuis des siècles et où rien, pas même la course rapide d'un rat, ne venait briser le silence de ces catacombes. Cependant, en dépit de l'aspect déprimant de ces lieux, Reinhold n'avait rien perdu de son ardeur ni de son désir de poursuivre sa quête, levant haut sa lanterne, scrutant chaque salle comme s'il s'attendait à quelque prodigieuse découverte. Ses yeux brillèrent d'un éclat inquiétant lorsque, ayant parcouru un nombre incalculable des petites salles que contenait cette crypte, nous arrivâmes devant une porte voûtée. En proie à une fiévreuse excitation, il tenta de l'ouvrir, mais elle résista à tous ses efforts.

« Il nous faudra revenir, nous dit-il, munis des outils que nous avons emportés. Patience ! La nuit est jeune encore. Qu'il nous suffise de savoir que nous avons découvert par où nous devons commencer notre quête. »

Quelque peu éprouvés par la rude montée jusqu'au château et nos interminables errances à l'intérieur nous acceptâmes avec joie l'idée d'attendre, pour reprendre nos explorations, de nous être rafraîchis et d'avoir pris quelque repos. Nous décidâmes de festoyer dans la grande salle. Après avoir débarrassé la table et les sièges de leur poussière nous allâmes chercher les paniers accrochés au dos de notre mulet et ainsi commença le festin le plus étrange que nous ayons fait de toute notre vie. Grâce aux mets fins que nous avions apportés, arrosés de nobles crus, notre humeur ne tarda pas à se faire joyeuse tandis que nous nous portions mutuellement des toasts à la lumière des chandelles que nous avions plantées dans les hauts candélabres de fer forgé, et d'une lanterne suspendue par nos soins à un crochet planté dans un mur. Nous formâmes bientôt un véritable îlot de vie et de gaieté au milieu de la mer de désolation et de ténèbres qui nous entourait. Nos craintes s'apaisèrent à mesure que nous vidions de nombreuses bouteilles et nous interrompions parfois nos discours pour nous extasier sur l'originalité de notre aventure, le courageux défi que nous lancions à toute superstition ou prendre un plaisir tout esthétique à voir nos ombres géantes se profiler, dansantes, sur les murs où subsistaient encore des lambeaux de tapisseries.

Nous en arrivâmes enfin au tokay et ouvrîmes la première des bouteilles de ce vin précieux que nous avions eu soin d'emporter avec nous. C'est avec solennité que nous en emplîmes nos gobelets. Sur un signe de Reinhold, nous nous levâmes et portâmes le toast qu'il nous proposait d'un ton respectueux.

« À la comtesse Bathory, châtelaine de ces lieux ! »

Mais qu'en était-il de cette comtesse à la sinistre réputation ? Reinhold ne nous fit pas languir plus longtemps.

« Messieurs et chers compagnons, dit-il gravement en reposant son gobelet après avoir avalé une large lampée, nous sommes, depuis plus de deux cents ans, les premiers mortels — si nous exceptons les quelques ouvriers qui travaillent dans son enceinte — à pénétrer dans ces murs. Comme nous le savons, ce château a été non seulement abandonné, tous l'ont fui comme la peste depuis la mort de la châtelaine dont je vais vous narrer la vie... cette vie sur laquelle vous avez déjà quelques lumières. Vous et moi marchons avec notre temps et avons rejeté toute superstition, mais pour les simples gens de la région il n'existe pas au monde de lieu plus sinistre, sur lequel pèse une pire malédiction et qui soit davantage hanté par le Malin et ses thuriféraires. Mais laissons de côté on-dit et légende et arrivons-en aux faits historiques. J'ignore si des fantômes et des esprits démoniaques hantent ce château, mais je resterai encore en dessous de la vérité en vous affirmant que l'Enfer lui-même ne recèle pas d'âmes damnées plus infâmes que la noble Elisabeth Bathory, sœur et cousine de rois et épouse d'un des plus nobles capitaines qu'ait comptés la Hongrie. »

Il se tut, avala de nouveau une profonde lampée puis reprit :

« Elisabeth naquit dans la noble demeure des Bathory. Son père se réclamait d'une des plus illustres lignées du pays qui se glorifiait de compter nombre de guerriers célèbres pour leur valeur et leur bravoure. Nous savons peu de chose de sa mère que certains disaient d'origine bohémienne. L'époque était troublée par des guerres et de constantes luttes intestines. Des siècles de combats sauvages, la menace perpétuelle que représentaient les Turcs, ces infidèles, tout contribuait à former des hommes durs violents, impitoyables, capables d'actes de cruauté qui dépassent l'imagination des gens plus civilisés que nous sommes. Or, de par son père, Elisabeth comptait parmi ses ancêtres les plus cruels d'entre eux. Un sang chargé d'une sinistre hérédité courait dans leurs veines... depuis, disait-on, qu'un des leurs avait contracté une alliance lourde de fatales conséquences. Nombre de ses aïeux avaient sombré dans la démence pour s'être livrés aux plus extravagantes folies et aux plus atroces cruautés. Certains des Bathory étaient atteints d'épilepsie ; l'un d'eux se prétendait possédé du démon ; l'incroyable férocité d'un autre n'avait d'égale que son monstrueux appétit charnel qu'il satisfaisait sans se soucier de l'âge ou du sexe de ses victimes. À ces sombres vices venaient s'ajouter chez eux une soif insatiable de richesse, une basse cupidité, mais en dépit de leur nature corrompue le courage qu'ils déployaient sur les champs de bataille leur valut dans l'Empire des situations éminentes, leur attira faveur royale et privilèges, et il en fut de même du père d'Elisabeth qui nourrissait pour sa fille les plus grands espoirs.

« Tout enfant déjà elle promettait d'être une véritable beauté. Son enfance fut solitaire car elle n'avait pour toute compagnie que des servantes âgées qu'on disait fort versées dans les légendes locales. Elles lui transmirent nombre des étranges superstitions et croyances qui exerçaient sur bien des âmes une plus forte emprise que la foi chrétienne. On disait la région peuplée de monstres, de dragons et de loups-garous. Dans les forêts s'ébattaient lutins et farfadets et chaque village recelait une vieille sorcière qui marmonnait des incantations et invoquait les Puissances des Ténèbres tout en préparant de douteux breuvages. On disait aussi qu'au plus noir de la nuit, au sommet des collines, on rendait un culte au Malin et à des dieux païens que vénéraient encore les rudes et primitifs montagnards.

« Ces redoutables vieilles durent révéler à Elisabeth bien des secrets, mais à mesure que les années s'écoulaient elle se fit plus hautaine, plus distante, ne se confiant à personne, dissimulant ses sentiments derrière une expression impénétrable, son regard même ne révélant rien de ses états d'âme. Dans son visage d'une blancheur de lis, ses grands yeux sombres brillaient d'un éclat inquiétant. Elle était d'une saisissante beauté. Les hommes s'extasiaient devant la finesse de sa peau, la noblesse de ses traits, sa luxuriante chevelure, ses longs doigts effilés qui ne semblaient destinés à d'autres tâches que de pincer les cordes d'un luth et de jouer avec des pierres précieuses, seule passion qu'elle laissât paraître.

« Son étrange et troublante beauté attirait au château des Bathory de nombreux soupirants. On la fiança finalement à un noble guerrier hongrois, Ferencz Nadasdy, qui avait de grands biens, jouissait des faveurs de l'empereur et avait maintes fois guerroyé à la tête d'armées contre les Turcs. Lorsque la nouvelle parvint au château que l'empereur approuvait cette union, Elisabeth, retirée en ses appartements, vêtue d'une de ses innombrables et somptueuses robes et assise devant son miroir, était en train de s'admirer tout en caressant ses longues tresses flottantes. "Qu'il en soit ainsi", dit-elle lorsqu'on vint lui annoncer l'insigne honneur qui lui était fait, et plus jamais la moindre remarque à ce sujet ne franchit ses lèvres. Elle était pour tous une énigme, et plus encore pour le triomphant Nadasdy. Elle passait de longues heures dans ses appartements à songer, assise près de la fenêtre, ou à chanter d'étranges ballades que lui avait enseignées une de ses vieilles servantes — une paysanne de Bohême aux paroles si étranges qu'en les entendant ses serviteurs se signaient. Une fois, au grand étonnement des siens, on signala dans la région l'arrivée inexplicable d'une horde de loups bien avant que les neiges d'hiver les aient chassés des hauteurs forestières. Comme les chasseurs les poursuivaient jusqu'au pied même du château, ils entendirent Elisabeth adresser d'une meurtrière, dans une langue inconnue de tous, des paroles incompréhensibles à un loup gigantesque assis sur son arrière-train au pied de la tour, loup qui ne s'enfuit que lorsque les chasseurs furent sur le point de l'égorger. Il lui arrivait également de se promener seule dans les bois environnants et d'en revenir saine et sauve, sereine, un sourire énigmatique se jouant sur ses lèvres délicatement modelées, une lueur de braise couvant dans ses yeux sombres. »

Reinhold se tut, plongea son regard dans le fond de son verre. Je le lui remplis de vin tandis que Karl ouvrait une nouvelle bouteille. La chouette avait cessé d'ululer et autour de nous régnait le plus complet silence... un silence aussi dense et impénétrable que les ténèbres qui obscurcissaient la salle octogonale que nous avions visitée quelques heures plus tôt.

« Elle devint pour tous un mystère, poursuivit Reinhold, et nul sphinx ne garda plus jalousement son secret. Le jour des noces arriva et les assistants, éblouis, ne purent qu'admirer Elisabeth dont la beauté ne fut jamais plus éclatante qu'au moment où elle pénétra dans la chapelle, vêtue d'une chatoyante robe de satin blanc, rebrodée de perles et de pierres précieuses. Et c'est ainsi qu'elle arriva dans le château de son seigneur où elle devait passer le plus clair de ses jours... ce château même où nous scellons de nouveau notre amitié et lançons un défi à tous les fantômes !

— À la mariée ! s'exclama Karl, légèrement éméché par le riche vin ambré.

— Écoutez-moi, implora Reinhold. J'ai encore tant de choses à vous narrer ! En dépit de ses nombreuses absences, Ferencz se montrait un époux aimant et attentionné, prêt à satisfaire tous ses caprices. Bijoux précieux, perles fines, velours et brocarts de Gênes et de Venise, riches soies de France... tout cela il le lui offrait à foison. Revêtir ses robes les plus somptueuses, se couvrir de bijoux, puis passer de longues heures devant son miroir, perdue dans la contemplation de sa beauté, devint chez la jeune femme un souci de plus en plus absorbant. Cependant l'Empire, menacé, étant en proie à des troubles graves, les absences de son mari se firent de plus en plus longues. Seule avec sa belle-mère venue habiter au château, Elisabeth s'habituait à passer, privée de son époux, de longs mois, plongée dans de profondes méditations ou, comme à son habitude, assise devant son miroir. Ce qui n'était d'abord qu'une habitude devint bientôt une obsession. Qu'il y eût ou non des hôtes au château, elle changeait de robe cinq ou six fois par jour. Elle passait des heures à plonger les mains dans ses cassettes de bijoux, jouant avec les pierres, les faisant miroiter à la pâle lumière d'un jour d'hiver ou à la lueur d'une chandelle. On la trouvait parfois comme en transe, remuant les lèvres sans qu'aucun son en sortît, comme si elle se parlait à elle-même. Puis Ferencz revenait d'une de ses lointaines expéditions et bientôt la grande salle du château brillait de tous les feux de ses torches et résonnait des rires des invités et des accords des musiciens. Un fils leur naquit ce qui donna lieu aux plus grandes réjouissances. Peu après, Ferencz étant reparti pour la guerre, on remarqua chez Elisabeth un curieux changement. Elle se montrait de plus en plus dure avec ses servantes.

« Il arrivait parfois que l'intendant se vît obligé de punir quelque servante. Il lui donnait lui-même le fouet soit dans les cuisines, soit dans les caves du château. Au bout de quelque temps Elisabeth prit l'habitude de venir assister à ce spectacle, reprochant à l'officiant de ne pas appliquer le châtiment avec assez de sévérité. Cependant sa principale occupation consistait, comme auparavant, à se plonger dans une interminable contemplation de sa beauté, beauté si parfaite et si immuable qu'elle semblait défier le temps.

« Sa belle-mère tomba malade et ne tarda pas à mourir. Elisabeth était désormais l'unique châtelaine du domaine. À peine Ferencz était-il à nouveau reparti que d'étranges recrues vinrent s'ajouter à la domesticité du château. Elisabeth prit pour valet attaché à sa personne, un homme trapu, de petite taille, à l'aspect particulièrement repoussant, et pour confidente une chambrière d'un certain âge, a l'aspect tout aussi repoussant. Le chapelain remarqua que les servantes semblaient redouter de plus en plus leur maîtresse ; que celle-ci s'enfermait pendant de longues périodes dans ses appartements et se plaisait à de longues promenades solitaires. On chuchotait que de ses appartements s'élevaient de temps à autre des cris de douleur ; on l'entendit une fois proférer des paroles dans un dialecte quasiment abandonné depuis des générations ; en une certaine occasion, le château fut envahi d'une fumée bleuâtre à l'odeur nauséabonde. Enfin, un jour, à la profonde horreur des villageois, un chasseur qui passait par là découvrit, hâtivement enfoui dans une fosse peu profonde, le corps affreusement lacéré d'une des filles de cuisine du château.

« Puis Ferencz mourut et désormais Elisabeth régna seule sur le domaine. Quelles qu'aient été pour elle les joies conjugales — et Ferencz ne pouvait assez vanter les aimables dispositions de son épouse — elles furent éclipsées par de sombres et terribles joies. Veuve, elle ne goûtait plus qu'aux ténébreux plaisirs de la sorcellerie, de la torture et du meurtre.

« À part de brefs séjours dans la capitale où elle paraissait à la cour, elle quittait rarement le château. Une mystérieuse vieille, originaire d'une lointaine région montagneuse, vint s'installer au château et devint l'ombre fidèle de la comtesse. On engagea de nouvelles et jeunes servantes. Deux d'entre elles n'étant pas allées, comme à l'habitude, passer la journée du dimanche dans leur famille, leurs parents inquiets s'enquérirent d'elles et s'entendirent répondre par l'intendant que toutes deux étaient décédées après une courte maladie. Une somme d'argent fut envoyée auxdits parents, avec le conseil de ne pas chercher à en savoir davantage. On amena au château d'autres filles, mais lorsqu'elles avaient franchi les grilles il était rare qu'on les revît. On raconta qu'elles étaient mortes subitement, mais était-ce à la suite de sévices ou de quelque étrange maladie, nul ne put le dire. On faisait à chaque fois appel au chapelain qui marmonnait quelques prières et les malheureuses étaient enterrées au plus noir de la nuit dans l'enceinte même du château. Ce que savait ou devinait cet homme d'Église, il le garda pour lui. Elisabeth avait les moyens de s'assurer son silence.

« Le bruit se répandit à l'extérieur que l'on procédait au château à des cérémonies sacrilèges et que des serviteurs avaient entendu, provenant des appartements de la comtesse, des incantations blasphématoires. Puis tout le village fut en émoi lorsqu'un chasseur, s'étant trouvé dans les bois environnants, raconta avoir été le témoin d'une scène étrange qui s'était déroulée au bord d'un petit lac. Escortée d'une vieille sorcière et d'un nain, la comtesse s'était dépouillée de tous ses vêtements, avait prononcé des paroles incantatoires, puis s'était plongée par trois fois dans les eaux glacées sous les rayons de la pleine lune. Bientôt les rumeurs concernant les crimes perpétrés au château se multiplièrent. Les gens racontaient que la folle cruauté de la comtesse ne connaissait plus de bornes, et, qu'aidée de ses acolytes, elle ligotait de jeunes vierges, les criblait de coups de lames affilées ou les marquait au fer rougi à blanc. À les entendre, le château était devenu une vaste chambre de torture, et sa maîtresse, une créature assoiffée de sang. À mesure que l'on amenait à la comtesse un nombre toujours grandissant de jeunes et nouvelles servantes, celui des victimes hâtivement mises en terre, la nuit, dans l'enceinte du château augmentait en proportion. La terreur qu'inspirait cette demeure maudite s'étendit à la ronde et de plus en plus loin. La comtesse avait beau faire miroiter à leurs yeux privilèges et précieuses garde-robes, les pères n'autorisaient plus leurs filles à entrer à son service. Du château partaient des courriers chargés de ramener de nouvelles recrues de régions plus lointaines. Leurs efforts étaient le plus souvent couronnés de succès et les villageois terrifiés se signaient lorsque des berlines aux portières hermétiquement closes passaient, apportant au château leur cargaison humaine. Il leur était donné parfois de voir chevaucher Elisabeth et tous s'émerveillaient, car bien qu'elle eût dépassé la quarantaine, elle avait conservé la beauté et la fraîcheur d'une vierge. Ils lançaient un regard furtif sur ce pâle visage aux grands yeux sombres, aux narines frémissantes, aux lèvres qu'agitait une secrète passion, et un frisson les parcourait.

« Cependant Elisabeth jouissait toujours des faveurs de l'empereur. Rares étaient ceux qui, à la cour, avaient entendu les vagues rumeurs circulant parmi les sujets de ses lointains domaines et l'on ne discernait jamais en elle le moindre signe de dérèglement physique ou mental. On apprit par la suite qu'avant de rentrer au château elle avait conféré avec un maître artisan versé dans la fabrication d'instruments d'une grande ingéniosité généralement employés pour faire parler les malheureux prisonniers qui s'y refusaient.

« La terreur atteignit alors au château son paroxysme. C'était presque journellement que l'on signalait de nouvelles disparitions. Il fut bientôt connu de tous qu'Elisabeth prenait une joie sadique à voir infliger des tortures et couler le sang. On la disait également obsédée par la peur de perdre sa beauté et de voir son teint de lis se faner. Ses exécuteurs des hautes œuvres parcouraient le pays à la recherche de nouvelles victimes. On raconta même qu'un jour elle avait fait préparer un festin pour soixante vierges d'une grande beauté qui furent ensuite égorgées. Leur sang fut recueilli dans une immense cuve où Elisabeth se plongea après avoir retiré ses vêtements. Deux servantes parvinrent à sortir vivantes du château et elles racontèrent comment, en compagnie d'autres de leurs compagnes, elles avaient été amenées devant la comtesse et torturées pendant des heures. Une autre arriva jusqu'au village plus morte que vive, les lèvres cousues, et marquée au fer sur les deux épaules.

« Comme les gens du pays, révoltés, manifestaient ouvertement leur indignation, l'arrogance d'Elisabeth ne fit que croître. Elle alla même jusqu'à se joindre au cortège funèbre qui conduisait la nièce du maire à sa dernière demeure, au cimetière du village. Fou de douleur, et puisant du courage dans son chagrin même, le père exigea de revoir sa fille une dernière fois ; on eut beau s'efforcer de l'en empêcher, il parvint à ouvrir le cercueil et découvrit que le corps de son enfant, qui semblait n'avoir subi aucune violence, avait été vidé de son sang jusqu'à la dernière goutte. Mis au courant du fait, les villageois ne purent contenir plus longtemps leur colère. Ils huèrent et insultèrent leur maîtresse qui opposa à leurs accusations un visage de marbre. Puis vint le moment où il se révéla impossible de recruter dans la contrée de nouvelles victimes. Les acolytes de la comtesse se heurtaient à une farouche résistance. Une supplique fut envoyée au gouverneur de la ville de Presbourg et aux magistrats de la région. Mais en vain. Le nom illustre et les titres de noblesse d'Elisabeth Bathory la mettaient à l'abri de toute représentation.

« Finalement des filles de noble naissance ignorant la sinistre réputation du château se laissèrent persuader d'y venir. Nous savons maintenant qu'elles y étaient accueillies et traitées avec une exquise courtoisie. Elisabeth tenait à leur témoigner elle-même la joie qu'elle éprouvait à s'entourer de suivantes aussi jolies que raffinées. On les baignait, on les oignait d'huiles parfumées, on les revêtait des plus riches soies et brocarts. On apprenait à l'une d'entre elles qui se voyait l'objet de soins tout spéciaux qu'elle avait été choisie pour assister à une importante cérémonie. Après avoir été parfumée comme une fiancée, coiffée et parée avec amour par d'habiles servantes, on la revêtait d'une robe flottante d'une blancheur virginale, puis on la conduisait dans une salle où la comtesse l'attendait, entourée de ses sinistres acolytes. Les portes se refermaient sur elle et le reste n'était plus que ténèbres et mort.

« Mais cette fois, Elisabeth était allée trop loin. Le comte palatin de la province, informé des rumeurs qui circulaient, se présenta au château, à la tête une troupe d'hommes d'armes, et muni d'un parchemin lui donnant le droit de procéder à une fouille systématique des lieux.

Elisabeth le reçut avec un calme parfait, l'assura que les bruits que l'on faisait courir sur son compte étaient dénués de tout fondement, que quelques jeunes filles étaient en effet mortes sous son toit, de causes naturelles, ou d'une maladie contagieuse. Elle eut beau protester et menacer d'en appeler à l'empereur, on n'en fouilla pas moins méthodiquement le château. On découvrit dans ses propres appartements des pentacles et tout un appareil servant à des cérémonies occultes, ainsi que des ouvrages enseignant à jeter des sorts et des parchemins portant des incantations nécromanciennes. Dans les souterrains du château un spectacle d'une indicible horreur attendait les hommes du comte palatin : escaliers secrets menant à des cachots où des jeunes filles mises aux fers se mouraient d'inanition. Plus atroces encore étaient les salles de torture et d'exécutions. Ces hommes d'armes parlèrent fort peu, par la suite, de ce qu'ils avaient vu, entre autres des cages de fer où des instruments monstrueux servaient à écarteler lentement les malheureuses victimes et à les vider vivantes de leur sang !... Mais c'en est assez ! Qu'il suffise de dire que dans ces souterrains fut découvert ce que l'homme pouvait inventer de plus abominable.

« Submergés d'horreur et de dégoût, ses accusateurs vinrent, l'air menaçant, accabler Elisabeth dans ses appartements. Ils la trouvèrent parée de ses plus somptueux atours et de ses plus rutilants bijoux, assise devant son bien-aimé miroir et caressant doucement son visage comme pour mieux en savourer l'immuable beauté. Les violentes invectives dont ils la flagellèrent la laissèrent de glace. Une fois de plus, elle se retira dans cet étrange monde intérieur où nul ne pouvait pénétrer. Elle ne fournit jamais la moindre explication, ou justification et ne manifesta jamais le moindre remords. »

Reinhold se tut. Les chandelles étaient plus qu'à moitié consumées.

« Ouvrons encore une bouteille de tokay ! s'écria Karl.

— Oui, enivrons-nous ! fit Reinhold, l'air sombre.

— Qu'est-il advenu d'elle ? demandai-je.

— Bien qu'elle eût péché plus que toute autre mortelle, et qu'elle eût touché le fond de l'infamie, son nom et ses titres lui épargnèrent la hache du bourreau, car son exécution aurait jeté l'opprobre sur l'illustre famille de son époux. Ses complices furent torturés puis exécutés. Quant à elle, elle fut condamnée à être emmurée dans le château même où elle avait perpétré ses crimes. C'est dans la salle octogonale que nous avons vue tout à l'heure qu'elle dut être enfermée, privée de la lumière du jour, ce qui aggrava encore son terrible châtiment.

« On ne lui fit qu'une seule concession : comme les maçons élevaient le mur de briques de sa dernière demeure terrestre, on l'autorisa à revêtir sa robe la plus somptueuse et à se parer de ses bijoux à ce point souillés à son contact que nul n'en aurait voulu. Son fils, qui à cette époque était au loin, ne revint jamais au château. Le bruit courut qu'elle aurait eu un autre enfant d'un mystérieux gentilhomme qui aurait séjourné au château, mais la chose ne fut jamais confirmée. On aménagea dans le mur de briques une étroite ouverture par où on lui passait nourriture et boisson. Deux serviteurs royalement payés y veillaient mais ils n'échangèrent jamais un mot avec elle, car, prisonniers des Turcs, ils avaient eu la langue coupée. C'est ainsi qu'elle vécut quatre ans encore dans ce château, plongée dans le silence, les ténèbres et la plus totale solitude, morte vivante qui ne percevait d'autre bruit que deux fois par jour celui des pas des deux serviteurs, les gémissements du vent et les lointains hurlements des loups qu'elle avait, et de beaucoup, dépassés en férocité. Elle mourut au cours d'un violent orage, si violent que de mémoire d'homme on n'en avait vu de pareil.

— Et ensuite ? demandai-je.

— On raconte qu'après avoir abattu le mur de briques de son cachot, on transporta sa dépouille revêtue de ses atours en loques et parée de ses bijoux d'une inestimable valeur dans les souterrains du château, dans quelque salle secrète de ce véritable labyrinthe où ses victimes avaient exhalé leur dernier souffle de vie. Par la suite nul ne s'aventura aux abords du château et l'on raconte que les oiseaux eux-mêmes désertèrent ce lieu maudit. Quelques années après la mort de la comtesse, le bruit courut que son fantôme hantait les lieux de ses crimes, au grand effroi des villageois, mais au bout d'un certain temps ces apparitions cessèrent. Découvrirons-nous quelque chose, je ne saurais l'affirmer, mais tout ce que je sais c'est que sa dépouille gît quelque part sous cette salle où nous nous trouvons, parée d'un trésor qui, si nous parvenons à nous en emparer, et j'y suis bien décidé, fera de nous des hommes riches, et cela jusqu'à la fin de nos jours. »

À la douce et tiède brise d'été avait succédé un vent violent. Par les hautes fenêtres nous vîmes d'épais nuages noirs galoper, nous dissimulant par moments le visage blême de la lune. Une brusque rafale s'engouffrant dans la salle à travers les vitres brisées éteignit nos chandelles toutes dégoulinantes de suif. Les éléments eux-mêmes semblaient nous presser de ne pas nous attarder dans ce château en ruine, hanté et maudit ! Si seulement nous avions tenu compte de cette mise en garde !

« Rallumez la lanterne ! » cria Karl, ce que nous

fîmes, et à sa lueur nous distinguâmes le visage à l'expression exaltée de Reinhold.

« Buvons ! s'exclama-t-il en levant haut son gobelet, buvons à la femme la plus démoniaque qui ait jamais souillé la surface de la terre et au trésor dont elle nous fera don ! »

Et fous et insensés que nous étions, nous portâmes ce toast et envoyâmes nos verres se briser sur le sol.

« Que son fantôme nous apparaisse ! Je ne le crains pas ! » s'écria Karl qui vacillait sur ses jambes.

Reinhold, éclatant d'un rire de dément, décrocha la lanterne.

« Ne connaîtrons-nous donc pas le goût de la peur cette nuit ? ricana-t-il. Rassurez-vous, vous éprouverez tous deux, je m'en porte garant, la terreur et l'horreur de la tombe lorsque nous rendrons hommage à la comtesse ! »

Nous étions tombés si bas que les paroles délirantes de Reinhold, son exaltation même éveillèrent ce qu'il y avait de plus pervers en nous et attisèrent notre désir malsain de sensations impies. Son récit empli de terrifiants détails ; l'aspect funèbre de ces lieux ; l'idée que dans ces souterrains avaient été commis des crimes infâmes qui dépassaient tout ce que l'on pouvait imaginer ; qu'un monstre à figure humaine gisait là, dans son sépulcre ; que des richesses dont nous n'avions jamais rêvé, capables de satisfaire notre cupidité, nous y attendaient... tout cela excita nos sens déjà ébranlés par l'ivresse et nous poussa à rejeter tout ce que pouvait encore receler de décence nos âmes corrompues. Nous frissonnâmes... oui, lecteur, nous frissonnâmes, mais l'espoir teinté de crainte de ce que nous allions découvrir ne fit que rendre plus fiévreux nos sentiments dépravés.

Aucune goule ne se livra avec plus de frénésie à ses abominables errances que nous n'en mîmes à descendre, munis de notre attirail, dans la nuit éternelle de ces salles voûtées où une âme délicate aurait perçu l'écho attardé des cris que la torture avait arrachés à d'innocentes victimes. Poussés par la cupidité et par une morbide curiosité, nous ne tardâmes pas à forcer la porte verrouillée. Je vous épargnerai, de crainte de vous lasser, les détails de notre longue quête à travers une succession de cachots et de couloirs, qui nous menèrent finalement à une dernière porte voûtée. Qu'il me suffise de dire que nous étions enfin parvenus dans l'antre de la torture et de la mort.

Nous nous trouvions dans une salle plus vaste que toutes celles que nous avions traversées jusque-là dans ces souterrains. Nombre d'objets étranges, dont certains étaient dissimulés sous une toile grossière qui avait résisté à l'usure du temps, s'offrirent à nos regards épouvantés. Tout le hideux appareil de l'Inquisition semblait rassemblé dans cette antichambre de l'enfer : lourdes cuves de fer suspendues au-dessus de brasiers depuis longtemps éteints ; poignards et tenailles dont l'usage abominable n'était que trop apparent ; massues et pieux hérissés de pointes de fer ; chevalets de torture ; fouets ; poulies de l'estrapade ; longue table de métal noir munie de bracelets de fer destinés à maintenir poignets et chevilles. Nul ne dut jamais percevoir les cris d'angoisse montant de cette chambre de torture où la comtesse étanchait sa soif de sang en regardant de malheureuses filles se tordre de douleur et souffrir d'interminables agonies.

C'est là que la démence s'empara de nos âmes. Paraissant se repaître de ces horreurs Reinhold nous traînait d'un instrument de torture à l'autre, découvrant avec une joie morbide de nouveaux dispositifs destinés à lacérer, à réduire en bouillie de la chair humaine; à tordre et briser des membres; à transpercer des corps sans défense. Je l'arrachai enfin à cet horrible spectacle.

« Poursuivons notre quête », dit-il d'une voix rauque, les yeux brûlant d'un feu inquiétant.

Se cramponnant à un pilier, Karl porta à ses lèvres la bouteille qu'il n'avait pas lâchée, puis chancelant, nous emboîta le pas. À l'extrémité de cette salle s'ouvrait un orifice, véritable couloir de l'enfer. À la lueur de nos lanternes nous distinguâmes une nouvelle volée de marches. Les ayant descendues, nous nous trouvâmes dans une salle de forme rectangulaire, aux murs creusés d'alvéoles qui rappelaient singulièrement les catacombes romaines. Dans ces alvéoles reposaient les restes pitoyables des filles ayant trouvé la mort dans la chambre de torture. Au centre de cette salle au sol de terre battue se dressait un immense sarcophage de pierre aux armes de Bathory. C'est là, parmi les squelettes et les fantômes de ses victimes, que ses geôliers, avec un terrible sens de l'à-propos et une amère ironie, avaient déposé la comtesse. C'est là qu'unies dans un même sommeil, égorgeuse et égorgées dormaient jusqu'au moment où nous violâmes le secret de ce sépulcre.

Nous nous en approchâmes en silence. Nous nous aperçûmes que la massive dalle de pierre qui le recouvrait avait été légèrement déplacée puis maladroitement remise en place. Nous n'eûmes aucune peine à soulever le lourd couvercle qui alla s'écraser sur le sol dans un bruit de tonnerre.

« Regardez ! nous intima Reinhold.

— J'en suis incapable ! murmurai-je, malade de tout ce que j'avais vu jusque-là.

— Regardez, fous que vous êtes ! » cria Reinhold, élevant sa lanterne au-dessus du sarcophage.

Soumis, mais tremblants, Karl et moi risquâmes un regard à l'intérieur de ce cercueil de pierre.

« Eh bien, s'exclama Reinhold, ne sommes-nous pas récompensés de nos efforts ? »

Incroyablement ratatinée, parcheminée, la tête renversée en arrière, ses bras squelettiques dressés comme pour soulever la lourde dalle, vêtue de loques pourries, autrefois riches soies et velours, parée de façon macabre de lourds bracelets, de colliers et de pendants d'oreilles qui jetaient mille feux, montrant ses dents en un affreux rictus et fixant sur nous le regard de ses orbites vides, comme si elle nous défiait de nous approcher d'elle, gisait la comtesse Bathory ! Il ne nous fallut qu'un instant pour dépouiller ce squelette de ses précieux joyaux, de ses bracelets d'or, de ses pendants d'oreilles et pour arracher de ses doigts décharnés ses bagues étincelantes. Une seule résista à mes efforts... une lourde chevalière d'or massif frappée d'armes inconnues de moi.

« C'en est assez ! Allons-nous-en ! » s'écria Karl tandis que cédant encore à ma convoitise je faisais un ultime effort pour m'emparer de cette bague.

Me refusant à abandonner cette chevalière, je pris mon canif, tranchai le doigt bagué de cette main momifiée et le glissai dans ma poche avant de remonter dans la chambre de torture où je trouvai Karl et Reinhold en extase devant un nouveau trésor. Ce que je pris au premier abord pour un corps revêtu d'un suaire, était, vue de près, une statue de fer revêtue d'une lourde robe, et portant au cou un collier, et aux oreilles des pendants plus riches et plus précieux encore que ceux que nous avions arrachés au squelette de la comtesse. Cependant, bien que saisis d'un nouvel accès de cupidité, quelque chose dans le visage de cette statue nous tenait en respect ; sans doute l'expression ironique, le sourire sarcastique qu'avait magnifiquement rendus un anonyme sculpteur de génie.

« Ce devait être quelque divinité païenne de la destruction et de la mort vénérée par la comtesse », nous dit Reinhold.

Nous la contemplâmes, interdits, silencieux. Les murs semblèrent se mettre à tourner autour de moi tandis que, comme en transe, je regardais cette image d'une diabolique féminité. À demi fou, je crus voir des vapeurs couleur de sang monter de la crypte funéraire, puis se transformer peu à peu en ombres menaçantes cherchant à nous entraîner de nouveau auprès du sépulcre de cette goule. Nos reflets dansèrent, tels des démons, sur les murs rugueux éclairés par les lanternes que nous tenions dans nos mains tremblantes. J'eus soudain la conviction que nous n'étions plus seuls. Ce n'était pas tant une *présence* que décelaient mes sens exacerbés, mais bien plutôt l'*écho* ou le *souvenir* d'une *présence* passée. Si impondérable fût-elle, mon sang se glaça dans mes veines et ma vue se brouilla comme si j'étais sur le point de perdre connaissance.

C'est alors que poussant un sauvage cri de joie, Karl s'élança, détacha le lourd collier du cou de la statue et se préparait à le soulever lorsque se firent entendre les sourds grincements de rouages et de leviers. Tandis que Karl, toujours sous l'effet de la boisson, soulevait non sans efforts le collier, les bras de la statue jaillirent, puis manœuvrés par quelque diabolique mécanisme, se joignirent en une étreinte mortelle autour du torse de Karl, le serrant étroitement contre son corps de fer.

« Oh, oh ! s'écria-t-il, c'est qu'elle me tient fort ! »

Mais un instant plus tard, à son rire d'ivrogne succéda

un long cri d'agonie tel que je n'en avais jamais entendu et qui, aujourd'hui encore, retentit dans mon âme tourmentée. Avant que le miséricordieux oubli d'un soudain évanouissement m'épargne la suite de ce terrible spectacle, j'eus le temps de voir, horrifié, des pointes de fer transpercer le cou et le dos de notre compagnon, le sang s'échapper avec la vie de ses terribles blessures et couler jusqu'à nos pieds tandis que nous restions là, pétrifiés.

Comment nous quittâmes ces lieux maudits, je ne m'en souviens pas. Je crois me rappeler vaguement que Reinhold me traîna le long d'interminables couloirs entrecoupés de cachots ; que je respirai enfin l'air frais de la nuit ; que tels des fous, nous dévalâmes, avec notre mulet, le sentier rocheux, et qu'après avoir réclamé nos montures à l'aubergiste terrifié, nous partîmes au galop aux premières lueurs de l'aube.

La disparition de Karl donna lieu à des enquêtes. M'efforçant de me rendre méconnaissable, j'abandonnai mon foyer, ma famille et vécus caché, errant de ville en ville, en proie à une angoisse mortelle. Je porte toujours à mon doigt cette bague maudite, car j'ai tenté en vain de l'enlever, et aucune puissance au monde ne peut m'en délivrer. Nuit après nuit, tremblant de peur, je la regarde, dans la solitude de quelque misérable logis, la maudissant d'évoquer pour moi de telles horreurs, et j'ai beau fuir, je suis poursuivi par l'ombre vengeresse de la comtesse. Je la vois en rêve, couchée dans son cercueil de pierre, revêtue de ses plus somptueux atours, tels que nous les décrivait Reinhold. Je vois son pâle visage, ses yeux sombres, son sourire de sphinx. Eveillé, je la vois passer devant moi tel un spectre ; je l'entends chuchoter à mon oreille dans quelque pauvre chambre, ou encore au crépuscule, dans les rues grouillantes de monde d'une ville, ou dans la campagne solitaire où je me suis enfui, et toujours ces mêmes paroles retentissent à mon oreille : « Rends-moi ma bague ! » Je sais que notre intrusion dans les souterrains du château et notre infamante violation des secrets de sa tombe ont libéré de sa prison son esprit monstrueux. Je crains fort que même lorsque je ne serai plus, elle continue de hanter les humains. Qui sera le prochain à souffrir de ses démoniaques persécutions ? Je n'ose y penser... Je ne sais qu'une chose. Cette bague est maudite et ne doit pas tomber en d'autres mains. Je l'emporterai avec moi dans la tombe. Oui, lecteur, je suis bien décidé à mettre fin à ma misérable existence, car ce que j'endure est au-delà de mes forces. Seules des drogues opiacées apaisaient momentanément mes angoisses, mais je n'ai plus les moyens de me les procurer. Le moindre bruit me fait sursauter ; je ne puis entendre marcher derrière moi sans tressaillir et n'ai plus le courage de regarder en face les humains, mes frères ; l'obscurité me terrifie ; la lumière du jour ne m'apporte rien d'autre que de nouveaux dangers.

Seule la mort, du moins je l'espère, pourra me délivrer de tout cela et du souvenir de ce que j'ai vu dans cette crypte funéraire. Car lecteur, je ne t'ai pas tout dit de ce que j'ai vu dans le cercueil de pierre que nous avons violé. *Je ne t'ai pas dit comment, alors que pris d'une démentielle frénésie, je tranchais le doigt qui portait la bague, une lueur infernale, tel un tison rougi, illumina chacune des orbites vides de cette grimaçante tête de mort.*

Sombres et brillants étaient en effet les yeux de la comtesse Bathory !

*De l'*Osterreichisches Tagesblatt
24 septembre 1876

« Notre correspondant nous informe que près de Kalasz un jeune étudiant, Franz von Langenfels, s'est suicidé et a été inhumé sur place après autorisation du juge d'instruction. Le malheureux jeune homme qui mit si tragiquement fin à sa courte existence avait, dit-on, fui la police qui désirait le questionner au sujet de la mystérieuse disparition, au cours de l'été, d'un de ses condisciples, Karl Esterhazy. Ordre a été donné de poursuivre l'enquête, etc. »

Quelques feuillets du journal intime d'Ambrose Lessing

Neumannstadt, le 6 décembre 1876.

Il m'est parvenu aujourd'hui par la poste une étrange et inquiétante missive de Conrad Morheim. Le ton de sa lettre, le désespoir qu'elle exprime, l'angoisse qui s'en dégage, font que jamais, non jamais, je n'ai reçu plus triste invitation de cet ami de toujours. Je vais, bien entendu, me rendre chez lui sur-le-champ. Combien je regrette qu'après une si longue séparation, il ne m'ait pas adressé cette invitation dans de plus heureuses circonstances ! Sa lettre est brève et je la recopie ci-dessous :

« Ambrose, serait-ce abuser de la longue amitié qui nous lie que de te demander, non, de te prier, non, de te conjurer de venir au plus vite à Kalasz ? Viens avant qu'il ne soit trop tard ! Adélaïde — ma bien-aimée Adélaïde — est en proie à la plus étrange des maladies... *en admettant qu'il s'agisse vraiment d'une maladie*. Je ne sais plus que faire. Les médecins avouent eux-mêmes n'y rien comprendre et se déclarent impuissants. Je suis seul avec elle et Stéphane. Et à quel point *seul* tu t'en rendras compte toi-même. Je te raconterai tout de vive voix. Qu'il me suffise de te dire que la plus affreuse des malédictions s'est abattue sur nous. Je t'attends désespérément. »

Grâce au Ciel quelques-unes seulement de mes affaires en train réclament toute mon attention et je puis en confier le soin à mon associé. Je partirai dès demain matin par le train et emprunterai ensuite une diligence.

7 décembre.

Peu avant mon départ, je reçus une seconde lettre de Conrad, à la fois plus longue et plus explicite que la première. Il commençait par me dire que, vivant dans un état de perpétuelle anxiété, il en était arrivé à douter de sa propre raison et de son pouvoir de s'exprimer, et que de ce fait il estimait préférable de me décrire jusqu'à un certain point la nature du mystérieux mal qui avait frappé son épouse bien-aimée. Jusqu'à une époque relativement récente, me disait-il, rien n'était venu troubler la sérénité de ce couple profondément uni, si ce n'est la tristesse que leur causait la débilité mentale de leur unique enfant, ou pour être plus précis, le fait que depuis sa petite enfance il ne s'était plus développé mentalement. Cependant, en dépit de cette tragédie, parce qu'ils aimaient leur enfant et qu'ils s'aimaient l'un l'autre, ils avaient connu, dans la paix et le calme de leur magnifique domaine, une vie aussi heureuse que le leur permettaient les circonstances jusqu'au jour où se manifesta en Adélaïde un étrange changement. Ce changement fut-il subit, Conrad ne me le dit pas. Il m'en informera certainement par la suite. Tout ce que je sais, alors que j'accours auprès de lui, c'est qu'un court espace de temps... *Adélaïde semble, par tout son comportement, être devenue une autre per-*

sonne. Elle a été malade — gravement malade — et est sujette à d'étranges accès de perte de conscience et de mémoire. Il lui arrive fréquemment de ne plus sembler reconnaître son mari, son médecin ou même son enfant. Elle passe de longues heures dans un état de torpeur ou de transe d'où rien ne peut la faire sortir. À d'autres moments, elle est de nouveau tout à fait normale jusqu'à ce que, par ses paroles ou son attitude, elle donne les signes d'un subtil changement dans son état et sa personnalité même. Mais ce qui inquiète plus encore le pauvre Conrad, ce sont certains propos qu'elle tient et qui le stupéfient. Récemment, quelques-uns de ses actes ont fait plus que l'alarmer... car il croit déceler dans son attitude quelque chose d'effrayant et d'anormal. Dieu sait ce que cela peut être ! Je serai demain à Kalasz. Je redoute déjà ce que j'y trouverai. Je suis en proie à de sombres pressentiments comme si par sympathie l'angoisse de Conrad était devenue *mienne.*

Kalasz, le 8 décembre.

De noirs nuages assombrissaient le ciel et un vent glacial soufflait des montagnes lorsque la calèche que Conrad avait dépêchée au relais des diligences m'amena en vue de son manoir situé en plein bois, au sommet d'une petite éminence, à environ deux kilomètres du village. J'évoquai le dernier séjour que j'avais fait au manoir et ne puis retenir un soupir. Le cocher devait partager ma tristesse, car comme nous nous en approchions, il me dit : « Hé oui, c'est une grande pitié qu'elle ait été saisie de ce mal ! » et il se signa dévotement comme s'il élevait une silencieuse prière pour une rapide guérison de sa maîtresse.

Conrad m'accueillit sur le seuil de sa demeure. Je ne pus réprimer un sursaut devant son aspect. Dire qu'il paraissait *hanté* ne serait nullement exagéré. Il était tout à la fois plus pâle et plus maigre que je ne l'avais jamais vu et ses yeux brillaient d'un éclat fiévreux dans un visage à ce point émacié que j'eus quelque peine à reconnaître celui de l'ami avec qui j'avais connu tant de joyeuses parties de chasse. Et tandis que je regardais celui qui avait été autrefois le plus heureux des hommes, j'eus de la peine à contenir mon émotion. Nous restâmes d'abord silencieux tandis qu'un serviteur s'éloignait sans bruit, chargé de mon bagage. Puis mon ami me tendit une main tremblante, et avec un faible sourire, m'invita à entrer. « Sois le bienvenu dans la maison du malheur », me dit-il d'une voix si basse que j'eus de la peine à l'entendre. Le cœur serré, je le suivis dans le hall haut de plafond d'où partait un large escalier qui menait aux étages supérieurs. « Tu remarqueras, me dit Conrad, m'indiquant les aîtres d'un geste de la main, à quel point cette demeure est négligée. Les domestiques nous ont quittés. Ils ne supportaient plus l'atmosphère qui règne ici depuis que ma pauvre Adélaïde est tombée malade, et de plus on est superstitieux, dans le pays. Seuls mon bon vieux Caspar, et Martha me sont restés fidèles. » Voyant que j'étais sur le point de le questionner, il mit un doigt sur ses lèvres et murmura : « Chut. Tu vas bientôt tout savoir ! » ; là-dessus il me fit entrer dans une vaste pièce. De sombres tentures aveuglaient les fenêtres et seule la faible lueur de quelques bougies trouait l'obscurité. À ma surprise, je vis Adélaïde étendue sur un sofa, dans le coin le plus éloigné et le plus sombre du salon. Elle se leva et vint lentement à notre rencontre.

« Ma très chère, murmura Conrad, voici notre bon et vieil ami Ambrose. Vous vous souvenez de lui, j'en suis sûr. Espérons qu'il apportera de nouveau un peu de joie entre ces murs. »

Je m'inclinai très bas sur la faible main qu'elle me tendait. Une main à la fois froide comme glace et qui cependant, chose étrange, donnait l'impression de brûler comme du feu. La femme qui se tenait devant moi, qui me souriait faiblement, et qui, à part une extrême et visible lassitude, paraissait en parfaite possession de toutes ses facultés, n'était plus que l'ombre de la belle et rieuse jeune fille que j'avais connue. Cependant son air d'extrême lassitude était démenti par l'intense éclat de son regard étincelant qui semblait me transpercer jusqu'au tréfonds de l'âme. Si grands, si sombres et si brillants étaient ses yeux qu'ils eurent sur moi une sorte de pouvoir hypnotique. Ils semblaient lire en moi et exprimer la sagesse et les connaissances d'un être infiniment plus âgé qu'elle ne l'était. Ils retenaient si totalement mon attention que j'en oubliai l'obscurité qui régnait dans la pièce, ses robes flottantes de malade et l'extrême débilité physique où son état l'avait réduite. Mais son regard exprimait ardeur et volonté, comme si tout ce qu'il restait de forces dans ce corps amaigri s'était concentré dans ces yeux impressionnants. « Oui, murmura Conrad, qui se tenait à mes côtés, ils brillent comme des charbons ardents. » Semblant ignorer cette remarque qui prouvait à quel point mon ami avait deviné mes pensées, Adélaïde, d'un geste gracieux, m'invita à m'asseoir.

« Bienvenue à vous, cher Ambrose. Conrad, ne voulez-vous pas offrir à notre très cher ami — elle souligna affectueusement ces derniers mots — un peu de vin. Il doit être las, après son voyage. »

Sa voix toujours aussi douce et aussi mélodieuse, le fait qu'indéniablement elle reconnaissait aussi bien son mari que moi et semblait parfaitement lucide me rassura quelque peu. Conrad se dirigea vers un haut coffre curieusement sculpté, y prit un lourd carafon de cristal taillé, remplit de vin deux verres. Il m'en tendit un et eut pour Adélaïde, en lui donnant l'autre, un regard de tendre sollicitude qui m'alla droit au cœur. Comme nous dégustions ce vin exquis et chaleureux, Adélaïde, continuant de s'adresser à moi, me questionna sur les activités que j'avais menées au cours des années où la vie nous avait séparés, faisant allusion à des lieux où nous nous étions autrefois rendus ensemble, à des faits liés à l'amitié qui nous unissait, Conrad et moi, tout ceci avec une aisance qui contrastait étrangement avec le peu que je savais de son triste état. Tandis que nous nous entretenions ainsi, Conrad lui tenait tendrement la main et la regardait avec une expression où à une profonde mélancolie se mêlaient de brusques élans d'espoir.

« Ma bien-aimée, cela ne vous réjouit-il pas de revoir notre cher et vieil ami ? Quelle joie pour moi de le sentir de nouveau auprès de nous ! »

Cette chaleureuse exclamation arracha un sourire à Adélaïde qui dit à son tour :

« Oui, oui ! Je suis moi aussi sincèrement heureuse de le revoir ! À mon grand plaisir, elle prit mes deux mains dans les siennes et dit avec une joie non feinte : Cher Ambrose, soyez mille fois le bienvenu à Kalasz ! Oui, oui, il vous faut rester auprès de nous, aussi longtemps que vous le pourrez. Votre présence ramène dans notre demeure le bonheur des jours passés, n'est-il pas vrai, Conrad ? J'ai été, paraît-il, malade, mais maintenant, je vais rapidement me remettre. Pardonnez-moi de vous recevoir dans une telle obscurité... je souffre depuis quelque temps de terribles migraines et mes pauvres yeux ne supportent pas la vive lumière, mais ma guérison est proche, j'en suis persuadée. Si au moins je ne faisais de si horribles rêves ! »

Aussi soudainement qu'un nuage qui passe voile l'éclat du soleil, de l'angoisse se lut sur son visage, mais au prix d'un visible effort, elle se ressaisit et me sourit à nouveau.

Quelques instants plus tard elle s'excusa, et accompagnée de Conrad, se retira dans ses appartements non sans m'avoir assuré qu'elle nous rejoindrait pour le dîner. Je restai seul, livré à mes réflexions, pendant quelques minutes. Conrad revint peu après et nous nous mîmes à parcourir les jardins tout en nous entretenant gravement. Je dis à mon ami combien j'étais rassuré de ma première entrevue avec Adélaïde, mais il m'interrompit vivement. « Ambrose, tu ne sais rien encore ! s'exclama-t-il avec violence en m'étreignant le bras. N'as-tu pas vu combien elle a changé ? De tels répits sont fréquents, dans son état — Dieu veuille que celui-ci dure plus longtemps — mais elle est trop souvent retombée ensuite dans un état pire encore, au point que parfois, à ces moments-là, je préférais la voir morte ! Oui, je dis bien, morte ! » Il était à ce point bouleversé qu'il éclata en sanglots. Je m'efforçai de le consoler, mais son désespoir ne fit qu'augmenter. « Tu verras, oui tu verras toi-même dans quel état elle est ! Patiente jusqu'après le dîner et tu sauras tout ! Je ne te raconterai pas maintenant ce qui est arrivé — elle pourrait nous entendre — car elle entend tout. De plus, il y aurait trop à dire, et j'ai tenu un journal où j'ai noté l'évolution de sa maladie... ou de son envoûtement ! Oh, Dieu, penser qu'un homme en arrive à espionner la femme qu'il adore ! »

Il eut un nouvel accès de chagrin et je m'efforçai de réconforter de mon mieux cet ami si durement éprouvé. Que le manoir et les jardins me parurent tristes et déprimants sous un ciel plombé, qui, en cette fin de journée automnale, s'assombrissait rapidement. Les éléments eux-mêmes semblaient partager le chagrin de Conrad et la maison, abandonnée par la plupart des domestiques, offrit à mon esprit troublé l'apparence d'un immense mausolée de pierre grise uniquement habité par les fantômes de ceux qui y avaient autrefois vécu, pleins de vie et de joie. Je me décidai enfin à demander à Conrad des nouvelles de son fils auquel, je l'avais remarqué, ni lui ni Adélaïde n'avaient fait allusion au cours de notre bref entretien. On l'avait envoyé, me dit Conrad, séjourner auprès de membres de sa famille. L'atmosphère qui régnait dans cette maison lui était néfaste. Adélaïde était trop faible et trop malade pour entourer de soins maternels un enfant déficient. Non, il n'était pas bon pour Stéphane de vivre en ce moment auprès de ses parents, et par bonheur son âge tendre et sa débilité mentale l'avaient tenu dans une bienheureuse ignorance de la calamité qui s'était abattue sur ses parents. Quant à l'exacte nature de cette calamité, je continuais de tout en ignorer. Je me rendais compte qu'Adélaïde avait été gravement malade, qu'elle était sujette à des pertes de conscience, qu'elle faisait de pénibles et étranges rêves, mais je ne savais rien de plus. Bien que j'eusse été appelé en grande hâte et que nous disposions encore de trois heures avant le dîner, Conrad montra une véritable répugnance à en dire plus sur ce sujet et je dus refréner ma curiosité. Il semblait tenir à ce que j'assiste moi-même, de mes propres yeux, à certains faits avant de m'exposer en détail le cas de sa femme. C'est ainsi que, plongés chacun dans nos propres pensées, nous passâmes cette fin de journée dans la riche bibliothèque de Conrad, lui absorbé dans un ouvrage de médecine, tandis que je feuilletais sans beaucoup de conviction un livre de voyage, jusqu'à ce qu'un serviteur aux pas feutrés vînt nous annoncer que le dîner était servi. Nous nous rendîmes alors à la salle à manger où, dans la cheminée, ronflait un feu de bois et où une table somptueusement parée semblait nous inviter à bannir toute triste pensée.

Adélaïde parut, vêtue d'une chatoyante robe de velours vert, l'air reposé par sa longue sieste. Le teint moins pâle, elle avait recouvré sa beauté, et comme nous prenions place à table Conrad à son tour retrouva un peu de son entrain passé. Nous nous mîmes bientôt à parler musique, art que Conrad et sa femme préféraient à tous les autres, et je demandai à Adélaïde de bien vouloir jouer pour nous après le dîner. Après avoir hésité un instant, Conrad y consentit et nous quittâmes la table pour nous rendre dans la salle de musique où, comme au salon, de lourdes tentures aveuglaient les fenêtres du plafond au parquet, et où trônait un magnifique piano à queue, que Conrad, le faisant venir de Vienne, avait offert à sa femme. Souriante, détendue, Adélaïde se mit à jouer les dernières valses et mazurkas, tandis que bien décidés à oublier, pour un moment tout au moins, nos soucis, nous nous installions confortablement.

Après avoir interprété les mélodies les plus charmantes, Adélaïde s'attaqua à des thèmes plus sauvages. Une brusque passion s'empara d'elle ; ses yeux se mirent à briller d'un éclat surnaturel ; elle pâlit, vacilla, mais se reprit aussitôt, frappa les touches avec une vigueur renouvelée et se lança dans une suite d'airs plus sauvages encore que les précédents. D'étranges visions défilèrent devant mes yeux tandis qu'elle plaquait de vibrants accords : orages en pleine montagne, grondement de la mer houleuse, sabbats de sorcières, nuit du Walpurgis, sur quelque crête dénudée ; véritable déchaînement de passion qui ne connaissait plus de bornes. Cette musique de plus en plus forte résonnait dans la maison tout entière et les vitres se mirent à trembler dans leurs châssis. Adélaïde devint de plus en plus pâle, la musique se fit de plus en plus violente jusqu'à ce que, poussant un cri, Conrad se lève d'un bond et hurle :

« Assez ! Au nom du ciel, assez ! » Tremblant de la tête aux pieds, il s'approcha du piano tandis qu'Adélaïde, se levant, le transperçait d'un regard haineux. « Adélaïde, reprit-il, je vous en supplie, cessez de jouer ! Vous vous faites du mal ! »

Le changement qui s'était effectué en elle était spectaculaire. La douce et aimable jeune femme n'était plus. À sa place se dressait devant nous une furie au masque livide, déformé par une intense colère, et ce fut d'une voix dure et froide qui me glaça jusqu'au cœur, qu'elle cracha : « Je n'obéis qu'à mon maître ! » Secouée d'un terrible frisson, elle fit quelques pas et s'écroula, inconsciente, aux pieds de Conrad.

Avec un sanglot qui me brisa le cœur, Conrad la souleva, vacillant sous son fardeau, comme si lui aussi allait s'évanouir. À nous deux nous la transportâmes au premier étage, dans sa chambre à coucher, et l'étendîmes doucement sur sa couche. Consternés, atterrés, nous nous regardâmes un moment en silence, puis Conrad me fit signe de me retirer. Il me rejoignit dans la bibliothèque quelques minutes plus tard.

« Tu as vu, maintenant ? » murmura-t-il.

Il chancela et serait tombé si je ne l'avais retenu et conduit jusqu'à un fauteuil. Après que je lui eus fait boire un peu d'eau-de-vie, il ouvrit les yeux et se mit à gémir.

« Mon pauvre, pauvre ami ! »

Ce furent là les seuls mots qui montèrent à mes lèvres, tandis que l'air hagard, il regardait autour de lui comme si le chagrin l'avait privé de ses sens. Au prix d'un immense effort, il se leva, traversa péniblement la pièce et prit sur un rayonnage un petit volume relié de cuir.

« Lis ! me dit-il, en se laissant retomber dans son fauteuil. Lis et tu sauras tout. C'est le journal que je tiens fidèlement. Prends-le à la date du 5 octobre, car, avant, tout allait bien. »

Sa voix se brisa en un sanglot et il enfouit son visage dans ses mains. Encore sous le coup de l'émotion que je venais de ressentir, je commençai ma lecture. Lorsque j'en eus terminé, les bougies brûlaient bas dans leurs bobèches, et Conrad, épuisé, était tombé dans un profond sommeil. Je le regardai avec une immense pitié à laquelle se mêlait dans mon cœur un autre sentiment. J'avais entamé la lecture de cet étrange journal avec tristesse et mélancolie. À ces deux sentiments s'ajoutait maintenant quelque chose d'infiniment plus terrible... l'horreur.

(Là, quelques pages de dates ultérieures avaient été insérées dans le journal intime d'Ambrose Lessing. Les quelques lignes qui suivent, écrites de sa main, donnent la raison de cet additif :)

Étant donné les terribles événements qui se sont produits par la suite, j'estime préférable de faire figurer ici les passages les plus significatifs du journal intime de Conrad. Je les ai transcrits dans leur ordre chronologique. Ils relatent avec fidélité, et en sont l'unique témoignage valable, la suite de faits qui se déroulèrent et aboutirent à une véritable tragédie.

Quelques feuillets du journal ultime de Conrad Morheim, fidèlement transcrits par Ambrose Lessing

Le 5 octobre 1876.

Ma pauvre, ma bien-aimée Adélaïde est gravement malade, mais quant à la nature de cette maladie, ni le médecin, ni moi-même ne sommes capables de la définir avec exactitude. Le docteur m'a demandé d'observer attentivement tout symptôme qui pourrait se manifester et tout changement dans son état. Je m'acquitterai fidèlement de cette tâche. Elle est de toute importance, car — ainsi qu'il me le dit — il lui est impossible de discerner chez Adélaïde un quelconque trouble physique en dehors d'une lassitude qui peut être momentanée. Il y a environ une semaine que j'ai remarqué chez elle les premiers signes de son mal. Elle s'éveilla un matin, je m'en souviens, en se plaignant de souffrir d'un terrible mal de tête, d'avoir fait un rêve étrange et effrayant dont elle n'avait pas gardé le souvenir, et d'avoir éprouvé la sensation d'étouffer ou d'avoir la poitrine écrasée sous un poids très lourd. Après s'être reposée toute la journée, elle se sentit mieux vers le soir et retrouva même l'humeur enjouée qui la caractérise. Deux jours plus tard, elle se plaignit de nouveau, à son réveil, d'avoir fait des rêves tout aussi effrayants et d'avoir éprouvé dans son sommeil une sensation d'étouffement. Le médecin du pays (un excellent homme, mais qui est loin de posséder les connaissances médicales du Dr Axel) lui prescrivit un cordial et des pilules et s'en tint là. Mais il s'est passé aujourd'hui quelque chose d'infiniment plus grave. En m'éveillant, je remarquai qu'Adélaïde, elle aussi, était éveillée. Elle avait les yeux grands ouverts, mais lorsque je l'appelai doucement par son nom, elle ne parut pas m'entendre, ne fit pas le moindre geste et je ne pus déceler dans ses yeux étrangement vides et vitreux, le moindre signe de compréhension ou de conscience. Je l'observai pendant près d'un quart d'heure avec une inquiétude toujours grandissante, et désespérant de l'arracher à cet état de torpeur, en dépit de ses yeux grands ouverts, allai sonner Martha lorsque ma bien-aimée reprit conscience et se redressa dans son lit. Comme je la questionnai, elle se mit à rire gaiement et me dit qu'elle avait dû dormir les yeux ouverts, si improbable que la chose pût paraître. « Vous sembliez rêver tout éveillée », lui dis-je. À peine avais-je prononcé ces mots que je crus voir l'ombre d'un doute assombrir son visage. « Mon cher époux, m'assura-t-elle, si rêve il y a eu, c'était bien le plus doux, le plus délicieux que l'on puisse faire. Si au moins j'en avais gardé le souvenir ! Je me sentais profondément heureuse, quelque part, très loin d'ici, mais je ne saurais dire où ! » Je lui dis alors, avec douceur, qu'en la regardant, étendue, l'œil fixe, et semblant ignorer ma présence, elle m'avait en effet donné l'impression d'être « quelque part, très loin d'ici ». Après s'être levée et apprêtée, Adélaïde parut particulièrement lasse et absente. Dans l'après-midi, je me rendis au salon où elle s'était installée pour se livrer, comme à son habitude, à quelque ouvrage de broderie, et la trouvai endormie dans son fauteuil, son ouvrage tombé à ses pieds. Je l'appelai tendrement par son nom, mais ne parvins pas à la réveiller. Je la pris alors doucement par le bras, mais elle resta plongée dans un profond sommeil pendant quelques minutes encore. Elle ouvrit enfin les yeux et le regard interdit qu'elle me lança fut pour moi aussi inattendu qu'alarmant. Ses lèvres remuèrent comme si elle voulait parler, mais aucun son ne sortit de sa bouche. Elle se leva, fit quelques pas chancelants en direction de la porte. Comme j'esquissais le geste de la soutenir, elle se retourna vivement vers moi et s'écria : « Ne me retenez pas ! Lâchez-moi ! Je ne vous connais pas ! » Cloué sur place par la stupeur, je la vis alors se diriger vers la porte, l'ouvrir, regarder un instant au-dehors, puis je l'entendis s'exclamer : « Ah, mais ce n'est pas là ! » Elle pâlit affreusement, s'écroula sur le sol et ne sortit de son profond évanouissement qu'une heure plus tard. Elle tenta alors de prononcer quelques mots, mais d'une voix si faible que je ne pus les saisir. Terriblement inquiet, j'ai de nouveau fait porter un mot au médecin.

Le 7 octobre.

La journée d'hier s'est déroulée sans incident. Le médecin est venu, puis reparti après m'avoir expliqué qu'Adélaïde avait été en proie, ces derniers temps, à des cauchemars dus probablement à quelques désordres digestifs causés par son alimentation. Il a bien recommandé de la faire manger très légèrement pendant quelques jours, puis s'est retiré. Nous avons passé, après cela, au salon, un paisible après-midi.

Le 9 octobre.

Adélaïde s'est plainte à nouveau d'avoir été en proie, pendant la nuit, à des rêves pénibles, et d'avoir éprouvé, dans son sommeil, une sensation d'étouffement.

Le 10 octobre.

Hier soir, je me suis réveillé brusquement et ai vu Adélaïde debout devant la fenêtre. Je me suis approché d'elle sur la pointe des pieds et l'ai prise par le bras. À la faible lueur de la lune à son déclin, j'ai pu constater à quel point ses traits étaient tirés et tendus. Insensible à la pression de ma main sur son bras, elle regardait fixement et intensément par la fenêtre et resta sourde à mes prières, alors que je l'implorais de retourner sur-le-champ dans son lit. Comme je tentais de l'entraîner doucement, elle pivota sur elle-même et s'exclama avec colère : « Non. Il me faut attendre. Je dois attendre ! » Ce qu'elle dit ensuite, maintenant encore j'ai peine à y croire, mais si j'ai bien compris et retenu ses paroles, alors ma pauvre femme est la proie de quelque étrange rêve ou obsession. Elle m'a repoussé, a repris sa mystérieuse veille près de la fenêtre en murmurant : « Non, ce ne sera pas pour ce soir. Ça ne peut pas être pour ce soir ! » Après avoir prononcé ces quelques mots qui m'emplirent de perplexité, elle me laissa la reconduire jusqu'à son lit, douce et docile comme un enfant. Le lendemain matin, alors que je lui demandais comment je devais interpréter ses paroles et ses actes, elle me sourit, l'air candide et surpris, et m'assura que j'avais dû rêver cet incident car elle n'en conservait pas le moindre souvenir. Pauvre Adélaïde ! Qu'elle ait perdu tout souvenir de ce qui s'est passé cette nuit — alors qu'elle paraissait parfaitement consciente — m'inquiète profondément. Elle n'avait jusque-là jamais manifesté la moindre tendance au somnambulisme. Il faut absolument que j'en discute avec le médecin avant que cela ne devienne chez elle une habitude enracinée, car qui sait jusqu'où ses étranges rêves pourraient l'amener ?

Le 12 octobre.

Il a fait aujourd'hui une de ces magnifiques journées d'automne, à la lumière dorée, qui par leur sérénité vous font regretter l'été trop fugace. Emmenant avec nous le petit Stéphane, nous avons entrepris, Adélaïde et moi, une promenade plus longue que nous n'en faisons d'habitude à cette époque de l'année. Nous déambulions lentement à travers bois, admirant les riches couleurs dont les pare la nature, et approchions de la charmante petite église qui se dresse à proximité d'un hameau lorsque Adélaïde émit une sorte de râle. Comme je lui en demandai la raison, elle me repoussa, se mit à courir vers le cimetière, puis les yeux étincelants, alla de tombe en tombe, dans cet enclos verdoyant où dorment de leur dernier sommeil les gens du pays. Comme je la rattrapais, elle chancela, devint d'une pâleur de mort et serait tombée si je ne l'avais retenue. « Venez, lui dis-je. Rentrons. Vous n'êtes pas bien. » Mais elle ne bougea pas et fixa un regard halluciné sur la tombe qui s'étendait à ses pieds... celle d'un malheureux jeune homme, Franz von Langenfels, récemment inhumé en ces lieux après, au dire des gens, s'être suicidé, et qui avait vécu quelque temps dans le voisinage. Au bout d'un instant, Adélaïde, fermant les yeux, se mit à claquer des dents, comme prise d'un fort accès de fièvre. Lorsqu'elle les ouvrit et me regarda j'eus l'impression d'être pour elle un total étranger. Elle remua les lèvres en un chuchotement inaudible, puis éclata en sanglots. Cette crise se termina aussi subitement qu'elle s'était déclenchée. Adélaïde se redressa, me regarda toujours sans me reconnaître et dit d'une voix basse et calme : « Le temps n'est pas encore venu. Quand il sera temps, je le saurai. » Elle tomba ensuite dans un silence maussade, mais se laissa entraîner par moi jusqu'au manoir, tandis que Stéphane nous suivait en émettant un petit gazouillis qui ne parvint pas à m'arracher à mes sombres pensées. J'ai beau m'y efforcer, je n'arrive pas à repousser l'affreuse idée qu'Adélaïde — ma douce Adélaïde — est en train de perdre la raison. Dieu fasse qu'un tel malheur nous soit épargné !

Le 15 octobre.

J'ai fait appeler les médecins. Le Dr Horvarth viendra de la ville, car le docteur du pays ne peut pas grand-chose pour nous. Cette maladie — si c'en est une — le déconcerte et, ce qui est tout à son honneur, il ne s'en cache pas. Nous ne pouvons rien faire d'autre que veiller sur elle et espérer. Depuis l'étrange scène qui s'est déroulée dans le petit cimetière d'où je l'ai arrachée pour la ramener dans sa chambre à coucher, elle ne semble pas m'avoir reconnu et montre un total manque d'intérêt pour son entourage. Pis encore, lorsque notre petit Stéphane entre dans la pièce, elle ne lui accorde pas plus d'attention qu'à un caillou ou à un morceau de bois. Martha, qui est dans tous ses états, lui prodigue ses soins et l'oblige à prendre quelque nourriture. À part cela, Adélaïde s'est retranchée de moi, de son fils et du monde.

Le 17 octobre.

Dieu soit loué. Le médecin est arrivé ! Hier matin, nous avons trouvé Adélaïde plongée dans un profond sommeil, dont malgré tous nos efforts il nous a été impossible de la faire sortir. Au premier abord, au comble du désespoir, j'ai cru que la vie s'était retirée à jamais de son corps rigide. Je ne pourrais mieux décrire son aspect qu'en disant qu'elle semblait taillée dans le marbre. J'allais me laisser aller à ma douleur lorsque le docteur qui lui tenait le pouls me dit : « Regardez ! Elle vit ! » C'était exact ; son cœur battait encore faiblement, et bien qu'invisible à l'œil du profane, sa poitrine se soulevait imperceptiblement. Il est arrivé aujourd'hui quelque chose de plus étrange encore. Lorsque le Dr Horvarth et moi pénétrâmes dans sa chambre sur la pointe des pieds, nous la trouvâmes les yeux grands ouverts ! Elle fixait sur le plafond le regard vide et aveugle d'une statue. Le Dr Horvarth parut ému et, me manifestant une profonde sympathie, me pria de le laisser seul avec sa patiente. Une heure plus tard, il vint me rejoindre et d'un ton très grave m'apprit une triste nouvelle... Adélaïde était, ou plutôt est, dans un état que l'on appelle hystérie cataleptique, état peu connu encore par la science médicale actuelle. Il me donna quelques directives, prescrivit un certain nombre de remèdes à lui administrer une fois qu'elle aurait repris conscience — il m'assura que cela ne saurait tarder — me souhaita bon courage, et partit après m'avoir promis de revenir aussitôt que ses nombreux engagements le lui permettraient, laissant des instructions à notre bon Dr Muller.

Le 20 octobre.

Adélaïde est sortie très affaiblie d'une profonde torpeur ayant toutes les apparences de la mort. Le Dr Horvarth est revenu et m'a longuement expliqué comment, dans de tels cas, les patients atteints de ce mal sont d'abord sujets à de courts et fréquents évanouissements, puis tombent dans un état de transe prolongé d'où tout signe de vie est absent. Tout cela serait déjà assez affreux en soi, mais il a de plus fait allusion à certaines particularités qui pourraient se manifester ultérieurement dans le cas d'Adélaïde. Cependant, chose curieuse, il s'est refusé à en préciser la nature. Il est désorienté — je m'en rends parfaitement compte — et ses hésitations ajoutent encore au poids écrasant de ma douleur. Pourquoi a-t-il fallu qu'une telle tragédie nous frappe... frappe celle que j'aime plus que la vie elle-même, dont l'existence est ma suprême raison de vivre, la justification de l'univers tout entier, avec ses joies et ses peines, ses terreurs et ses délices ? Adélaïde est sortie de sa torpeur pour tomber dans un état pire encore. Elle est devenue une étrangère dans son propre foyer, entourée de son mari et de son fils. Elle ne semble même pas reconnaître les lieux où elle se trouve. Je lui parle, elle ne me répond pas. Cependant elle parvient maintenant à se lever, à faire quelques pas, à absorber un peu de nourriture, quelques gorgées de liquide, puis elle s'étend et s'endort de nouveau. Le regard vide, complètement murée en elle-même, elle est devenue une automate.

Le 24 octobre.

Copie d'une lettre adressée par moi au Dr Horvarth.

Vous aurez peine à croire ce que j'ai à vous dire. Pour être franc, j'aurais moi-même peine à le croire si notre excellent ami le Dr Muller n'avait été témoin de ce que je vais vous narrer et qu'il est prêt à vous confirmer. Il y a deux jours, c'était autour de Martha de coucher dans la chambre contiguë à celle d'Adélaïde. Il arrive parfois qu'après s'être retirée, notre dévouée servante qui souffre de douleurs chroniques que l'approche de l'hiver rend plus aiguës soit incapable de trouver le sommeil. Elle resta donc couchée sans dormir pendant un certain temps, puis mue par ce que l'on ne peut appeler autrement qu'une intuition toute féminine, décida de se rendre de nouveau auprès de sa maîtresse pour s'assurer qu'elle n'avait besoin de rien. Comme elle me le dit par la suite, elle avait eu soudain la certitude que l'état d'Adélaïde s'était aggravé de façon dramatique. Obéissant à cette prémonition, elle se leva sans bruit, s'approcha de la porte d'Adélaïde et était sur le point de l'ouvrir lorsqu'elle entendit — cela elle me l'a juré sur ce qu'elle a de plus sacré — s'élever dans la chambre deux voix de femmes. *La première, celle d'une étrangère, était grave, douce, mais cependant pressante ; mais quelles paroles elle prononça, Martha ne put me le dire. L'autre voix, faible, implorante était celle d'Adélaïde. À la fois alarmée et intriguée, la brave femme ouvrit la porte et fit irruption dans la pièce. Pas le moindre signe d'une seconde présence féminine. Adélaïde, couchée dans son lit, les yeux grands ouverts, marmonna fiévreusement, pendant quelques instants, d'incompréhensibles paroles* dans une langue étrangère, *puis sombra de nouveau dans l'inconscience. Martha me fit appeler, mais que pouvions-nous faire ? Quand enfin le jour se leva, Adélaïde ouvrit les yeux et se conduisit de nouveau en étrangère. La nuit suivante, le Dr Muller et moi décidâmes de veiller au chevet d'Adélaïde. Bientôt ses yeux cillèrent, ses paupières se fermèrent et elle tomba dans un profond sommeil. Les heures s'écoulaient et déjà nous nous disions que notre veille avait été inutile lorsque vers deux heures du matin nous observâmes un changement alarmant dans l'état de ma bien-aimée. Sous ses couvertures, son corps fut pris de violentes convulsions, le sang monta à son visage, sa respiration se fit bruyante et embarrassée. Le Dr Muller lui prit aussitôt le pouls et constata qu'il battait de façon irrégulière. À plusieurs reprises elle fut de nouveau en proie à ces convulsions, se tordant comme si elle menait contre elle-même une terrible lutte tout en poussant par intermittence des cris rauques que semblaient lui arracher de vives souffrances.*

Déjà le médecin tendait la main vers la fiole de laudanum dont il s'était muni lorsque Adélaïde se redressa brusquement, comme pour sortir de son lit, puis retomba sur ses oreillers en poussant un profond soupir. Ce que je vais vous narrer maintenant dépasse en étrangeté tout ce que l'on peut imaginer : Comme sur le point de parler, Adélaïde remua les lèvres, ouvrit tout grands ses yeux où, pour la première fois depuis des jours je lus lucidité et compréhension ! Déjà l'espoir renaissait en nos cœurs, car Adélaïde paraissait enfin avoir recouvré ses facultés mentales, mais nous ne tardâmes pas à être cruellement déçus. Elle nous regarda durement pendant de longues minutes, mais ne répondit pas aux questions que lui posait le médecin. Enfin, après avoir été secouée par un autre de ses horribles spasmes, elle nous lança un regard d'une incroyable méchanceté — un regard comme j'espère n'en jamais revoir, tant il exprimait de malignité, une malignité à vous glacer le sang dans les veines — puis elle poussa de nouveau un profond soupir et se rendormit. La fin de la nuit se passa paisiblement. Le lendemain soir, le Dr Muller insista pour que nous veillions à tour de rôle, comme le font les sentinelles, car il me trouvait par trop épuisé — ce qui est d'ailleurs exact — pour passer une seconde nuit blanche. Ma veille ne fut troublée par aucun incident. Le médecin vint me relever une heure après minuit. Il me fit le lendemain un étrange récit. Vers quatre heures du matin, il ne put s'empêcher, en dépit de tous ses efforts, de somnoler. Alors qu'il se trouvait dans cet état intermédiaire entre la veille et le sommeil, il entendit converser deux femmes. Aussitôt éveillé et parfaitement lucide, il me jure que personne n'entra ou ne sortit de la pièce. Comme il se penchait sur sa patiente, elle ouvrit les yeux. Il eut le temps d'y lire intelligence et lucidité, mais déjà elle les refermait et se rendormait.

Le docteur et moi sommes dans l'incapacité d'expliquer ces étranges entretiens nocturnes entre mon épouse et cette intruse apparemment invisible. Personne ne nous a signalé, dans les environs, la présence de personnes étrangères. J'ai moi-même exploré le manoir jusque dans ses moindres recoins. Il est manifestement impossible qu'une visiteuse se soit introduite dans la maison et qu'elle ait ensuite si rapidement disparu après que nous eûmes surpris sa conversation avec Adélaïde. Et cependant, il y avait dans sa chambre une personne étrangère. *Cela nous en sommes sûrs. Je prie le ciel que vous puissiez bientôt faire la lumière sur ce mystère qui, en plus de la douleur que je ressens à voir ma bien-aimée Adélaïde atteinte d'aliénation mentale, risque de me faire perdre le peu de raison qui me reste. Je vous en supplie, revenez aussi vite que vous le pourrez.*

Le 27 octobre.

Physiquement, Adélaïde va mieux. De cela au moins nous pouvons être reconnaissants. Cependant elle continue d'être en proie au même mal. Elle ne reconnaît pas les êtres qui lui sont le plus proches, ni le cadre dans lequel elle vit et a perdu tout souvenir de sa vie d'avant. Que faire ? J'ai reçu un mot du Dr Horvarth m'informant qu'il se rend à Vienne. Le cas d'Adélaïde l'intéresse au plus haut point et il espère, après avoir consulté certains dossiers médicaux et s'être entretenu avec quelques-uns de ses savants collègues, être en mesure de la guérir définitivement. Tandis que j'écris je la vois passer devant la fenêtre, tel un spectre, l'ombre de ce qu'elle était auparavant, perdue dans un monde auquel elle semble ne plus appartenir. Oh, mon pauvre amour !

Le 28 octobre.

Ce cauchemar cessera-t-il un jour ? Il est au-delà de ce que je puis supporter... chaque jour se révèle pire que le précédent, chaque nuit nous fait craindre des horreurs plus grandes encore que celles que nous avons connues. Oui, moi aussi j'ai entendu les deux voix. Épuisé par la souffrance morale et l'angoisse que seuls ceux qui aiment aussi désespérément que je le fais peuvent comprendre, je m'installai, hier soir dans la chambre d'Adélaïde. Le Dr Muller ayant été obligé de s'absenter pour un jour ou deux, et la pauvre vieille Martha, en larmes, m'ayant avoué que pour rien au monde elle ne passerait une autre nuit dans la chambre de sa maîtresse. La regardant, je fus frappé de voir combien elle dormait paisiblement. Que ne donnerais-je pour retrouver, lorsqu'elle se réveillera l'être qu'elle *est* réellement, cette femme que j'aime et qui m'aime ! L'absence de notre petit Stéphane, que je me suis vu obligé de confier aux tendres soins de son oncle et de sa tante, ajoute encore à mon chagrin, mais il n'était pas bon pour lui de voir sa mère dans un tel état même s'il n'en mesure pas la gravité. Vers deux heures du matin je levai les yeux de l'ouvrage que je m'efforçais de lire et m'aperçus avec horreur qu'Adélaïde était de nouveau la proie de ces convulsions dont nous ignorons l'origine. Cette fois elle se débattait plus violemment encore qu'à l'habitude, comme si elle luttait désespérément contre un ennemi invisible. Soudain elle ouvrit les yeux, me lança un regard chargé d'un indicible désespoir, puis cria mon nom comme pour implorer mon aide. On ne peut imaginer scène plus déchirante ! La joie que j'éprouvai à l'idée qu'elle me reconnaissait enfin fut réduite en cendres lorsque je la vis souffrir les affres d'une véritable agonie, tandis qu'elle luttait contre je ne sais quelle force maléfique qui s'était emparée d'elle et contre laquelle je ne pouvais rien. Fou de douleur, j'assistai impuissant à ce long et atroce combat jusqu'à ce qu'enfin son pauvre corps torturé retrouve paix et sommeil. Fasse le ciel que le Dr Horvarth revienne au plus vite ! Je sais, oui c'est là mon intime conviction, que l'âme de ma bien-aimée est intouchée. Peut-être est-elle prisonnière de quelque force démoniaque qui s'est emparée d'elle, mais l'esprit brûle toujours en elle, même si ce n'est plus qu'une étincelle. *Cela, je le sais.*

Le 29 octobre.

Encore une triste journée d'écoulée. Adélaïde s'est levée en soupirant, s'est mise à errer dans sa chambre, effleurant au passage bibelots et meubles, m'a regardé d'un œil terne puis m'a prié, d'une voix lointaine, de la laisser s'habiller. Je lui envoyai Martha, mais quelques minutes plus tard, la pauvre femme redescendit en larmes l'escalier et me déclara qu'elle ne pouvait plus supporter la vue par trop pénible de sa maîtresse en proie à la démence. Peu après, Adélaïde descendit à son tour, lentement, les marches, traversa le hall, pénétra dans la salle de musique, alla s'asseoir sur la chaise de chêne à haut dossier qu'elle affectionnait tout particulièrement au cours de nos jours heureux et resta là pendant des heures à songer tristement (à quoi ?), sourde à mes prières alors que je la pressais de prendre quelque nourriture. Repoussant le plateau que nous avions disposé devant elle, elle remonta jusqu'à sa chambre, comme un automate puis s'étendit sur son lit. Je parvins alors à lui faire avaler un fort calmant que le Dr Muller m'avait laissé en cas de besoin, grâce à quoi les terribles crises des nuits précédentes ne se répétèrent pas, bien qu'à plusieurs reprises j'aie pu déceler un curieux changement aussi bien dans le rythme de sa respiration que dans la coloration de son visage.

Le 30 octobre.

Le Dr Horvarth est revenu aujourd'hui en compagnie d'un de ses collègues, un petit homme aux traits aigus, au teint jaune, aux yeux perçants, un certain Herr Vogt. Comme nous traversions le hall, nous croisâmes Adélaïde, qui, l'air absent, gagna la salle de musique et se plongea de nouveau dans ses tristes songeries sans même paraître remarquer notre présence. Nous nous retirâmes dans la bibliothèque où le Dr Horvarth m'informa des résultats de ses recherches.

« Nous nous trouvons, me dit-il, en face d'une forme particulière d'hystérie qui se manifeste par un *dédoublement* de la personnalité de la patiente. Je m'explique. Imaginez par exemple qu'un être vienne de subir un choc... souvent produit par une cause toute simple et naturelle, un accident, une chute ; qu'il soit affaibli par une longue maladie ou encore prédisposé par hérédité à des pertes momentanées de conscience suivies de période d'amnésie. C est ainsi que, sous certaines conditions, ce que nous appellerons sa personnalité primitive est affectée. Le patient ou la patiente perd le sens du temps qui s'écoule et conscience de son entourage. Il ou elle perd également la mémoire... ou du moins sa mémoire affecte une forme spéciale. Le souvenir des années passées, de la vie de tierces personnes ou encore d'événements lus dans des livres envahiront l'esprit du patient ou de la patiente et cela avec tant de force qu'il ou elle sera complètement dominé physiquement et mentalement. Nous nous trouverons alors devant une fausse personnalité faite d'un mélange de souvenirs et d'impressions qui, prenant la place de la personnalité réelle et primitive, la dominent totalement. Combien de temps cet état durera-t-il, je l'ignore, mais je puis vous assurer, cher et honoré monsieur, qu'avec l'aide de mon distingué collègue, Herr Vogt, nous sommes en mesure, je le crois, de faire retrouver à votre épouse sa véritable personnalité.

— Mais, objectai-je, ma femme n'a subi aucun choc, pas plus qu'elle n'a souffert d'une maladie débilitante, ce qui expliquerait son état. »

Le Dr Horvarth ne parut nullement troublé par mon objection.

« Dans ce cas, mon ami, me dit-il, il nous faut chercher plus loin et plus profond. Son état doit être dû à son hérédité. Il nous est déjà arrivé d'observer de tels cas. Croyez-moi, les crises dont souffre votre épouse sont dues au fait que remontent à sa mémoire des scènes et des événements qui se sont déroulés dans le passé.

— Et cette autre voix ?

— C'est là un phénomène fréquent dans des cas de ce genre, me répondit le Dr Horvarth en souriant. Votre épouse ne fait que rêver à haute voix et se prend pour quelqu'un d'autre. Une relation, une parente, une très chère amie... Rien de plus mystérieux que le monde du rêve et du sommeil. Mais grâce à Herr Vogt nous allons lui appliquer un très simple traitement — simple pour ceux qui acceptent le mesmérisme pour ce qu'il est — c'est-à-dire une précieuse contribution à l'arsenal dont nous disposons dans le traitement des maladies mentales. Non, ne vous effrayez pas, monsieur, je ne veux pas dire par là que votre épouse est une malade mentale. Je dirai plutôt qu'il se fait dans ses facultés une certaine *confusion.* Mais je suis persuadé que nous allons pouvoir vous la rendre telle qu'elle était. Herr Vogt, à vous ! »

Herr Vogt se leva d'un bond et me dit :

« Si vous désirez assister à la séance, monsieur, j'en serai fort honoré. »

Nous nous rendîmes à la salle de musique où nous trouvâmes Adélaïde qui regardait dans le vide. Après nous avoir emmenés à l'autre bout de la salle et nous avoir priés de ne faire sous aucun prétexte le moindre bruit ou remarque, Herr Vogt prit une chaise et s'installa droit en face d'Adélaïde. J'ai lu certains articles traitant du magnétisme et des remarquables expériences effectuées dans les facultés de médecine de Budapest et de Vienne, c'est pourquoi je ne fus nullement surpris de voir Herr Vogt procéder avec ses mains à des passes devant le visage d'Adélaïde tout en lui parlant d'une voix douce. Bientôt ses yeux se fermèrent et elle parut s'endormir.

« Adélaïde, dit Herr Vogt, Adélaïde, m'entendez-vous ? »

Sa poitrine se souleva, son visage se colora et elle se mit à respirer bruyamment.

« Adélaïde ! » répéta-t-il avec autorité.

Le terrible cri qui retentit à nos oreilles me glaça le sang. Adélaïde se leva, poussa un cri étouffé, fit quelques pas en chancelant puis s'écroula, évanouie, sur le sol. Nous nous précipitâmes, terriblement alarmés, et la relevâmes. Comme nous l'étendions sur un sofa, elle ouvrit les yeux et me regarda avec douceur. Une joie ineffable m'emplit le cœur lorsque je l'entendis m'appeler par mon nom, regarder autour d'elle d'un air surpris puis dire : « Ô mon aimé, j'éprouve de si curieuses impressions ! J'ai dû m'endormir. Qui sont ces messieurs ? Et pourquoi me regardez-vous tous de façon si étrange ? Ai-je été souffrante ? » Versant des larmes de soulagement et de gratitude, je tombai à genoux et couvris de baisers son adorable visage tandis que Herr Vogt se retirait discrètement et que le Dr Horvarth, s'éclaircissant bruyamment la voix, disait d'un ton faussement bourru : « Et voilà ! Grâce à la science moderne, tout est simple. Ne vous l'avais-je pas dit ? Nous vous rendons votre femme saine et sauve ! »

Le 7 novembre.

Le Dr Horvarth m'avait promis de me rendre ma femme et c'est ce qu'il a fait. Son étrange collègue et lui l'ont ramenée de la vallée de la Mort ou de l'Hadès... laquelle des deux, je ne saurais le dire. Le terrible combat qui se livrait en elle est terminé. Et cependant je ne suis pas complètement rassuré. Je suis persuadé qu'en état de transe, ou en proie à ses terribles convulsions, elle était *possédée*... possédée dans le sens que les hommes d'Église comprennent mieux que nos modernes hommes de science. Oui, je crois sincèrement que pendant un certain temps son âme et son esprit ont été engagés dans une âpre et terrible lutte contre une autre âme, un autre esprit ou un autre *être* qui tentait sans relâche de s'emparer d'elle. Le cri étrange que nous avons entendu tandis qu'Herr Vogt effectuait sur elle ses passes magnétiques, ce n'est pas elle qui l'a poussé. L'*autre* voix qui s'élevait dans sa chambre à coucher n'était pas — ne pouvait pas être — la *sienne.* De cela je suis convaincu. L'ennemi s'est enfui, mais la lutte a laissé ses marques. Pourquoi et comment s'est-il enfui, cela je ne me l'explique pas et je me perds en conjectures. Serait-il arrivé à prendre totalement possession de ma bien-aimée, je pense alors qu'aucun médecin ou magnétiseur n'aurait pu l'en délivrer. Seul un prêtre aurait pu accomplir ce miracle qui est connu des chrétiens sous le nom d'*exorcisme*.

Le même jour, un peu plus tard.

Chose étrange, je suis hanté par la pensée qu'un être maléfique avait choisi Adélaïde pour proie. Y aurait-il pleinement réussi que le redoutable ennemi que le Dr Muller et moi avons pressenti au cours de cette terrible nuit n'aurait cessé de se manifester. Les explications du Dr Horvarth ne m'ont pas pleinement satisfait. Il s'est passé en Adélaïde quelque chose dont nous ignorons tout. Cette rigidité cataleptique, ces manifestations de somnambulisme, cette totale amnésie qui la faisait se retrancher de moi et de son entourage... comment se les expliquer ? Adélaïde ne se souvient de rien, mais pour moi c'est sa force d'âme, sa profonde foi religieuse qui l'ont sauvée d'une totale destruction. Mon pauvre amour ! Je lui lance un long et tendre regard avant qu'elle ne se retire dans ses appartements. (Repos et tranquillité sont essentiels dans son cas, et jusqu'à son complet rétablissement elle doit dormir au moins douze heures par nuit.) Je me rends compte une fois de plus à quel point elle reste marquée par les terribles épreuves qu'elle a endurées.

Le 10 novembre.

À l'intense joie qui avait suivi mon désespoir a succédé un profond malaise. Je croyais ma bien-aimée guérie, et en apparence, elle l'est. Et cependant, d'une manière que je ne puis préciser ou définir, je décèle en elle une subtile transformation. Elle est — elle est de nouveau dirai-je — l'Adélaïde des jours anciens et cependant elle est *autre*. J'ai l'impression, bien qu'elle me le dissimule, qu'elle conserve certains souvenirs de ce qui s'est passé. Mon intuition d'époux aimant me fait découvrir en elle des pensées et des sentiments qu'elle n'avait pas auparavant. Parfois, lorsqu'elle me regarde tendrement, je devine en elle un certain malaise comme si elle redoutait que je ne décèle au plus profond d'elle-même quelque changement dû à ses épreuves. Il y a dans son regard une connaissance qui n'y était pas auparavant et parfois comme une mystérieuse nostalgie, comme l'attente de quelque chose *qui n'existe pas.*

Le 12 novembre.

Je ne me trompais pas. En apparence tout au moins, aucun mari ne pourrait rêver épouse plus aimante et plus attentive, mais elle est devenue plus songeuse et parfois un voile semble tomber entre nous, me privant de voir passer en vagues successives, sur son visage et dans ses yeux, ses pensées et ses sentiments. Alors qu'elle était transparente comme un lac de montagne, elle est maintenant opaque.

Le 15 novembre.

Elle est de plus en plus encline à la rêverie. Elle rit moins volontiers, se retire en elle-même. Et j'ai découvert un autre mystère. Je l'ai trouvée cet après-midi, assise devant une fenêtre ouverte et regardant dans le lointain avec une expression d'intense nostalgie. Elle avait écrit une lettre à l'une de ses parentes et je remarquai sur son secrétaire quelques feuillets écrits de sa main dans une langue étrangère. « Qu'est-ce donc que cela, mon amie ? » m'écriai-je, surpris. Dans un état d'extrême agitation elle s'élança vers moi et m'arracha les feuillets des mains. « Pourquoi êtes-vous entré ainsi ? me demanda-t-elle d'un ton irrité que je ne lui connaissais pas. Vous savez combien je suis nerveuse en ce moment. » J'eus beau tenter de la calmer, elle me repoussa en marmonnant qu'il ne s'agissait que de lettres. Je feignis de croire à ses explications et quittai la pièce de nouveau en proie aux pires inquiétudes. Comme je m'arrêtais sur le seuil de la porte je la vis me lancer un regard furtif que je ne peux qualifier que de *rusé*. Un secret nous sépare... j'en suis persuadé. De plus je n'aime pas sa façon de regarder Stéphane depuis quelque temps comme s'ils participaient tous deux à quelque mystère. Je n'aime pas la manière qu'elle a de lui chuchoter à l'oreille, pas plus que ne me plaît l'éclair d'intelligence, jusque-là absent, qui brille dans les yeux de cet enfant lorsqu'elle lui parle en lui caressant les cheveux. Par la faute d'Adélaïde quelque chose trouble cet esprit débile. À d'autres moments Stéphane est pareil à lui-même... un enfant qui se développe normalement mais dont l'intelligence est atrophiée depuis sa naissance.

Le 17 novembre.

La simplicité, la candeur de mon Adélaïde dénuée de tout artifice qui me ravissaient tant, appartiennent maintenant au passé. Il devient chaque jour plus apparent qu'elle me cache quelque chose... des pensées, des actes, je ne saurais le dire. D'autre part elle continue d'être lasse, absente et passe de longs moments à jouer au piano des airs mélancoliques ou à errer dans les jardins, scrutant les lointains comme si elle attendait quelque mystérieux visiteur. Je m'éloigne d'elle le moins possible. Nouveau sujet de contrariété, deux de nos servantes, l'air agité et gêné, m'ont informé qu'elles se refusaient à rester plus longtemps à notre service. Comme je les pressais de m'en donner la raison, elles se montrèrent réticentes et me dirent simplement qu'elles désiraient travailler dans un lieu moins isolé.

Le 20 novembre.

J'ai dormi plus lourdement que je ne le fais depuis quelque temps. Je me demande si moi aussi je ne serais pas souffrant. Adélaïde, pour sa part, est plus pâle, plus absente que jamais, et elle se refuse même à assister au service à l'église du village, arguant de sa fatigue et me déclarant qu'elle préfère se livrer à ses dévotions seule dans ses appartements. J'en ai informé notre brave curé qui a paru désolé. Le Dr Muller est revenu et après m'avoir confirmé qu'Adélaïde est toujours dans un état de grande faiblesse, bien que mentalement guérie, il m'a prescrit un cordial pour faire disparaître ma propre lassitude qu'il attribue à la tension et à l'angoisse dont j'ai souffert ces derniers temps. L'oncle et la tante de Stéphane lui prodiguent leurs plus tendres soins et me déconseillent de le rappeler auprès de nous avant qu'Adélaïde ait retrouvé ses forces, ce qui est pour moi un nouveau coup.

Le 22 novembre.

En dépit du cordial que je prends régulièrement, je me sens terriblement faible et me réveille le matin avec d'atroces maux de tête. J'ai à nouveau fait appel au Dr Muller (le pauvre homme, nous abusons vraiment de lui) et il m'a raconté qu'il circule au village d'étranges rumeurs. Il paraîtrait qu'on aurait vu errer, la nuit, autour du manoir et dans les bois environnants, une femme jeune, vêtue de blanc. « J'ignore tout de cela », dis-je au vieux médecin qui, m'observant attentivement, me demanda si j'avais quelques raisons de croire qu'Adélaïde était de nouveau sujette à des accès de somnambulisme. Je lui déclarai que je ne le pensais pas, que ce cauchemar n'était heureusement plus qu'un souvenir... ou du moins que je l'espérais. Il ne parut pas satisfait de mes dénégations et me conseilla, d'un air grave, de veiller constamment sur Adélaïde même si, vu son état débile, elle préférait dormir seule dans sa chambre à coucher. Comme j'allais le quitter, il me retint et me dit avec plus de gravité encore : « Je crois de mon devoir de vous informer que d'après certains on-dit cette apparition nocturne ressemblerait étrangement à votre épouse. » Seigneur ! Ce cauchemar va-t-il recommencer ? Si c'est le cas, tout espoir est perdu.

Le 23 novembre.

Adélaïde se refuse absolument à ce que je veille dans sa chambre. « Vous croyez donc que je marche tout endormie ? Ce sont des bruits stupides que répandent des gens superstitieux ! » Stupéfait, je lui demandai par qui elle avait entendu parler de cette errante nocturne. Pendant un instant, elle perdit contenance... son visage déjà pâle blêmit, elle fléchit comme sous un coup, puis au prix d'un immense effort, maîtrisa son émotion et me demanda pour quelle autre raison je pourrais bien tenir à veiller dans sa chambre. Cette fois, cela ne fait plus de doute pour moi. Cette femme vêtue de blanc qui hante le parc et les bois, c'est elle. Cette nuit, je veillerai.

Le 24 novembre au matin.

Une indicible fatigue m'a empêché de veiller comme je le désirais. À peine m'étais-je installé dans la bibliothèque, après qu'Adélaïde se fut retirée dans ses appartements, qu'une pénible somnolence s'empara de moi. Les premiers rayons du soleil m'éveillèrent du lourd sommeil de quelqu'un qui aurait été drogué. Je m'étais écroulé sur une causeuse et y avais dormi toute la nuit. Mon mal de tête me fait cruellement souffrir. Mais ce dont je souffre plus encore c'est de soupçonner Adélaïde de m'avoir administré un somnifère sous forme de potion ou de pilule. Je dois, dorénavant, me tenir sur mes gardes.

À la même date, dans la soirée.

Elle est plus rusée qu'un renard. Mon épouse, mon amour, ma vie, est devenue une dissimulatrice, et la révélation de cette affreuse réalité me plonge dans des abîmes de désespoir. J'en arrive à regretter — oui, à regretter — qu'elle ne soit pas morte plutôt que devenue ce qu'elle est actuellement. Elle n'est plus la même et le dissimule avec une incroyable astuce. Une chose est sûre, ce qu'elle me cèle la détruit lentement mais sûrement. Elle refuse de se laisser examiner de nouveau par le Dr Muller, mais je reste ferme sur mes positions. Lorsqu'elle est venue me rejoindre, cet après-midi, elle était aussi enjouée, aussi douce, aussi adorable qu'à l'habitude. Pendant quelques moments heureux je retrouvai l'aimable, confiante et exquise créature que j'avais épousée. Elle se montre souvent ainsi : je retrouve chaque jour l'Adélaïde d'*avant,* puis d'amers soupçons m'envahissent de nouveau et avec une angoisse toujours grandissante je note les changements qui s'effectuent en elle, sa vitalité amoindrie, sa pâleur de cire, son extrême lassitude. Marcher même semble être devenu un effort trop grand pour elle. Nous avions fait une centaine de pas dans les jardins lorsque se cramponnant à mon bras elle demanda à rentrer. Lorsqu'elle fut étendue, lasse, immobile, sur une chaise longue, j'eus l'impression que le peu de vie qui lui restait encore s'était réfugié dans ses yeux fiévreux au regard insondable dont l'éclat démentait la lassitude.

Je sais maintenant comment elle s'y prend pour m'administrer des drogues. Au cours des dernières semaines, j'ai pris l'habitude, chaque soir, après qu'elle s'est retirée, de m'installer dans la bibliothèque et de lire une heure ou deux tout en dégustant un verre de brandy. Ce soir, lorsque, avant le dîner, elle vint me rejoindre au salon, remarquant qu'elle était lasse au point de chanceler, je sonnai Caspar et le priai d'apporter du brandy pour sa maîtresse. Quand il revint, chargé du flacon et d'un verre, Adélaïde refusa ce cordial avec une surprenante véhémence, m'affirmant qu'elle ne supportait pas l'alcool qui ne ferait qu'aggraver son état. Je fis néanmoins un signe à Caspar qui posa flacon et verre sur un coffre. Faisant mine de m'incliner devant son refus, j'offris à Adélaïde un verre de vin qu'elle accepta. Je surpris alors, dans le miroir suspendu au-dessus du coffre, le regard intense qu'elle fixait sur le flacon de brandy. Son regard — ce regard que j'avais appris à reconnaître — fut pour moi plus révélateur que bien des paroles. Sa manière de fixer ce flacon avec un mélange d'excitation et de peur m'en disait plus long qu'un aveu. En dépit de sa toute récente puissance de dissimulation, jamais sa culpabilité n'avait éclaté de façon plus évidente. Avec un calme affecté je lui déclarai que j'attendrais que nous ayons dîné pour boire, à la bibliothèque, comme j'en avais l'habitude, mon verre de brandy. Elle eut beau s'efforcer de se dominer, elle ne parvint pas à dissimuler entièrement sa satisfaction et son soulagement. Je sais au moins que cette nuit je ne dormirai pas.

Le 25 novembre au matin.

Un vent glacial soufflait dans les jardins lorsque je sortis de la maison après qu'Adélaïde se fut retirée dans ses appartements. On sentait l'hiver tout proche et il y avait de la neige dans l'air. Pendant toute cette triste journée un ciel bas avait pesé sur la terre et la nuit était d'un soir d'encre. Drapé dans mon épaisse houppelande, je me préparai à une longue attente. Je gagnai la petite loge proche du portail s'ouvrant sur la route qui, d'un côté, descend jusqu'au village, et de l'autre monte jusqu'à la forêt. Comme les heures succédaient aux heures, ponctuées par le lointain tintement de l'horloge de l'église, le froid me pénétra jusqu'aux os, en dépit du flacon d'eau-de-vie, non drogué celui-là, dont je m'étais muni et auquel je faisais de fréquents appels. J'allai même jusqu'à oublier l'endroit où je me trouvais et le but de cette veille, tant j'étais absorbé par de tristes et amères pensées. Finalement ma patience fut récompensée. Je perçus des craquements sur le sentier. Je dissimulai plus soigneusement encore, sous les plis de ma houppelande, la lanterne que j'avais emportée et retins mon souffle. Les pas se rapprochèrent. Puis ils s'arrêtèrent un instant juste devant la loge où je me cachai, si près même que je n'aurais eu qu'à tendre le bras pour *la* toucher. Je l'entendis pousser un cri sourd, et l'errante nocturne, faisant demi-tour, se mit à courir vers la maison. Un sixième sens l'avait avertie que je la guettais et que je me disposais à la suivre. Je n'avais plus de raison de me dissimuler plus longtemps. Je m'élançai à sa poursuite, la saisis par le bras, et à la lueur de la lanterne, scrutai ses traits. Ils étaient convulsés par un affreux rictus (oui *rictus* est bien le seul mot qui puisse décrire son expression à ce moment-là). Pendant un instant, un fugitif et terrible instant, j'eus devant moi, non les traits purs et nobles de mon épouse bien-aimée, mais la face d'un démon, d'une bête féroce prise au piège. Puis, en un éclair, ce rictus fit place à une expression de stupeur et ce fut du ton implorant d'un petit enfant qu'elle me demanda, d'une voix à peine audible : « Conrad, où suis-je ? Que faites-vous là ? Pourquoi me regardez-vous de façon si étrange ? Que suis-je venue faire ici ? Dieu, que j'ai froid ! » Tout en parlant, elle se cramponnait à moi, puis s'écroula sur les genoux, frissonnant sous le froid humide et pénétrant de cette nuit d'automne. Le cœur plus lourd que jamais, je la relevai, la transportai dans mes bras jusqu'à la maison, la montai à sa chambre et l'étendis sur son lit. Je lui prodiguai mes soins, rendu muet par la tristesse et la crainte. Tandis que j'écris ces lignes, ma main tremble. Dieu me donne la force de supporter cette épreuve ! Car je sais — et le sachant je puis à peine prendre sur moi de le coucher par écrit — oui je sais qu'au moment où je l'ai saisie par le bras, elle n'était nullement en état de transe et qu'elle n'errait pas au hasard comme le font les somnambules. Non, elle était en pleine possession de ses facultés, parfaitement éveillée et lucide, prête à s'engager dans quelque ténébreuse expédition dont j'ignore le but, mais qui n'avait pu lui être dictée que par une puissance démoniaque.

Le même soir.

Adélaïde a gardé le lit toute la journée. J'ai fait appeler le Dr Muller et nous l'avons observée pendant son sommeil. « Voyez, me suis-je exclamé, plein d'angoisse, comme elle est pâle et défaite ! On la croirait morte. Dans ce corps émacié, l'âme semble absente. Quelle est donc cette terrible maladie qui la consume ? » Je lui racontai alors ce qui s'était passé et ajoutai que si elle avait manifesté une volonté farouche de s'enfuir de la maison pendant la nuit, elle semblait, d'autre part, avoir perdu toute envie de vivre. Nous étions tous deux complètement perdus. Après l'avoir longuement observée, et non sans hésitation, le docteur me dit enfin : « Mon ami, d'après tout ce que vous me dites et tout ce que j'ai pu constater par moi-même, votre femme se meurt. Or je ne décèle en elle aucun mal physique. Oui, vous avez raison. Quelque chose la consume. » Et posant en un geste amical sa main sur mon bras : « Mon pauvre ami, préparez-vous à de tristes nouvelles. Je ne suis qu'un humble médecin de campagne et ne reconnais, dans la vie, que les faits tangibles, mais j'ai beau ne pas être superstitieux, je suis obligé d'avouer que quelque chose — ne me demandez pas quoi — lui enlève toute volonté de vivre, la prive de cet élan vital qui est l'essence même de la vie. Que peut la médecine devant une telle affliction ?

— Mais elle ne m'a jamais laissé entendre qu'elle était lasse de la vie. Récemment encore, et même actuellement parfois, elle m'a fait comprendre qu'elle n'avait pas de plus cher désir que de vivre, de m'aimer, d'être aimée de moi, et de chérir notre enfant. Qu'est-ce donc qui a affaibli en elle un désir si légitime ? Je vous le dis — et riez de moi si vous le voulez — elle est possédée. Cela, j'en jurerais !

— Une telle baisse de vitalité a déjà été observée, quoique dans des circonstances toutes différentes, me dit le Dr Muller d'un air pensif. C'est une étrange histoire. Je vous la conterai tout à l'heure. » Nous sortîmes de la chambre, gagnâmes la bibliothèque et le docteur commença ainsi son récit : « Il y a un certain nombre d'années, quelque part en Carinthie, naquit dans une très ancienne famille un fils qui, dès son âge le plus tendre, manifesta une vive et précoce intelligence, mais qui, tout comme ses aïeux, était de constitution délicate. Ses frères et sœurs, plus robustes avaient mieux supporté les maladies auxquelles sont sujets les enfants. Comme il approchait de l'adolescence, il tomba dans une profonde mélancolie à quoi vint s'ajouter une diminution de ses forces physiques alors que son intelligence se faisait de plus en plus vive. Sérieusement alarmés, ses parents prièrent sa vieille et fidèle nourrice de coucher dans sa chambre afin de veiller sur lui et de répondre à tous ses désirs. L'adolescent ne tarda pas à donner des signes de guérison. Le sang revint à ses joues, sa démarche se fit plus alerte, sa résistance plus grande. Par contre sa nourrice se plaignit de voir ses forces décliner. Alors que son malade recouvrait la santé, elle commença de dépérir sans raison apparente. À peine l'avait-on soulagée de sa charge qu'elle se remit. Peu après, le jeune garçon montra les symptômes d'affaiblissement qu'il avait manifestés auparavant. On chargea alors un serviteur de veiller sur lui jour et nuit. De nouveau l'adolescent retrouva ses forces tandis que le serviteur se plaignait d'une lassitude toujours grandissante... comme si le fluide de vie lui était subtilement retiré. Finalement aucun serviteur ne consentit à lui prodiguer des soins. Les membres de sa famille étaient terrifiés, et ses frères et sœurs eux-mêmes l'évitaient. Tous reconnurent qu'en sa présence ils se sentaient étrangement faibles et souffrants, alors que lui donnait les signes manifestes d'une vigueur retrouvée.

— Et alors ? demandai-je.

— Ils engagèrent un nouveau serviteur, mais en vain. Le même processus se répéta. Finalement, sa mère, au désespoir, décida de le soigner elle-même, malgré les objections que soulevaient tous les siens. Elle mourut peu de temps après. Tous se mirent alors à fuir comme la peste ce malheureux garçon. Il semblait doué du curieux pouvoir de drainer la vitalité de ceux qui se consacraient à lui et de l'absorber comme une éponge absorbe l'eau. On l'isola dans sa propre demeure ; on lui apportait ses repas, mais ni son père, ni ses frères et sœurs, ni aucun serviteur ne restaient plus de quelques instants en sa présence. Il mourut au bout de quelques semaines.

— Mais qui, ou quoi, pourrait bien aspirer le fluide de vie de ma bien-aimée Adélaïde ? » demandai-je.

À cet instant, Caspar vint m'annoncer la visite de notre curé venu demander des nouvelles d'Adélaïde. Je lui racontai ce qui s'était passé et le Dr Muller refit pour lui son récit. Ce qui alarma particulièrement ce bon prêtre, c'est la ruse qu'avait employée Adélaïde pour sortir la nuit en cachette de la maison, et il demanda à la voir sur-le-champ. Nous la trouvâmes éveillée et d'humeur souriante.

« Ma chère fille, lui dit le prêtre avec bonté, êtes-vous toujours en proie à d'étranges rêves et visions ? Votre mari me dit que récemment il vous a trouvée en train de marcher tout endormie. » Adélaïde lui adressa un charmant sourire, nia avoir connaissance d'un tel comportement, et cela avec un tel accent de sincérité que, bien que connaissant son pouvoir de dissimulation, je n'eus pas le cœur de la confondre. Comme il continuait de lui parler avec bonté, le vieux prêtre se pencha, scruta attentivement sa gorge d'une laiteuse blancheur, souleva ses lourdes boucles lustrées. Comme je me penchais moi aussi, je l'entendis murmurer, comme se parlant à lui-même : « Dieu soit loué, ce n'est pas ça ! » puis il se redressa et se tourna vers nous.

« Mes amis, ayez la bonté de nous laisser seuls, la malade et moi. Nous allons élever vers le ciel une prière. » Quelques instants plus tard, il nous rejoignit à la bibliothèque, puis me prenant à l'écart, me dit qu'il reviendrait dans une heure. Il revint, alors que le docteur était déjà parti, portant un petit coffret contenant entre autres de l'eau bénite et des hosties consacrées. « N'en dites rien à votre médecin, fit-il, souriant, il me prendrait pour un vieil homme crédule, mais j'ai comme une intuition que mon remède se révélera plus efficace que le sien, car il vient de Dieu et non des hommes. » Peu après être retourné dans la chambre d'Adélaïde, il me fit appeler et me montra à quel point son sommeil était paisible. « Je crois pouvoir vous affirmer que votre femme ne cherchera plus à s'échapper la nuit. » Dieu veuille qu'il dise vrai !

Le 28 novembre.

Là où les docteurs Muller et Horvarth ont échoué, le père Johannes semble avoir réussi. L'état d'Adélaïde s'est amélioré de façon remarquable. Dans quelques jours elle pourra quitter la chambre et notre petit Stéphane pourra revenir auprès de nous.

Le 5 décembre.

Quelle puissance retient Adélaïde dans ses griffes ? À peine avait-elle réintégré la chambre conjugale, que toute cette horreur a recommencé. Je l'ai surprise, la nuit dernière, en train de descendre l'escalier. J'ai retrouvé sur son visage le même atroce rictus, suivi du même regard empli de stupeur et d'incompréhension. Le père Johannes a échoué, lui aussi. Nous avons tous échoué. Si je reste seul ici, je deviendrai fou. Je ne puis continuer à veiller chaque nuit... je suis en proie à une fatigue mortelle... et pourtant je dois veiller sur elle. À bout de forces, il ne me reste qu'une chose à faire... appeler à mon aide mon plus cher et plus vieil ami. J'écris à Ambrose sur-le-champ.

Journal intime d'Ambrose Lessing

Le 9 décembre.

Après en avoir terminé avec le journal intime de Conrad dont la lecture m'emplit d'une immense tristesse, je le pris affectueusement par le bras et lui dis qu'il était grand temps pour nous d'aller prendre du repos. La gratitude qu'il me manifeste pour avoir répondu à son appel a quelque chose de pathétique et je sens que ma présence lui redonne du courage. Je l'assurai que, quoi qu'il arrive, il pouvait toujours compter sur moi et qu'ensemble nous parviendrons peut-être à éclaircir le mystère qui menaçait la vie même d'Adélaïde et la raison de Conrad. Le reste de la nuit s'écoula paisiblement. Je n'en ai rien dit à Conrad, mais cette nuit, bien loin de dormir, je suis resté volontairement éveillé, ma porte légèrement entrouverte afin que si Adélaïde quittait la chambre conjugale je m'en aperçoive aussitôt. En effet nos chambres sont voisines et, pour gagner l'escalier, Adélaïde aurait inévitablement passé devant la mienne.

Comme toujours, Conrad dut jouer cette pénible comédie qui consiste à sembler ignorer les événements de la nuit précédente. Adélaïde se montra toute gentillesse et douceur et me demanda même de l'emmener faire, dans les jardins, une courte promenade... proposition que je m'empressai d'accepter. Tout en marchant, elle me dit combien elle aimait Conrad, à quel point son petit Stéphane lui manquait et quelle hâte elle avait de le voir revenir auprès d'eux. S'arrêtant brusquement, elle prit mes mains dans les siennes et me dit en me transperçant du regard : « Conrad me croit malade, n'est-ce pas ? Vous a-t-il dit qu'il craint pour ma raison ? Je sais qu'il me soupçonne de me conduire de façon étrange, mais moi j'en ignore tout. Je suis si heureuse, si profondément heureuse ici ! » Ses accents m'émurent. Cependant, tandis qu'elle me parlait, je lus dans ses yeux une sorte de nostalgie, comme si elle cherchait à me rassurer alors que ses pensées étaient ailleurs.

Le 10 décembre.

Il n'y a pas à s'y tromper. Adélaïde est la proie de quelque puissance secrète ou d'un inavouable désir. Elle m'a demandé aujourd'hui combien de temps je comptais rester au manoir et comme je lui répondais que je prolongerais mon séjour auprès d'eux aussi longtemps qu'ils désireraient ma compagnie, elle eut beau feindre de la joie à m'entendre lui répondre ainsi, je lus trouble et consternation dans son regard. Mais il y a plus... elle est terriblement agitée, la nuit. Conrad m'a dit que s'étant éveillé à l'aube, il avait entendu Adélaïde murmurer : « Bientôt ! C'est pour bientôt ! »

Autre fait révélateur : le curé, un vénérable et saint homme, est venu aujourd'hui, dimanche, réciter des prières, Adélaïde étant trop faible pour se rendre à l'église. Comme il lui disait : « Et maintenant, ma chère fille, prions notre Seigneur », un terrible changement se manifesta en Adélaïde. Lançant au vieux prêtre un regard empli d'un incommensurable mépris, elle dit d'une voix rauque : « Mon Seigneur n'est pas le vôtre ! » sur quoi, elle perdit connaissance. Le père Johannes, profondément bouleversé, s'est entretenu ensuite longuement avec Conrad. Ce qu'ils se dirent, je l'ignore, mais lorsque le curé fut parti, mon ami m'entraîna dans la bibliothèque et me dit d'un ton grave et pénétré : « Je ne puis plus supporter cet état de choses. À qui Adélaïde fait allusion, je ne le sais pas, mais je suis bien décidé à le découvrir. Tout vaut mieux que la torture que nous subissons. Le père Johannes a aspergé d'eau bénite notre chambre et a appelé sur elle la bénédiction de Dieu ; mais il avait déjà fait de même dans la chambre où elle dormait jusqu'alors et cela sans le moindre résultat. Adélaïde s'est refusée à pénétrer dans cette chambre nouvellement bénie, prétendant n'être pas fatiguée alors qu'elle se repose toujours à ce moment-là. Je crois réellement qu'une puissance démoniaque la tient sous son joug. Nous ne pouvons qu'une chose, non, nous le devons... découvrir quelle est cette puissance et la détruire. Es-tu prêt à m'y aider ? » Je m'empressai de l'en assurer. Nous sommes convenus que cette nuit nous veillerons tous les deux et que si elle sort de la maison nous la suivrons. Nous sommes persuadés qu'elle ne tardera pas à le faire. Elle semble de plus en plus absente et la comédie qu'elle nous joue pour paraître normale est de moins en moins convaincante. Elle s'est refusée aujourd'hui à déjeuner avec nous et s'est attardée à la salle de musique à jouer du piano d'un air distrait. Elle jette autour d'elle des regards furtifs comme une bête prise au piège et est visiblement en proie au désespoir.

Le soir du même jour.

Elle s'affaiblissait d'heure en heure. Mais elle mit une surprenante véhémence à implorer Conrad de lui laisser passer la nuit au rez-de-chaussée, sur le canapé du salon. Après que nous eûmes échangé un regard complice, Conrad y consentit. Là-dessus, nous préparâmes notre guet-apens dans ses moindres détails. Caspar entra dans la pièce et tendit à Conrad un billet où on le pressait de se rendre au village. Un de ses vieux et fidèles métayers, à son service depuis de nombreuses années, se mourait et désirait faire ses derniers adieux à son bien-aimé maître. Je surpris dans les yeux d'Adélaïde, lorsque Conrad lui dit qu'il ne pouvait faire autrement que de se rendre à cet appel, une lueur de triomphe véritablement démoniaque. Ce qu'elle ignorait c'est que nous avions nous-mêmes, Conrad et moi, rédigé ce billet quelques heures plus tôt. Il est parti et m'attend dans le jardin. Je suis seul dans la maison avec Adélaïde. Les domestiques se sont retirés. Il est tombé une légère couche de neige et maintenant le ciel est clair et étoilé. Comme je prenais congé d'Adélaïde étendue sur le canapé, elle se saisit de nouveau de mes mains et m'implora passionnément de rester au côté de Conrad au cas où elle viendrait à lui manquer. « Je n'ose le lui dire, ajouta-t-elle, car cela lui briserait le cœur, mais je sais que je n'ai plus longtemps à vivre. » Comme je la pressais de repousser des pensées aussi morbides, elle répéta : « Je sais que j'en ai bientôt fini avec *cette* vie. — Cette vie ? » répétai-je, frappé par la manière dont elle avait insisté sur le mot *cette*. Elle détourna le regard et, tandis que je quittais la pièce, retomba sur ses coussins avec un soupir. Je montai dans ma chambre, me glissai tout habillé sous mes couvertures et attendis. Une heure s'écoula puis je perçus le bruit de pas furtifs dans l'escalier, dans le corridor, devant ma chambre où ils s'arrêtèrent. Je fermai les yeux et fis semblant de dormir. Un instant après, j'entendis s'abaisser la poignée de la porte qui s'entrouvrit. À peine cette porte refermée, les pas s'éloignèrent. Je suis prêt. Elle ne va pas tarder à sortir de la maison et nous la suivrons.

Le 11 décembre.

Je vais m'appliquer à narrer ici avec le plus grand soin, la plus grande exactitude, les événements qui se sont déroulés cette nuit, et cela en dépit de mon épuisement et de l'horreur que j'éprouve.

À peine avais-je entendu Adélaïde redescendre l'escalier que je bondis à la fenêtre, l'ouvris sans bruit et entrepris de descendre par l'échelle de corde que Conrad et moi y avions fixée quelques heures plus tôt. Conrad m'attendait, dans les massifs, au pied de l'échelle. Il agrippa convulsivement ma main et dans son extrême émotion eût poussé une exclamation si je ne lui avais fermé la bouche de ma paume. Déjà nous distinguions la frêle silhouette d'Adélaïde qui se dirigeait vers le portail. Nous entendîmes un déclic, comme la clé tournait dans la serrure, et le portail s'ouvrit. La lune en était à son premier quartier et, sous sa froide lumière, nous vîmes Adélaïde prendre sur sa gauche et s'engager sur la route menant à la forêt. Avançant avec d'infinies précautions nous la suivîmes aussi silencieux que des ombres. Nous avions revêtu des vêtements foncés, des chaussures à semelles de caoutchouc, et nous progressions tels des chasseurs, car nous avons été élevés dans une région où le gibier abonde et dès l'enfance nous avons appris à nous déplacer sans bruit.

De temps à autre, Adélaïde s'arrêtait comme si elle nous soupçonnait de la suivre, mais à chaque fois elle repartait de l'avant tandis que nous nous dissimulions à l'ombre des grands arbres qui bordaient la route. Bien que ce fût déjà l'hiver, il régnait un silence quasi surnaturel que seuls venaient rompre parfois les hurlements d'un loup dans la montagne. Comme nous venions de prendre un tournant dans cette route montante, nous fîmes brusquement halte. Adélaïde se tenait immobile, à quelque cinquante mètres devant nous, à un point où des sentiers s'ouvraient de chaque côté de la route. Dissimulés à l'ombre d'un éperon rocheux, nous la vîmes se tourner vers l'un, puis vers l'autre, ne sachant visiblement pas lequel des deux emprunter. Un instant plus tard, elle se laissa tomber sur les genoux, l'image même de l'épuisement ou du désespoir. Elle resta ainsi prostrée comme incapable de se relever. Un profond silence régnait. Le loup avait cessé de hurler dans le lointain et le vent qui jusque-là avait agité la cime des arbres s'était tu. Conrad me serrait frénétiquement le bras et je sentis, au tremblement qui s'était emparé de tout son corps, qu'il était sur le point de s'élancer vers sa femme, mais je le retins au moment où déjà il quittait sa position accroupie. Le temps s'écoulait et Adélaïde ne bougeait toujours pas.

Enfin, après de longues minutes, elle se releva et s'engagea dans le sentier, qui, je le savais pour l'avoir exploré au cours de mes séjours précédents, menait à un hameau et à une chapelle désertée maintenant par les paysans au bénéfice de l'église du village. Nous reprîmes notre poursuite, chacun plongé dans de tristes pensées. Adélaïde continuait à avancer d'un pas de plus en plus rapide et lorsqu'elle arriva en vue de la petite chapelle, elle se glissa tel un spectre dans le cimetière.

Un instant plus tard, elle avait disparu derrière le mur. Négligeant toute prudence, nous nous élançâmes à notre tour dans le cimetière et vîmes Adélaïde couchée de tout son long sur une tombe et grattant frénétiquement la terre comme une bête sauvage. Comme nous arrivions sur elle, elle se leva, poussa un cri, se débattit comme un démon dans les bras de Conrad puis brusquement s'apaisa, et nous ne perçûmes plus que les sanglots convulsifs qui la secouaient tout entière. Nous la ramenâmes, docile comme une enfant. Elle est toujours étendue sur son lit, échevelée, les yeux égarés. Elle n'a pas prononcé un seul mot. Conrad est à son chevet. Il a fait chercher le médecin. Nous ne pouvons rien faire d'autre.

Le 13 décembre.

L'état d'Adélaïde s'améliore. Elle parle de nouveau, semble être redevenue normale, mais son regard reste secret. Je suis obligé de partir dès demain, mais au moindre appel de Conrad je reviendrai aussitôt. Je répugne à le laisser seul avec elle mais des raisons impérieuses m'y obligent. Il m'a promis de ne pas la quitter du regard un seul instant.

Lettre de Conrad Morheim à Ambrose Lessing.

Le 29 décembre.

Ambrose, elle se meurt. Les médecins me disent qu'il n'y a plus d'espoir. Dans un jour ou deux, elle ne sera plus. Et cependant — et cela me brise le cœur de le reconnaître — cela vaut mieux ainsi. J'ai épousé une goule ! Je sais maintenant pourquoi elle voulait à tout prix se rendre de nuit dans ce petit cimetière. Pour violer une tombe ! C'est une goule, une démente ! Il y a deux jours, elle a réussi à déjouer de nouveau ma surveillance. Le lendemain la rumeur a couru qu'une tombe avait été violée dans le cimetière du village. Quelqu'un avait déterré, puis ouvert le cercueil d'un malheureux garçon qui, désespéré, s'était tué d'une balle de revolver. Par pure compassion, par charité chrétienne, un prêtre avait permis que sa dépouille fût inhumée dans ce lieu consacré. Or cette dépouille avait été profanée par une main impie. Bien entendu cela a causé dans la région un grand scandale. Ce qu'il y a de pire c'est que j'ai découvert, le lendemain matin, des traces de terre dans la chambre d'Adélaïde et des ampoules sur ses mains. Elle était parvenue à me droguer de nouveau... Je sombrai, dans mon bureau, dans un lourd sommeil et c'est alors qu'elle dut accomplir son acte infâme. Mourante, elle peut à peine parler. Elle m'a cependant murmuré d'une voix brisée qu'elle savait n'avoir plus que quelques heures, ou au plus un jour ou deux à vivre et m'a imploré de faire revenir Stéphane auprès d'elle.

Je m'y refuse. C'est déjà assez triste qu'il soit mentalement déficient. Oui, je me refuse à l'amener au chevet de sa mère, cette démente impie, cette violeuse de sépultures. Finalement, me voyant inébranlable, elle me demanda de prendre dans un tiroir de son secrétaire un petit coffret. J'y trouvai une bague ancienne finement et curieusement ciselée. C'était, me dit-elle, un bijou de famille. Elle me fit promettre de le donner à Stéphane lorsqu'il serait grand... en admettant qu'il vive jusqu'à sa majorité. Je le lui promis et cette promesse parut l'apaiser. Je puis à peine supporter de la regarder. Quant à l'acte effroyable qu'elle a commis, je ne puis prendre sur moi de lui en souffler mot. Comme à l'habitude elle nierait tout et prétendrait ne se souvenir de rien. Le but de son crime reste et restera à jamais pour moi un mystère. Pourquoi ai-je été frappé ainsi ? N'était-ce pas assez que notre fils soit né idiot ? Ambrose, Ambrose, pourquoi une chose aussi effroyable nous est-elle arrivée ? De quel démon est-elle possédée ?

1er janvier 1877.

Par cette triste, cette morne journée, sous un ciel de plomb, tandis que le vent, courbant les arbres, faisait entendre sa lugubre plainte, Conrad et moi, quelques parents et amis avons assisté au service funèbre de celle qui fut Adélaïde et vu descendre dans la tombe son cercueil couvert de fleurs. Comme nous nous éloignions — je soutenais de mon bras le pauvre Conrad qui, brisé de chagrin, pouvait à peine se tenir debout — je vis du coin de l'œil le curé déposer sur le cercueil, d'un geste furtif, un objet que je ne pus distinguer. Il nous rejoignit un instant plus tard et dit gravement : « Elle reposera en paix. » Et comme mon ami ne lui répondait que par un sanglot, l'excellent homme reprit : « Oui, elle a beaucoup souffert, mais maintenant elle repose en paix. La miséricorde de Dieu est infinie. »

Demain j'abandonnerai de nouveau Conrad qui restera seul avec son chagrin et ses souvenirs. Pour le moment tout au moins, Stéphane ne quittera pas Ravensburg.

Lettre de Conrad Morheim à Ambrose Lessing.

Le 8 janvier.

Mon cher et fidèle ami,

Aucuns mots ne peuvent exprimer la gratitude que je te voue pour la façon noble et généreuse dont tu m'as soutenu dans mon épreuve. Oui, tu m'as soutenu dans mes heures les plus sombres. Lorsque, en proie à la plus vive douleur, je fus tenté de mettre fin à une existence qui m'était devenue insupportable, tu m'as rappelé avec douceur que j'avais des devoirs envers mon petit Stéphane. Tu avais raison, mais pour le moment je ne pourrais supporter de l'avoir auprès de moi. Ne me demande pas pourquoi. Il est préférable qu'il reste où il est. C'est étrange, mais j'ai le sentiment qu'Adélaïde est toujours là. Son âme aimante semble encore hanter ces lieux. J'ai cru même, une fois, la voir se promener dans les jardins, mais je sais qu'une telle vision ne peut être que le fruit de mon imagination. Je dors mal et quand il m'arrive enfin de sombrer dans le sommeil, je suis plus qu'il n'est normal en proie à des cauchemars. Donne-moi de tes nouvelles. J'ai hâte de te revoir.

Journal intime d'Ambrose Lessing

Le 20 février.

J'apprends à l'instant la mort de Conrad. Je pars sur-le-champ pour Kalasz.

Le 22 février.

Conrad a mis fin à ses jours avant même d'avoir revu son fils. Pourquoi a-t-il fait une chose pareille, je l'ignore. Peut-être son chagrin lui avait-il dérangé l'esprit. Ce sont Martha et Caspar qui m'ont relaté les circonstances de sa mort. Il les avait appelés auprès de lui, un soir, pour les remercier de leurs bons et loyaux services, les informer qu'il allait sous peu partir sans espoir de retour et avait placé à leurs noms des sommes importantes pour les récompenser de leur dévouement. Quelques jours plus tard, ils entendirent une détonation dans la bibliothèque. Ils accoururent ; leur maître, qui tenait encore dans sa main un pistolet, avait cessé de vivre.

Caspar vient de me donner un paquet scellé que Conrad lui avait demandé de me remettre en main propre au cas où il lui arriverait malheur. Ce paquet contient, je viens de le constater, les derniers feuillets de son journal intime.

Fidèle transcription du journal intime que tint Conrad Morheim pendant les derniers jours de sa vie

Le 15 janvier.

Serait-il possible que je sois, moi aussi, la proie d'une naissante obsession qui me mènerait irrévocablement à la folie ? Mes rêves se font à ce point fréquents que je ne sais plus où finit la réalité et commence le rêve, ou vice versa. Quel est donc ce mal étrange qui l'a d'abord frappée et qui menace de me faire perdre la raison ? Qu'est-ce donc qui me pousse à hanter sa tombe comme si j'espérais l'entendre me parler ?

Le 18 janvier.

Je me suis de nouveau mis à errer. N'est-ce pas une bien curieuse chose que, tandis que mon esprit vagabonde au-delà des limites du sommeil, mon corps prisonnier d'un monde tangible et réel, obéisse aux impératifs du monde des rêves ? C'est à *son* appel que j'obéissais hier soir, frémissant de joie à l'idée de me rendre auprès d'elle, lorsque je sentis une main agripper mon bras. Un millier d'images confuses défilèrent dans mon esprit puis le temps d'un éclair je passai d'un état à un autre et vis que Caspar me retenait avec une expression d'anxieuse et affectueuse sollicitude. « Où alliez-vous ainsi, mon maître ? » me demanda-t-il. Où allais-je, en effet ? Que faisais-je au pied de l'escalier, tout habillé, alors que je m'étais mis au lit deux heures plus tôt ?

Le 23 janvier.

Ces derniers jours, je me suis senti si las, si totalement dépourvu d'énergie que je n'aurais pu tenir une plume. Je me tiens jour après jour dans la bibliothèque et passe de longues heures à regarder dans le vide. Je vois mes domestiques passer comme des ombres devant moi. Ils me lancent des regards inquiets comme s'ils craignaient que moi aussi je ne devienne fou. Je sais qu'ils parlent de moi à voix basse, mais peu m'importe.

Le 25 janvier.

Je ne me trompais pas. Ils me croient fou. Le médecin est venu aujourd'hui. Est-ce eux ou moi qui l'avons appelé ? Je ne m'en souviens pas. Cela a d'ailleurs peu d'importance. Comme il me pressait de questions, j'ai fini par lui avouer que je voyais constamment Adélaïde en rêve, aussi bien endormi qu'éveillé. « Elle est morte, mon ami. Je vous en conjure, ne vous laissez pas aller à penser sans arrêt à la perte que vous avez faite, » m'a-t-il dit, croyant bien faire. « Imbécile, m'écriai-je, fou de colère, elle vit toujours en moi. Voulez-vous me priver de cela aussi ? » Il parvint à me calmer et me prescrivit des sédatifs... toujours plus de sédatifs. Je lui promis de les prendre fidèlement. Je deviens rusé... *je n'en ferai rien,* mais je tiens à le rassurer. Il fait *son* devoir. À moi de faire *le mien.*

Le 26 janvier.

Il faut que j'aille à elle. Elle est de nouveau venue à moi... Elle se tenait sur l'autre rive d'un abîme... Je la distinguais mal dans l'obscurité, mais elle me parla à l'oreille et me dit de venir à elle. Oui, mais comment ?

Le 27 janvier.

Son appel se fait plus insistant. Elle à besoin de mon aide. Ses supplications résonnent encore en moi. Je m'éveille et saute de mon lit. Je garde dans ma chambre, soigneusement dissimulé, un pistolet. Cela, le Dr Muller l'ignore. Je m'en empare et m'écrie : « Oui, ma bien-aimée, je viens à toi ! » Déjà je posais le canon de mon arme sur ma tempe lorsqu'elle me parla de nouveau, m'implorant de n'en rien faire. Ce n'est donc pas ainsi que je la retrouverai. Pas dans la mort... ou du moins pas encore. Cela se fera autrement. Il me faut prendre patience. La voie, je la trouverai.

Le 2 février.

J'ai été en proie, ces derniers jours, à un terrible accès de fièvre. Ils me disent que la fièvre s'est calmée. Ils viennent de me laisser. Maintenant que je suis seul, il me faut tout confier à ce journal. Aucun cauchemar ne fut plus effrayant, aucune réalité plus déchirante que ce que j'ai souffert au cours de cette nuit insensée. J'en arrive à souhaiter sombrer dans la folie et effacer ainsi de ma conscience tourmentée l'atroce souvenir de ce que j'ai commis cette nuit-là !

Mais il me faut d'abord, si je le peux, retrouver mon calme. Je suis pris d'un tremblement incoercible. La plume me tombe des mains. Je la reprends et elle s'agite entre mes doigts comme un objet animé. C'en est peut-être un. Et d'ailleurs, qu'est-ce qui est animé et qu'est-ce qui ne l'est pas ? Je ne le sais même plus. *Elle* m'a de nouveau appelé, d'une voix faible et désespérée. « Si tu ne viens pas à moi, je mourrai à jamais ! » m'a-t-elle dit en pleurant. Il existe donc une mort au-delà de la mort ? Notre curé ne nous affirme-t-il pas qu'au-delà de la mort il y a la vie éternelle ? Terrifié à l'idée que son image qui déjà s'éloigne — elle se fait chaque nuit moins distincte — pourrait me quitter à jamais, j'ai rêvé que je lui répondais. Obéissant à son appel et trouvant de la joie dans ma soumission même, je me levai, et après m'être rapidement vêtu, me glissai sans bruit, avec d'infinies précautions, hors de la maison endormie. Il faisait froid, de cela je me souviens, terriblement froid. Glacé jusqu'aux os, je frissonnais en franchissant le portail... Ils croyaient, en le verrouillant, me retenir prisonnier, ignorant que je possédais une autre clé, soigneusement dissimulée. Ils auront beau faire, ils ne m'empêcheront pas de m'échapper ! D'un pas ferme, ne craignant ni la nuit épaisse, ni les hurlements tout proches de loups affamés, je pris le chemin du village, soulevé de joie à la pensée de retrouver enfin ma bien-aimée. Rien ne me faisait peur et, comme guidé par un merveilleux instinct, je ne trébuchai pas une seule fois tandis que j'avançais rapidement, ses pleurs résonnant encore à mes oreilles. Je pénétrai avec des ruses de renard dans le cimetière, et me dirigeai rapidement et sûrement jusqu'à sa tombe, obéissant à ses appels. Je trouvai tout près de là une pelle, oubliée sans doute par le fossoyeur. Ce fut elle qui m'y conduisit. Tel un dément aux forces décuplées, je me mis à creuser, sous la couche de neige, la terre gelée. Je creusais comme un fou, empli d'une force réellement surnaturelle. Je creusais toujours plus profond et me souviens vaguement avoir pris quelques objets dans la fosse qui s'ouvrait sous mes pieds. Je ne sentais pas la fatigue ; je maniais la pelle avec frénésie comme un dément, comme un possédé, sa voix se faisant toujours plus forte. Je l'entendis pousser un cri de triomphe, eus une vision fugitive de son visage, aux yeux grands ouverts, au sourire démoniaque, puis... plus rien, le vide, le noir. Je me réveillai, glacé jusqu'à la mort, aux trois quarts recouvert par la neige qui tombait dru et serré. Je pouvais à peine remuer mes membres, et si ce n'avait été au prix d'un immense effort de volonté, je serais resté étendu là et serais certainement mort de froid. Cela aurait mieux valu ! Aux désordres de mon esprit succéda une terrible lucidité. Horrifié, je me rendis compte de ce que j'avais fait. Au cours d'une crise frénétique de vampirisme, poussé par je ne sais quelle impulsion morbide, j'avais creusé la terre jusqu'à mettre le cercueil à nu. Empli d'horreur et de remords, je me mis à rejeter dans la fosse la terre glacée, frissonnant à chaque fois qu'une pelletée tombait avec un bruit sourd sur le couvercle de bois. J'avais dû creuser pendant au moins deux heures. C'est à l'acharnement que j'avais mis à découvrir ce cercueil que je dus de ne pas succomber au froid et au vent glacial qui soufflait en tempête. Finalement, je sentis — car dans l'obscurité je ne distinguais rien — que la fosse était de nouveau comblée. Jetant la pelle au loin, je m'éloignai en chancelant et, après ce qui me parut une éternité, sortis de ce cimetière maudit, me retrouvai sur la route et rentrai non sans peine au manoir. Caspar surgit au moment même où je m'écroulais dans le hall et avec une expression d'une infinie tristesse me conduisit jusque dans ma chambre, puis saisi par mon piteux état, mes vêtements déchirés, mes mains couvertes d'écorchures et d'ampoules, mon expression hagarde, me demanda d'où je venais. Je tombai presque aussitôt dans une sorte d'inconscience. Des ombres s'agitaient autour de mon lit. J'entendis parler le médecin mais sans comprendre ce qu'il disait. J'appris plus tard que Caspar m'ayant conduit jusqu'à ma chambre, je l'avais congédié, m'étais remis au lit où l'on me trouva le lendemain matin en proie à une fièvre ardente. Quand je repris conscience, le Dr Muller, penché sur moi, me regardait avec anxiété. Posant sa main sur mon front, il poussa un soupir de soulagement et me dit : « Nous avons bien cru votre dernière heure venue. Grâce à Dieu, la fièvre est tombée. Vos domestiques vous ont trouvé, entièrement vêtu, écroulé dans le hall. Vous étiez de toute évidence sorti de la maison, puis aviez erré dans le parc. » Une peur terrible s'empara de moi. Auraient-ils découvert où je m'étais rendu, ils m'auraient certainement enfermé dans un asile. Je regardai par la fenêtre. « Depuis que vous êtes tombé malade, il n'a pas cessé de neiger nuit et jour, me dit encore le médecin. Le vent souffle en rafales. De mémoire d'homme on n'a vu pareille tempête. Le village est complètement enfoui sous la neige. » Les éléments déchaînés sont venus à mon aide. L'empreinte de mes pas a dû disparaître sous une épaisse couche blanche, et quant à la tombe... subsistera-t-il des traces de profanation une fois la neige fondue ? À cette pensée, je frissonne.

Le 4 février.

Je vais, à ce qu'ils disent, beaucoup mieux. J'ai dormi profondément et — chose étrange — pas une fois Adélaïde n'est venue me tourmenter dans mes rêves. Je la pleure, jamais mon chagrin ne s'apaisera, mais ce quelque chose qui torturait mon cœur s'en est allé. J'ai en quelque sorte le sentiment que mon expédition nocturne jusqu'à sa tombe a apaisé son âme. Quant à moi, de toute évidence, fou de douleur et en pleine crise de démence, je ne demandais qu'une chose, la serrer à nouveau dans mes bras. Grâce au ciel, la raison m'est revenue à temps. En moi la tempête s'est apaisée. Je veux recommencer ici, avec mon petit Stéphane, une vie nouvelle.

Le 7 février.

J'étais décidément plus atteint encore que je ne le pensais. Ce matin, me rappelant par hasard l'endroit où j'avais dissimulé la clé qui m'avait permis de m'évader cette nuit-là, j'y ai découvert autre chose. Stupéfait, j'ai pris dans mes mains le crucifix souillé de terre et... et... C'étaient donc là les objets sacrés que le père Johannes avait déposés dans la tombe après que son corps y avait été descendu ! Qu'est-ce donc qui m'a poussé à m'en emparer ? Je n'ose le lui avouer. Dès que je le pourrai, je les remettrai où je les ai pris. Cette nouvelle preuve de ma démence me bouleverse. Je suis allé à l'église et ai tenté de prier mais de sombres prémonitions m'en ont empêché. Si au moins je pouvais me décharger de ce fardeau sur ce digne prêtre ! Il comprendrait et pardonnerait. Mais le courage me manque. Je sais que la neige ne tardera pas à fondre et que la terre remuée, sur la tombe d'Adélaïde, révélera qu'elle a été profanée, et cependant je ne peux pas, je n'ose pas me confier à lui.

Le 12 février.

Le Dr Muller est venu dîner avec moi. Il est arrivé, m'a-t-il dit, une chose des plus étranges. On aurait aperçu un spectre dans un village qui se trouve à quelques kilomètres d'ici, non loin de Ravensburg. Mais il y a pire. On a découvert un paysan mourant, sauvagement mordu à la gorge comme par un loup. Ayant repris conscience juste avant de rendre l'âme, le pauvre homme jura qu'il avait été attaqué, non par un loup, mais par une femme qui, dissimulée derrière un arbre, avait bondi sur lui, l'œil étincelant, le visage convulsé par une démoniaque férocité. « Ils sont superstitieux dans nos régions », dis-je en m'efforçant de dissimuler ma gêne. « Hé oui, de telles superstitions survivent encore dans le pays. Elles viennent du fond des âges ; cependant il y a plus d'un siècle qu'un tel fait ne s'était produit », me répondit le Dr Muller.

Le 13 février.

J'ai eu entre les mains un exemplaire du *Correspondant* daté d'avant-hier. Il paraîtrait qu'il se serait produit, dans le village de C..., à quelque cinquante kilomètres d'ici, un autre fait tout semblable à celui que m'a rapporté le Dr Muller. L'auteur de l'article signale qu'il règne dans la région une agitation toujours grandissante.

Un peu plus tard dans la même journée.

Le père Johannes est venu me voir cet après-midi. Généralement d'une heureuse disposition, et d'une énergie rare à son âge, je l'ai trouvé sombre et préoccupé. Comme je lui en demandais la raison, il me répondit qu'il venait de recevoir de tristes nouvelles d'un de ses amis, un prêtre qui avait fait avec lui ses études au séminaire. Il lui apprenait qu'il venait de se produire un événement aussi navrant que celui que m'avait relaté le Dr Muller et que j'avais vu confirmé dans le journal. Ses paroissiens, m'a-t-il dit, sont constamment sur leurs gardes. Une jeune fille et un fermier ont été sauvagement assaillis. De plus, un des domestiques du château de Ravensburg prétend avoir vu une apparition, une femme vêtue de blanc qui errait dans le domaine. « Ils disent que le diable est parmi eux », ajouta le père Johannes. Il parut sur le point d'en dire plus, mais se ravisa. Il est angoissé, terriblement angoissé. Si seulement je pouvais me confier à lui !

Le 14 février.

C'est chose faite. Je me suis enfin déchargé de mon fardeau sur le bon Père. Et j'ai bien fait. Ensemble nous avons découvert une chose horrible qui dépasse l'imagination... l'affreux soupçon que la raison et l'instinct me poussaient à chasser de mon esprit s'est hélas tragiquement confirmé. Nous partons demain. Cette nuit, je ne dormirai pas. Il me semble que plus jamais je ne retrouverai le sommeil.

Voici ce qui s'est passé : incapable de garder plus longtemps mon abominable secret, je me suis rendu à l'église. La neige avait fondu au cours de la nuit. Je trouvai le père Johannes, l'air consterné, debout devant la tombe de ma bien-aimée. « Mon fils, me dit-il avec une infinie bonté, c'est le moment, si vous avez la foi, d'y puiser de la force, car j'ai une terrible nouvelle à vous annoncer. » Il m'indiqua d'un geste éloquent la terre fraîchement retournée qui montrait que la tombe avait été violée. « Voyez, me dit-il, quelque main impie a cherché à profaner sa dépouille. » Il se tut et m'observa attentivement. Je lus dans son regard reproche et pitié et c'en fut trop pour moi. Je tombai à genoux, et sanglotant, entrepris de me confesser à lui. J'avais à peine prononcé quelques mots qu'il me releva et m'entraîna vers la sacristie. « Une telle confession, me dit-il, demande à être faite dans la plus stricte intimité. » Voyant mon état lamentable, il me tendit un verre de vin, et s'assit en face de moi, attendant que j'aie repris des forces. Il écouta chacun des mots de mon récit avec la plus grande attention, me faisant parfois répéter une phrase, et me posant de temps à autre une question dont je voyais mal l'intérêt, son regard de vieil homme, plein de sagesse et de tristesse, fixé sur mon visage. Je lui dis comment *elle* m'avait approché dans mes rêves, comment ses appels se faisaient de plus en plus pressants, je lui narrai mes errances nocturnes et cette nuit tragique où, étant sorti du manoir, je m'étais rendu au cimetière pour creuser sa tombe. « Et depuis, avez-vous dit, votre défunte épouse a cessé de venir vous troubler dans votre sommeil ?
— Dès l'instant où j'ai repris connaissance au bord de sa tombe, elle ne m'est plus jamais apparue dans mes

rêves et ne m'a plus jamais lancé d'appels », lui dis-je. Là-dessus je sortis de ma poche le crucifix et l'hostie et les lui tendis. « C'est bien ce que je pensais », dit-il d'un air accablé en poussant un profond soupir. « Vous êtes sûr que vous ne l'avez jamais revue ? — Absolument sûr ». Après un long silence, le père Johannes murmura : « Les vampires se déplacent rapidement. Et celui-là a encore d'autres tâches à accomplir pour remplir son but démoniaque. »

Je le regardai comme frappé par la foudre. J'avais lu dans de vieux livres — qui ne l'a fait — d'horrifiques histoires sur les vampires qui s'introduisent dans le corps des morts, les obligent à sortir de leur tombe pour s'abattre sur les vivants. Je ne voyais là que superstition. Mais en levant les yeux sur le grave visage du vieux prêtre je compris que ce que je prenais jusque-là pour des contes à dormir debout ou de simples légendes, tout comme celles où il est question de sorcières, de nécromants ou de loups-garous, ne sortait pas de l'imagination de simples gens, mais était une terrible réalité. « Vous sentez-vous assez fort, assez courageux ? me demanda le père Johannes. Êtes-vous capable de supporter une dernière épreuve ? Votre foi vous soutiendra-t-elle ? » Et comme j'acquiesçais de la tête : « Dans ce cas, il nous faut procéder dès ce soir à une ultime vérification. Si ce que je crains se révèle exact, alors je vous demanderai de partir avec moi cette nuit même. Y êtes-vous prêt ? » J'acquiesçai de nouveau.

Au crépuscule nous retournâmes près de la tombe tandis que le fossoyeur mettait au jour le cercueil. Le père Johannes s'était contenté de lui dire qu'il craignait que quelque détrousseur de cadavres n'ait tenté de dépouiller ma femme des précieux bijoux enterrés avec elle. Fort heureusement, ce fossoyeur était un homme simple qui ne posa pas de questions. Lorsqu'il eut creusé suffisamment profond, le père Johannes lui fit signe de s'éloigner, lui disant qu'il voulait bénir le cercueil et s'assurer qu'il n'avait pas été profané. « Attendez-moi ici, m'ordonna-t-il comme j'allais descendre dans la fosse avec lui. Il suffit que je fasse moi-même mes constatations. » Avec une force et une dextérité surprenantes chez un vieillard, il décloua le lourd couvercle, l'écarta légèrement, scruta l'intérieur du cercueil, puis le referma. « C'est bien ce que je pensais, dit-il, en sortant de la fosse. Elle s'est levée d'entre les morts. » Peu de temps après, nous montions dans une berline et partions à bride abattue en direction de Ravensburg. Nous sommes actuellement à l'auberge de Pressheim. Nous repartirons dans quelques heures.

Le 16 février.

Nous fûmes accueillis à Ravensburg par le père Sébastien qui parut grandement soulagé par notre venue. Il nous raconta qu'une jeune villageoise avait, la nuit précédente, vit surgir devant elle le spectre d'une femme en blanc. Tout le village était terrifié. Les autorités, informées de la chose, n'avaient jusque-là pris aucune mesure. Personne ne se risquerait à mettre cette nuit le nez dehors. Chacun, après avoir tracé une croix sur sa porte, se barricadait chez lui. Tous redoutaient le crépuscule qui n'allait pas tarder à tomber. Une tombe avait-elle été profanée puis pillée dans le voisinage ? demanda avec insistance le père Johannes au père Sébastien qui, se tournant vers moi, me dit : « Les vampires, ces morts-vivants, se reposent pendant le jour. Pour quelque raison impie que j'ignore, ils élisent pour ce faire un lieu consacré. Je ne doute pas un instant que celle qui *fut* votre épouse — ne sursautez pas, *actuellement* elle ne l'est pas — se terre non loin d'ici. — Mettons-nous sur-le-champ à sa recherche ! » m'écriai-je, au comble de l'angoisse. « Pas si vite ! Nous allons d'abord attendre de voir si ce soir elle apparaîtra de nouveau. » Jamais dîner ne me parut plus pesant que celui que je pris au village avec ces deux excellents prêtres, et nulle veille ne fut plus anxieuse que celle que nous entreprîmes à la nuit tombée, après que les villageois eurent verrouillé portes et fenêtres. « Voici la maison de la jeune villageoise qui se plaint d'avoir été bouleversée par l'apparition », me chuchota le père Johannes tandis que nous traversions la place du village et nous dirigions vers notre abri, une vaste remise où étaient entreposés les chariots servant au transport des produits maraîchers. Les heures s'écoulèrent et il ne se passait toujours rien. « Patience, mon fils, me dit le père Johannes, devinant ma nervosité. Il n'est pas encore minuit. » Peu après cette heure fatidique, il posa légèrement sa main sur mon bras. M'efforçant de percer l'obscurité, je crus entendre une voix faible et lointaine appeler doucement : « Janiska ! » et comme dans un brouillard je distinguai vaguement une blanche silhouette. J'évoquai alors la nuit atroce où Ambrose et moi avions suivi Adélaïde à travers la forêt et je frissonnai. Le père Johannes me prit par l'épaule et me poussa en avant. « N'hésitez pas ! murmura-t-il. Dieu vous protège ! Allez, aidez-nous à libérer la terre de cette malédiction ! »

Chancelant, je sortis de la remise et entrepris de traverser la place du village. Il me sembla qu'une éternité s'était écoulée avant que j'atteigne l'autre côté, et à ce moment — chose étrange — toute peur me quitta. Mon âme fut emplie au contraire d'un merveilleux sentiment d'attente. Elle était là, devant moi, ma bien-aimée Adélaïde, aussi belle, aussi radieuse qu'elle l'était de son vivant. Il me parut tout naturel de la voir se dresser ainsi devant mes yeux. Un étrange bonheur s'empara de moi, tout semblable à celui d'un amant retrouvant son aimée en un lieu convenu d'avance. J'en oubliai mes souffrances passées et les deux prêtres qui, toujours dissimulés dans la remise, veillaient et attendaient. Je n'avais de pensées que pour elle. Elle tendit les bras vers moi, poussa un cri de joie d'une voix si douce qu'elle résonna dans mon âme comme une mélodieuse harmonie. « Conrad, tu es venu à moi ! Viens plus près, plus près encore, mon amour ! » Comme en état de transe, j'avançai de quelques pas. Malgré l'obscurité qui nous enveloppait, son visage brillait plus que la lune en ses pleins quartiers, et ses yeux étincelaient comme des charbons ardents. « Viens, mon amour, viens avec moi ! Ensemble, nous servirons notre Maître. Il nous attend. Nous ne tarderons pas à être auprès de Lui. Aide-moi à le trouver ! Le moment approche ! » Je fis encore un ou deux pas vers elle, savourant d'avance le baiser qu'elle me donnerait, le doux contact de ses bras noués à mon cou et déjà j'allai la toucher lorsque je perçus derrière un bruit de pas précipités. Le père Johannes, brandissant une croix, venait de s'interposer entre elle et moi en invoquant le nom du Seigneur. Poussant un cri perçant, le visage convulsé de haine, elle recula en écumant. « Arrière, arrière au nom du Dieu tout-puissant ! » cria le prêtre. Avec un dernier regard d'amour pour moi et de haine pour le saint homme, elle recula en direction de l'église toute proche. « Arrière ! Au nom du Seigneur je te l'ordonne ! » Un dernier rictus, un éclair blanc et elle avait disparu. Nous étions arrivés à la porte du cimetière et hésitions sur la marche à suivre lorsque le père Sébastien vint à nous, et me pressant le bras, me dit : « Je sais maintenant où elle est ! » Nous attendîmes encore une demi-heure, mais elle ne nous apparut plus. Le père Sébastien se rendit dans l'église, en ressortit, un petit cruchon d'eau bénite à la main. Nous fîmes tous trois le tour de l'église et du cimetière que, tout en nous entretenant à voix basse, nous aspergeâmes d'eau bénite. Lorsque nous en eûmes terminé, le père Sébastien nous raconta que quelques jours auparavant, cela lui revenait maintenant, alors qu'il sortait de l'église pour se rendre au chevet d'un de ses paroissiens malade, il avait vu une femme inconnue de lui penchée sur une tombe, en réalité le caveau d'une famille du pays, et qu'il avait crue plongée dans ses prières. Pressé, et ne voulant pas interrompre ses dévotions, il s'en était allé précipitamment sans lui adresser la parole. Elle était voilée et il n'avait pu distinguer son visage.

Le jour vint. Nous n'avions pas fermé l'œil. « Vous allez affronter maintenant la plus terrible des épreuves, me dit le père Johannes, mais quand vous en aurez fini, votre douce épouse reposera enfin dans la paix du Seigneur. » Le père Sébastien célébra une courte messe dans une des chapelles latérales, puis nous sortîmes, le père Johannes portant à la main un sac noir. La porte du caveau était ouverte. La serrure, vieille, rouillée avait dû céder aisément. Dans ce caveau étaient disposés de chaque côté trois cercueils. Dans un angle je reconnus en frissonnant les restes pitoyables d'un mort inhumé dans ce caveau et dont les os avaient été éparpillés par une main impie. « C'est là le cercueil », nous dit le père Sébastien. Ensemble nous le posâmes sur le sol, soulevâmes avec précaution le couvercle dont les vis rouillées s'en allaient en poussière.

Que j'en termine au plus vite avec ce récit... car c'est

pour moi une véritable agonie que d'écrire ces lignes. Dans ce cercueil profané était couchée une femme dans tout l'éclat de sa beauté, les yeux grands ouverts, les joues rosées, les lèvres pourpres, ses cheveux noirs flottant sur ses épaules, son corps baignant dans le sang... mais ce n'était pas *elle*. « Cette femme, je ne la connais pas ! Ce n'est pas mon Adélaïde ! Il existe entre elles une ressemblance, une certaine similitude de traits et pourtant, je le jure, ce n'est pas elle ! Ce n'est pas mon épouse ! » Je m'obligeai à la regarder de nouveau. Oui, il existait plus qu'une vague ressemblance; elles auraient pu être sœurs, mais ce n'était pas *elle*. Je savais que ce n'était pas elle, mais cette diabolique ressemblance me causa une telle horreur que je fus sur le point de m'évanouir. « Si ce n'est pas elle, mon fils, il vous sera plus facile de frapper », me dit Johannes ouvrant la sacoche qu'il portait à la main et me tendant un pieu pointu et un maillet. « C'est à vous de l'enfoncer. Le père Sébastien et moi sommes vieux et faibles. De plus c'est vous qui l'avez fait sortir de sa tombe ! » Comme dans un cauchemar, et suivant leurs instructions, je posai la pointe du pieu sur sa poitrine, jetai un dernier regard sur ce corps qui avait toutes les apparences de la vie et dont le visage me rappelait si étrangement celui de mon épouse, puis comme environné d'un nuage noir, frappai sur le pieu de toutes mes forces.

J'entends encore ce cri atroce. Je vois encore cette *chose* infâme se tordre dans son cercueil, je sens encore le jet de sang inondant mon visage. Je me rappelle comment, pendant un court instant, avant de perdre connaissance, je retrouvai, ayant accompli ma macabre tâche, mon Adélaïde reposant paisiblement dans son cercueil. Mais le pire restait encore à exécuter. Je préfère oublier comment nous lui avons tranché la tête et même ce que nous avons fait de sa pitoyable dépouille... Non, je ne veux plus me souvenir de rien...

Le 18 février.

Stéphane restera à Ravensburg. Ce ne serait pas bon pour lui de vivre auprès de moi. Je n'aspire qu'à la solitude, aux ténèbres et à l'oubli. Il ne me reste qu'un moyen d'atteindre ce à quoi j'aspire. C'est un péché mortel, je le sais, mais Dieu me le pardonnera, je veux l'espérer. Stéphane n'en saura rien. Les deux prêtres m'ont promis que personne, à Ravensburg, ne saura jamais rien de la terrible scène qui s'est déroulée dans le caveau et de l'état dans lequel nous avons laissé Adélaïde. Cela restera un secret entre nous et j'implore mon très cher ami Ambrose de le respecter. Il ne me reste qu'une requête à formuler : que le père Johannes et lui enfoncent un pieu dans mon cœur et me tranchent la tête avant de refermer mon cercueil. J'ai entendu dire que dans certaines circonstances les suicidés sortent de leur tombe et errent au hasard. J'ai trop souffert dans *cette* vie pour supporter une chose pareille.

Écrit par la même main inconnue

En raison du sort tragique que connurent Conrad Morheim et son épouse Adélaïde, il semble indispensable de consigner ici certains détails sur leurs origines et leurs ancêtres. Conrad Morheim, qui descendait d'une longue lignée de guerriers et d'administrateurs, servit sous l'Empire en tant que soldat et fonctionnaire puis, abandonnant la vie publique, se retira sur ses terres peu après son mariage. Son épouse, Adélaïde Helsdorff, descendait d'une famille tout aussi ancienne, que les guerres et les épidémies, si fréquentes dans cette région troublée de l'Europe, avaient réduite à une simple lignée, les branches collatérales s'étant éteintes pour diverses raisons. Le père d'Adélaïde, bien que menant un train de vie assez réduit, était parvenu à conserver un certain rang dans la société, mais en raison de sa mauvaise santé, et du fait que depuis la mort de sa femme il vivait quasi en reclus, il comptait peu d'amis intimes. L'union de Conrad et d'Adélaïde surprit, car l'on s'attendait à ce que le jeune Morheim contractât une brillante alliance avec quelque opulente famille, étant donné les fonctions qu'il occupait à la cour où il jouissait d'une grande faveur. Adélaïde n'avait pour elle que sa douceur, son humeur enjouée et une grâce qui éclipsait, aux yeux de son soupirant, la beauté des jeunes héritières de la noblesse. Malheureusement, cette jeune fille présentait, pour les parents et amis de Conrad, une véritable tare. En effet, elle était de santé extrêmement délicate et il était connu que rares étaient les membres de sa famille qui parvenaient jusqu'à un âge raisonnable. De plus il avait couru dans le passé certains bruits inquiétants concernant les origines de ses ancêtres, et l'on disait même qu'ils avaient changé de nom après qu'un sombre crime ait fait de leur demeure ancestrale un lieu que tous craignaient et fuyaient. Mais Conrad ne voulut rien entendre. Il balaya toutes les objections des membres de sa famille, se querella violemment avec ceux d'entre eux qui s'efforçaient de le raisonner, proclama son amour passionné pour cette jeune fille qu'il épousa après ne l'avoir courtisée que quelques semaines. Même si par la suite il coupa tous rapports avec les siens, leur union fut idyllique, et lorsque enfin elle fut bénie par la naissance de leur fils Stéphane, leur bonheur ne connut plus de bornes. Puis le malheur s'abattit sur ce couple. Très vite l'enfant donna des signes de débilité mentale et de retard dans son développement et bientôt ses parents durent s'incliner devant cette triste évidence qu'il était aussi déficient en intelligence et en perception que les ancêtres de sa mère en santé et en vitalité. En dépit des soins constants des médecins, Stéphane semblait incapable de progresser et ne montrait pas cette disposition à communiquer avec les autres qui se manifeste en général chez les jeunes enfants au cours des deux ou trois premières années de leur vie. Du point de vue physique, Stéphane se développait normalement, mais il était clair que si jamais il atteignait à l'âge d'homme, il était du point de vue mental à ce point retardé que son intelligence, si l'on pouvait l'appeler ainsi, ne dépasserait pas celle d'un idiot. À mesure que les années passaient, prendre conscience qu'il n'existait aucun espoir de guérison pour le mal dont souffrait son fils, se révéla une trop grande épreuve pour la malheureuse mère. Parents et alliés chuchotaient entre eux que la déficience mentale de cet enfant était le résultat d'une union réprouvée dès le début et s'ils ne formulèrent jamais aucun reproche, Adélaïde dut avoir conscience du ressentiment mal dissimulé qu'ils lui portaient pour avoir mis au monde un héritier qui n'ajouterait aucun lustre à la noble maison des Morheim. Aucun effort ne fut épargné pour donner ne fut-ce qu'une apparence normale à cet enfant. Mais lorsqu'il atteignit sa dixième année, il était à peine aussi avancé mentalement qu'un enfant de deux ans. Parce que la santé d'Adélaïde déclinait de façon alarmante, et qu'elle commençait à montrer les symptômes décrits par Conrad et Lessing, le petit garçon fut confié aux soins d'un parent éloigné, le colonel Tekely qui, seul de toute la famille, avait toujours montré sympathie et compréhension au jeune couple et les avait soutenus dans leur espoir qu'un éventuel changement pourrait se produire dans l'état du jeune Stéphane.

Après la mort d'Adélaïde et le suicide de Conrad, il fut convenu, à la suite de diverses dispositions testamentaires, et après consultations avec des hommes de loi, que le jeune garçon serait confié à la garde du colonel. La question du domaine dont Stéphane devait en principe hériter à sa majorité fut laissée en suspens jusqu'à ce que soit prouvé, de façon définitive et irrévocable, qu'il n'existait plus aucun espoir de voir son état s'améliorer.

Peu après qu'il eut été confié aux tendres soins du colonel et de son épouse, dans leur agréable propriété sise au milieu des douces collines et des vignobles entourant Ravensburg, et peu de jours après qu'Adélaïde eut rendu le dernier soupir, s'opéra dans l'état mental de Stéphane un changement aussi spectaculaire qu'inattendu. L'évolution de cette guérison est relatée dans les lettres qu'adressa à l'époque le colonel Tekely au Dr Mathias Spitz.

Lettres adressées par le colonel Gabriel Tekely au Dr Mathias Spitz suivies d'extraits du journal intime de ce dernier

Lettre du colonel Gabriel Tekely au Dr Mathias Spitz.

Le 2 février 1877.

Cher docteur et ami,

Peut-être verrons-nous enfin ce que nous appelions de tous nos vœux. Nous avons constaté, ces deux derniers jours, dans l'état de Stéphane une nouvelle amélioration qui nous donne, à Matilda et à moi, de nouvelles raisons d'espérer. Nous en avons informé le pauvre Conrad, mais le chagrin, le besoin de solitude font que, pour le moment tout au moins, il ne désire pas revoir son fils. Chose étrange, je pourrais jurer que depuis la mort d'Adélaïde il a pris son fils en aversion. Je suis convaincu qu'il reviendra à de meilleurs sentiments. En attendant il est infiniment préférable que Stéphane reste auprès de nous plutôt que de retourner dans cette maison frappée par le malheur.

Son babil, ses mots jusque-là sans suite semblent plus cohérents. Ainsi aujourd'hui il a prononcé une douzaine de mots reliés entre eux de façon logique, faisant ainsi un effort considérable pour exprimer une pensée intelligemment conçue. Il parait plus vif et je vois dans ses yeux une lueur qui n'y était pas auparavant. Quand nous nous adressons à lui, au lieu de laisser errer son attention, comme il le faisait jusque-là, il nous regarde gravement comme s'il s'efforçait, en y mettant toute son attention, de saisir la signification de chacune de nos paroles. Depuis son arrivée ici, j'ai toujours senti qu'il y avait une intelligence en sommeil dans sa pauvre petite tête. Je suis maintenant persuadé que nous arriverons à lui ouvrir les portes de sa prison. Ne me demandez pas où je puise cette conviction. Nous avions échoué jusque-là, mais ne nous avez-vous pas toujours prêché l'espoir ? Je vous tiendrai, bien entendu, au courant de tout nouveau changement.

D'autre part, cela vous amusera peut-être d'apprendre que les gens du pays sont toujours aussi superstitieux. On aurait trouvé, à quelques kilomètres d'ici, errant en pleine nuit dans les bois, malgré un froid très vif, une jeune paysanne qui prétendrait avoir vu surgir devant elle une dame blanche, un fantôme, un spectre, ou je ne sais quelle invention. Si elle n'était totalement illettrée, je dirais que son imagination s'est enflammée à la lecture de ces romans fantastiques qui, au dire de ma nièce, connaissent actuellement un très grand succès. Cependant aucun fait surnaturel ne peut dépasser en étrangeté la miraculeuse amélioration de l'état mental de Stéphane. Dieu veuille que cela continue ! Votre ami.

Lettre du colonel Tekely au Dr Mathias Spitz.

Ravensburg, le 6 février.

Cher ami,
Oui, nous ne nous trompions pas. Il y a sans aucun

doute possible amélioration. En s'éveillant ce matin, et à notre indicible joie, Stéphane a murmuré quelques mots. Oh, rien de bien important... qu'il avait « très mal dans la tête », qu'il avait soif, encore une fois ce sont des riens, mais c'est un début! Par son attitude, par ses gestes, il montre plus de confiance en lui. Il commence à coordonner ses mouvements, et ses yeux ont perdu leur terrible regard vide. Je suis persuadé qu'il me comprend lorsque je m'adresse à lui. Matilda adresse au ciel, avec une ferveur redoublée, des prières pour sa complète guérison. Quant à moi, je préfère m'adresser à Stéphane. Je lui ai demandé s'il comprenait mes paroles et, si c'était le cas, de me l'indiquer par un signe de tête. Le pauvre petit bonhomme s'est contenté, sans me répondre, de me regarder avec de grands yeux, mais comme j'allais m'éloigner il s'approcha de moi et me prit par la main. Comme vous le savez, il n'avait jamais, jusque-là, esquissé un geste affectueux. J'en ai été profondément ému.

Savez-vous qu'il y a une véritable épidémie de on-dit et de racontars sur des fantômes et apparitions. Le crime horrible que l'on a découvert en est la raison. Un malheureux paysan qui revenait d'un rendez-vous avec sa promise a été trouvé mort, la gorge affreusement mutilée... par quelque rival, à mon avis. Mais ce qu'il y a de particulièrement atroce dans cette affaire c'est que le meurtrier, pour éloigner de lui tout soupçon, a maquillé son crime de manière qu'on l'attribue à un loup. Cette triste histoire a ravivé la peur des gens du pays. Ils racontent, à ce qu'on me dit, que la mort de ce malheureux garçon serait due non à la main d'un homme, ou aux crocs d'une bête, mais à quelque sorcellerie. En effet vous savez tout comme moi que nous vivons dans une étrange et romantique contrée et que les siècles ont beau passer, les gens d'ici n'en continuent pas moins de croire aux gnomes, aux esprits, aux fantômes.

Votre ami plein d'espoir.

P. S. Matilda vous envoie son meilleur souvenir. Ne viendrez-vous pas bientôt faire un séjour chez nous ? En vous adressant cette invitation, j'obéis autant au désir de revoir un ami qu'à celui de vous faire à nouveau examiner Stéphane. Vous nous direz alors en toute sincérité si nous nourrissons des espoirs illusoires, ce que je ne crois pas.

Du colonel Tekely au Dr Spitz.

Ravensburg, le 10 février.

Cher ami,

Ces longues périodes de torpeur auxquelles Stéphane était si souvent sujet semblent maintenant appartenir au passé. Il montre plus de vivacité. Il s'efforce de parler et s'il ne parvient encore qu'à émettre des phrases entrecoupées, sa volonté de s'exprimer est visible. Venez le plus vite possible.

On parle de plus en plus, dans la région, d'une certaine apparition. Le bruit en est parvenu jusqu'à notre domesticité et une des servantes jure avoir aperçu, la nuit dernière, une silhouette féminine qui errait aux abords du château...

(Le reste de la lettre traite de sujets sans rapport avec ce qui nous intéresse c'est pourquoi je ne l'ai pas transcrit.)

Du colonel Tekely au Dr Spitz.

Ravensburg, le 13 février.

Cher ami,

Il s'est produit aujourd'hui un curieux incident. L'amélioration de l'état de Stéphane est si manifeste que nous avons décidé qu'il se rendrait, avec Matilda, à l'église du village. Quant à moi, vous le savez, j'estime, comme le disent les Espagnols, que l'Église est faite pour les femmes et Dieu pour les hommes. J'estime également que ma simple foi de vieux soldat suffit amplement à mes besoins spirituels sans l'intercession du clergé local à peine moins superstitieux que nos paysans. Cependant, en cette occasion je décidai d'assister moi aussi au service et de me montrer aux villageois. Pour me résumer, nous montâmes tous trois dans la calèche et j'allai présenter mes respects à notre curé qui fut tout content de voir que notre petit Stéphane n'était plus le malheureux idiot que l'on prétendait au village. Comme vous l'avez sans doute deviné, si je tenais à me montrer avec lui en public c'est que je suis fier du changement qui s'est opéré en lui. En sortant de l'église nous fîmes quelques pas sur la route, saluant au passage nos amis et connaissances. À ce moment apparut dans le lointain une berline qui roulait à un train d'enfer. Elle s'arrêta brusquement à notre hauteur, la portière s'ouvrit et une dame, élégamment vêtue et soigneusement voilée, aux gestes vifs et jeunes, en descendit et s'approcha de Stéphane qui s'était élancé pour voir les chevaux de plus près. Elle était vêtue de noir et à travers son voile épais je distinguais vaguement son pâle visage et ses yeux noirs qui brillaient d'un feu ardent. Après nous avoir salués avec une extrême gravité et une majestueuse dignité, l'étrange voyageuse tendit la main vers Stéphane en s'écriant : « Oh, quel charmant enfant ! Venez près de moi, mon petit ! » avec tant de charme et d'une voix si mélodieuse que Matilda et moi en fûmes touchés. Dénué de toute crainte (alors qu'autrefois il ignorait ou fuyait toute personne étrangère) Stéphane s'approcha d'elle. Posant sur son épaule une main gantée, elle se pencha, l'embrassa et lui chuchota à l'oreille quelques mots que nous ne pûmes saisir. Elle se redressa, nous dit : « C'est vraiment un enfant délicieux ! », nous salua aimablement et remonta dans la berline. Le cocher, j'eus le temps de le remarquer, avait l'air farouche, les traits accusés et le costume de ces bohémiens de Szganie que l'on trouve encore dans les vallées montagneuses de la partie orientale de notre province. Ils repartirent au même train d'enfer. Cette voyageuse appartenait sans aucun doute à la noblesse, mais à quelle famille, je ne pourrais vous le dire, car sa voiture ne comportait ni armoiries ni indications d'aucune sorte. C'est ainsi que Stéphane rencontra sa première admiratrice. Si avec le temps son intelligence se développe normalement, je ne doute pas un instant qu'il n'en ait beaucoup d'autres. C'est un très bel enfant !

Nous sommes ravis de votre venue. Je sais d'avance que vous trouverez le château de Ravensburg infiniment plus gai que lorsque vous l'avez quitté...

Extrait du journal intime du Dr Mathias Spitz.

Le 15 février.

Le colonel et Matilda avaient parfaitement raison. J'ai trouvé chez le jeune Stéphane une amélioration considérable. Nombre des déficiences que j'avais observées en lui ont disparu. Ses facultés mentales, si longtemps en sommeil, commencent à se manifester. Je conseille, s'il continue à faire de tels progrès, que l'on engage pour lui un précepteur spécialisé dans l'éducation des enfants difficiles ou arriérés. En lui prodiguant un enseignement judicieux et suivi, on parviendra, j'en suis persuadé, à lui apprendre à s'exprimer normalement et même à lire et à écrire. La cause de ses déficiences reste pour moi un mystère, mais il existe encore bien des domaines mal explorés par la science médicale. Le cerveau, particulièrement celui d'un jeune enfant, est un instrument terriblement délicat.

Extrait du journal intime du Dr Mathias Spitz.

Le 16 février.

Les rumeurs qui courent parmi les paysans et dont m'avait fait part mon ami, ont gagné jusqu'au château. Aujourd'hui, par deux fois, on est venu nous dire qu'une dame blanche était apparue dans la nuit. Chose plus étrange encore, quand le petit Stéphane est descendu, ce matin et que je lui ai demandé s'il avait bien dormi (il m'avait paru un peu fatigué, ces deux derniers jours), il a secoué la tête et m'a dit : « Pas dormi. La dame. — Quelle dame ? » lui ai-je demandé, intrigué. Il sembla réfléchir un instant, se frotta les yeux, puis répéta : « La dame. — Voyons, de quelle dame parles-tu ? De tante Matilda ? » À nouveau Stéphane secoua la tête. « Non, pas tantine. La dame. — Et qui est cette dame ? » lui demandai-je, parlant lentement et distinctement, et avec amitié. « La dame. M... M... M.. » Je me penchai sur lui pour tenter de lire sur ses lèvres ce mot qu'il essayait de prononcer et qui commençait par un M. « Mais voyons, dit le colonel, dont le visage d'abord assombri s'illumina. Il a rêvé de sa pauvre maman. Depuis que son intelligence progresse, le souvenir de sa pauvre mère lui revient. C'est tout naturel. — Vous ne croyez pas qu'il y ait quelque chose de vrai dans ces histoires d'apparition d'une femme mystérieuse, d'un fantôme ? » nous demanda Matilda d'un ton anxieux. « Allons donc, lui répondit le colonel d'un ton bourru, tout ça ce sont des contes de bonnes femmes. La crédulité de nos paysans ne connaît plus de bornes, tout leur est prétexte à répandre ces stupides rumeurs et à être de nouveau la proie des superstitions qui assombrissaient la vie de leurs aïeux. — Notre jeune ami est peut-être tombé amoureux de la ravissante voyageuse dont vous m'avez parlé dans une de vos lettres », dis-je d'un ton badin au colonel. « Cela prouverait qu'il a bon goût. Je suis prêt à parier qu'arrivé à l'âge d'homme il tournera bien des jolies têtes », me dit le colonel avec une fierté toute paternelle.

Pour moi, il ne peut s'agir que de sa mère. Et je commence à m'expliquer l'origine du mal dont fut atteint le jeune Stéphane. De tels cas ne nous sont pas inconnus. Un brusque choc dans la petite enfance, quelque faiblesse héréditaire, amnésie, arrêt du développement mental, sorte d'atrophie des facultés intellectuelles... D'autre part un traumatisme, une forte émotion, qui sait ? ont peut-être suffi à rétablir l'équilibre de cet esprit malade et à délivrer son intelligence de ses liens. Je commence à y voir plus clair.

Extrait du journal intime du Dr Mathias Spitz.

Le 19 février.

Nous venons tous de recevoir un terrible coup. Le pauvre Conrad, le père du petit Stéphane, accablé de chagrin, indifférent aux excellentes nouvelles concernant l'amélioration de l'état de son fils, s'est ôté la vie. Quelle tragédie ! Stéphane est maintenant orphelin, mais le colonel jure de l'élever comme s'il était son propre fils. Je sais qu'il fera tout au monde pour cet enfant et que sa présence au château allégera sa douleur d'avoir perdu ses deux fils au cours de cette dernière et terrible guerre. Nous n'entendons parler que de mort autour de nous. J'ai appris que l'épouse du baron Sandor était décédée, l'autre jour, d'une courte et terrible maladie.

Chose curieuse, nous n'avons plus entendu parler d'apparitions dans le voisinage.

Les réels progrès qu'accomplit chaque jour le jeune Stéphane me réjouissent le cœur. Je suis persuadé qu'un jour il sera tout à fait normal. Quel mystère que l'esprit humain ! En toute honnêteté je ne crois pas qu'aucun de nous puisse s'attribuer le bénéfice de cette guérison. Il existe dans la nature des forces que nous ignorons encore et ce sont elles qui ont accompli ce miracle.

Écrit par la même main inconnue

Quelques mois après sa guérison qui se faisait chaque jour plus complète, les parents adoptifs de Stéphane célébrèrent dans la joie son onzième anniversaire Des professeurs furent engagés pour donner au jeune garçon l'instruction qu'il aurait dû recevoir depuis quelques années déjà et les résultats dépassèrent toute attente. En six mois il parla normalement. Dès l'âge de douze ans il lisait et écrivait couramment. À treize ans, il conversait en français et en allemand (le colonel, comme beaucoup d'habitants de la région, était d'origine saxonne), et était déjà avancé en mathématiques. Il apprenait si vite et faisait de tels progrès que ses professeurs n'eurent bientôt plus rien à lui enseigner et qu'il fallut en chercher de plus qualifiés. Chaque année qui s'écoulait voyait s'accroître ses dons intellectuels et son savoir. Son esprit était d'une extraordinaire agilité, sa mémoire, prodigieuse, et sa capacité à absorber de nouvelles connaissances, étonnante. Lui qui avait été un débile mental était tout simplement devenu un prodige. De plus il faisait montre d'un sérieux bien au-dessus de son âge. Les jeux qu'affectionnent les enfants perdirent bientôt pour lui le peu d'attrait qu'ils avaient jamais eu. La compagnie de petits camarades de son âge semblait lui peser et l'on ne tarda pas à remarquer qu'en leur présence il manifestait de l'irritation et de l'impatience comme si, ayant déjà perdu trop de temps au cours de ses dix premières années, il ne pouvait se permettre d'en gaspiller davantage dans les plaisirs de son âge. On observa également qu'à mesure que le temps passait il se montrait plus impérieux et plus hautain... sauf envers son tuteur et Matilda pour qui il n'avait que respect et affection. Il montrait également une inclination marquée pour la lecture et la solitude. Lorsqu'il n'étudiait pas, il faisait de longues et solitaires promenades dans le domaine et la forêt toute proche, s'aventurant même jusque dans les collines, montait à cheval pendant de longues heures sans jamais donner le moindre signe de fatigue, et dévorait les ouvrages que contenait l'importance bibliothèque du colonel comme s'il n'arrivait pas à assouvir sa faim de nouvelles connaissances, tout spécialement dans les domaines des sciences naturelles, de l'histoire et de la géographie. Lorsqu'il atteignit l'âge de quinze ans, il ne montra nullement l'exubérance propre aux adolescents, mais le discernement et la ténacité de celui qui est destiné à s'imposer au monde. Il devint bientôt évident qu'il avait l'étoffe d'un lettré et que son intelligence le conduirait très loin s'il pouvait poursuivre ses études jusqu'au degré le plus haut. C'est dans ce but, et pour le préparer à entrer à l'université, que le colonel Tekely engagea un précepteur et compagnon, doté des plus hautes qualifications, un jeune Anglais, Andrew Fuller, qui préparait, à l'université de Budapest, une thèse monumentale et avait été chaudement recommandé au Dr Spitz par un de ses professeurs.

Or le colonel Tekely commençait à s'inquiéter de voir Stephane se consacrer entièrement à ses études à l'exclusion de toute autre activité. Matilda et lui estimaient que l'adolescent menait une vie trop solitaire. Stéphane lisait avec une telle voracité que, par moments, ses parents adoptifs en éprouvaient un curieux malaise... et cela d'autant plus qu'il choisissait, dans la bibliothèque du colonel, des ouvrages mieux faits pour des lettrés versés en philosophie et en métaphysique que pour un garçon de quinze ans, si brillant fût-il. Ainsi que l'écrivit le colonel à son ami le Dr Spitz, « J'aimerais lui voir mener la vie normale d'un garçon de son âge ! Je déplore de lui voir choisir dans ma bibliothèque certains ouvrages renfermant d'étranges récits et légendes qui risquent d'enflammer son imagination encore malléable. Il a tendance à s'enfermer dans sa chambre pendant de longues heures et à s'entretenir avec lui-même, et il en oublierait de manger si on ne lui rappelait pas avec fermeté qu'il est de toute importance de nourrir aussi bien son corps que son esprit ». Le colonel voyait auprès de Stéphane un précepteur d'un haut niveau universitaire « cependant assez jeune pour être, pour son élève, un compagnon et un ami. Je ne veux pas d'un de ces rats de bibliothèque que sont trop souvent dans nos régions les précepteurs. Je souhaite qu'il se plaise autant en pleine nature qu'à la salle d'étude, ou à la bibliothèque. Un Anglais tel que celui que vous me décrivez me conviendrait parfaitement. Les Anglo-Saxons sont des gens raisonnables et équilibrés et qui, même fort cultivés, n'ont rien de pédant. Ils ont de plus la passion de la vie et des sports de plein air. Enfin comme je désire le voir devenir un véritable gentilhomme il est indispensable que Stéphane travaille l'anglais et le parle à la perfection. » Andrew Fuller fut donc pressenti et accepta le poste après qu'on l'eut assuré qu'il disposerait d'assez de loisirs pour achever la rédaction de sa thèse, et que la région où se dressait le château, des plus pittoresques, offrait de passionnantes excursions. On lui dit encore que son futur élève, bien que de santé délicate dans sa petite enfance, jouissait maintenant d'une excellente constitution, n'avait jamais souffert de maladies graves, était d'une intelligence remarquable, très avancé pour son âge, d'un commerce agréable, mais qu'il montrait trop de goût pour la lecture et la solitude. Il y avait dans le caractère du jeune garçon d'autres traits que le colonel ne mentionna pas, soit que ni sa femme ni lui ne les aient remarqués, soit qu'ils n'y aient attaché aucune importance. Ils n'estimèrent pas nécessaire d'informer Fuller que pendant les dix premières années de sa vie Stéphane avait été un débile mental.

Ce qui frappa Fuller lorsqu'on lui présenta son élève c'est que celui-ci portait beaucoup plus que son âge. Le voyant bien développé physiquement et plein d'aisance, il fut stupéfait d'apprendre que Stéphane n'avait dépassé que de quelques mois sa quinzième année, et il avoua plus tard qu'il n'aurait été nullement surpris d'apprendre qu'il avait au moins dix-huit ans. La description qu'il fit à ce moment-là de Stéphane est des plus intéressantes. Un garçon sec et nerveux, au teint pâle, dont les traits délicatement dessinés disaient la haute naissance. Sa bouche aux lèvres minces était remarquablement ferme ; ses doigts fins et déliés comme ceux d'un musicien. Mais Fuller fut surtout frappé par les yeux de Stéphane. « Des yeux qui selon la lumière paraissaient tantôt gris, tantôt verts, et jamais je n'ai vu regard plus perçant, plus scrutateur et plus *inquiétant*... non le mot n'est pas trop fort. » Enfin, si Fuller se laissa abuser au début par la grâce quasi féminine de Stéphane, il s'aperçut bien vite que son élève était doué d'une intense vitalité, d'une incroyable énergie aussi bien physique que cérébrale. Ce ne fut pas sans éprouver un certain choc, devait dire plus tard Fuller, qu'il perçut instinctivement chez ce garçon si jeune encore une sorte de pouvoir, de force, qu'il exerçait sur son entourage. Leur première rencontre semble avoir provoqué chez Fuller un léger malaise renforcé encore par la façon dont son élève le toisait, car « tout dans son regard et son attitude suggérait le descendant d'une race de seigneurs dont chaque regard était un défi ou un ordre, et dont chaque parole exprimait assurance et autorité ».

Mais Fuller ne tarda pas à oublier cette impression initiale en découvrant l'étendue des connaissances de Stéphane et en établissant son horaire de travail. L'histoire, les langues et la géographie, spécialement celles de l'Europe centrale, étaient ses sujets favoris et il parlait couramment le français, l'allemand et bien entendu le hongrois. Il était, en latin, du niveau d'un étudiant d'université, mais en grammaire et en syntaxe anglaises, il avait encore beaucoup de progrès à accomplir. Or non seulement il se montrait désireux d'apprendre, mais son enthousiasme touchait à la passion, et grâce à son extraordinaire mémoire, sa rapide compréhension des problèmes les plus difficiles et ses manières agréables, on ne pouvait rêver élève plus satisfaisant.

Cependant, en bien des points, Stéphane resta pour son précepteur une véritable énigme. Dans les lettres qu'il adressait à ses amis et à ses parents, Fuller mentionna à maintes reprises qu'il devinait chez son élève un côté inquiétant dû sans doute à l'atavisme qui lui venait de ses féroces aïeux dont Fuller ignorait à peu près tout, mais dont les hauts faits sanguinaires semblaient causer à Stéphane un plaisir considérable. « Il y a encore des traces de sauvagerie chez ces gens-là, peut-on lire dans une des lettres de Fuller, et étant donné que leur pays fut ravagé par une succession quasi ininterrompue de guerres et d'invasions, rien de surprenant qu'ils fassent preuve, aujourd'hui encore, de violence et d'agressivité. Les annales de certaines grandes familles de la région sont à vous faire dresser les cheveux sur la tête. Elles fascinent Stéphane à un point inquiétant. Je crains que dans une certaine mesure il n'y ait quelque chose de morbide dans sa passion pour l'histoire. » Dans une autre de ses lettres, Fuller décrit ainsi la façon dont son élève s'enflammait pour ce passé tout de violence : « Comme nous étions partis faire une courte promenade et que j'admirais l'architecture du château, Stéphane me dit d'un air amusé : "Oh, mais celui-ci ne compte pas. Voyez à quel point il est restauré ! Je préfère de beaucoup les châteaux réellement anciens. Celui où je suis né... Dieu qu'il était beau ! Comme j'aimerais y retourner, évoquer à nouveau les hauts faits qui s'y sont déroulés, les batailles qui s'y sont livrées, les sièges qu'il a soutenus, et tout le sang des vaillants guerriers qui y fut versé ! — Ne me dites pas que c'est le sang versé qui excite votre admiration ! m'écriai-je. Comme beaucoup d'autres lieux historiques il semble n'avoir été le théâtre que de massacres et de combats." Stéphane, souriant d'un air dédaigneux, répliqua : "Le sang ne nous fait pas peur. Ni la mort, car nous sommes des guerriers. Nous avons combattu les Turcs, les Magyars, les Autrichiens, les Slovaques et les Valaques. Chaque pouce de notre sol est trempé de leur sang, et de ce sol jaillirent de nouvelles générations qui vengèrent leurs ancêtres et firent à nouveau couler des fleuves de sang !"

« Je fus interloqué par cette profession de foi qui dénotait une telle soif de sang, et frappé par le regard étincelant et les joues empourprées de Stéphane. Me désignant de la main les ruines déchiquetées d'une ancienne forteresse qui couronnait une lointaine éminence se détachant sur le flanc escarpé d'une haute montagne et qui semblait voguer à la cime des arbres, tel un galion fendant les vagues, il me dit : “C'est là que le prince Arvad tint les Turcs en respect et par la suite défia les armées de l'Empereur. Il combattit pendant soixante-dix jours puis mourut tel un lion entouré des cadavres de vingt-cinq de ses chevaliers. J'aimerais moi aussi livrer un tel combat. Non à coups de boulets et de canon, mais la hache et l'épée à la main. Je trancherais veines et membres et regarderais avec délice mes ennemis se vider de leur sang ! Oui, j'aurais aimé me battre comme on le faisait dans les temps anciens !”

« Il parlait avec une véhémence inquiétante. Quels hommes durs et cruels avaient dû être ses ancêtres ! Ce n'était pas tant la vie martiale, le son des fifres et des tambours, le chatoiement des uniformes dont, pauvres mortels que nous sommes, nous habillons la guerre pour la rendre moins effrayante, qui le fascinaient, comme ils fascinent tant de jeunes garçons. Bien plus que les hauts faits, les preuves de courage et d'endurance que relatent les manuels d'histoire, c'était le sang versé, le massacre pour le massacre qui l'exaltaient. Quel étrange garçon ! Je sais que chez les hommes de sa race la cruauté se transmet de génération en génération, et que dans ces régions les annales des grandes familles regorgent d'exemples d'atrocités et de violences, mais même ainsi le plaisir morbide qu'y prenait Stéphane me laissa une impression pénible. Je pressens dans sa nature, que je connais encore mal, un côté sombre et inquiétant. »

Fuller discerna chez son élève un autre trait qui éveilla sa curiosité, la réserve qu'il observait en tout ce qui concernait ses sentiments et ses ambitions. Se suffisant entièrement à lui-même, il n'éprouvait pas le moindre désir d'avoir des compagnons de son âge et donnait bien souvent à Fuller l'impression que ses propres pensées lui importaient plus que tout ce que les autres pouvaient lui apporter — instruction à part — et qu'il était en quelque sorte en possession de secrets qu'il était bien décidé à ne partager avec personne. Contrairement aux autres adolescents, il ne se confiait ni à Fuller ni à ses parents adoptifs. Il ne *donnait* rien, remarqua encore son précepteur, mais était toujours disposé à prendre, et il ne prenait rien avec plus d'enthousiasme que l'instruction qu'on lui prodiguait, comme si les connaissances lui étaient aussi nécessaires que le boire et le manger. Quel but se proposait-il de poursuivre, à quelle fin emploierait-il la science qu'on lui infusait, cela il ne le confia jamais à Fuller, et cependant dans ce trésor de connaissances qu'il amassait, et la passion qu'il mettait à étudier le passé, on sentait qu'il poursuivait sans aucun doute un but bien précis. Le colonel lui-même se rendait compte que Stéphane se nourrissait de secrètes pensées et qu'il tirait des plans pour l'avenir. Tout comme Fuller, il finit, au bout d'un certain temps, par avouer qu'il ne comprenait pas son pupille et qu'il n'avait plus avec lui que des rapports superficiels. Cependant Stéphane continuait de manifester à ses parents adoptifs, qui l'avaient élevé avec tant de dévouement, une profonde affection, même s'il se refusait à leur ouvrir son cœur. Comme l'écrivit Fuller dans une de ses lettres, « Stéphane s'entretient volontiers avec le colonel mais je ne peux m'empêcher de penser qu'il y a entre eux peu de véritable compréhension. On dirait que par une sorte d'entente tacite ils restent chacun sur ses positions, comme s'ils avaient compris que plus rien ne les lie, ni leur tempérament, ni leurs intérêts, ni leurs activités. Ils sont évidemment très différents — n'oubliez pas que Stéphane n'est pas son fils — mais il y a en plus une sorte de réticence, du côté de mon élève, qui se fait sentir chaque jour davantage. J'en fais moi-même l'expérience. Il arrive à Stéphane de s'entretenir gaiement avec moi d'une idée que j'ai avancée, ou d'une lecture qu'il a faite, mais de lui-même, de ses sentiments intimes, de ses rêves, de ses espoirs, de ses ambitions, jamais il ne me dit mot. J'ai parfois l'impression — ou plutôt je suis convaincu — que s'il y a en lui de la *passion,* il est singulièrement dépourvu de chaleur humaine. Son âme brûle, mais d'un feu glacial. »

Au bout de quelques mois, Fuller commença à éprouver, après avoir prodigué ses enseignements à son élève, une extrême fatigue cérébrale. Dans une lettre qu'il adressait à son professeur, à Budapest, le jeune précepteur déclara que Stéphane faisait de rapides progrès en grammaire anglaise, était capable de traduire les textes grecs et latins les plus difficiles, et s'attaquait avec diligence et enthousiasme à tous les sujets qu'on lui proposait. Son amour de l'étude était tel que Fuller et le colonel avaient la plus grande difficulté à l'empêcher de travailler jusque tard dans la nuit et à le persuader de se livrer à d'autres activités. De son côté, Fuller avait toujours plus de peine à se concentrer sur ses propres travaux. Assis à sa table de travail, dans le bureau que le colonel avait mis à sa disposition, il laissait errer ses pensées qui revenaient sans cesse à son élève et n'arrivait pas à se replonger dans sa thèse, fruit d'années de brillantes études. Il se plaignit de voir diminuer ses capacités cérébrales et son intérêt pour ses travaux universitaires, tant il consacrait le meilleur de lui-même à instruire son élève. Stéphane semblait s'être emparé de son esprit et de chacune de ses pensées. Et il termina cette lettre où il faisait montre d'un singulier abattement par ces mots : « Je sais maintenant ce que signifie "être possédé par quelqu'un". Je prends peut-être mes devoirs trop au sérieux. Un précepteur et compagnon a le droit de mener sa propre vie et d'avoir des intérêts indépendants de ses fonctions. C'est du moins là ce que je me dis, mais j'évoque aussitôt ce jeune visage levé vers moi, ces yeux lumineux au regard intense qui semblent lire en moi. Lorsque je m'efforce, par une boutade, de briser la tension qui naît parfois entre nous, il me regarde comme si, de curieuse façon, il était mon supérieur et mon aîné, doté d'une prescience surnaturelle, d'une sagesse remontant aux temps les plus anciens, et d'une vision des choses infiniment plus vaste que la mienne. »

Deux faits qui se produisirent pendant le séjour que fit Andrew Fuller au château le troublèrent profondément. Le premier eut lieu au cours d'une partie de chasse organisée par le colonel qui, imbattable à l'affût, était un remarquable fusil. On avait signalé la présence d'un loup dans le voisinage. Il n'était pas rare, en hiver, qu'un loup affamé s'approche du village à la recherche de quelque proie. On organisa donc une battue et le colonel promit une récompense à celui qui le premier repérerait la bête. Stéphane et Andrew accompagnèrent les chasseurs. On avait recruté, comme rabatteurs, de nombreux paysans de la région, mais on eut beau passer au peigne fin de nombreux arpents, déjà le crépuscule tombait sans qu'aucun loup n'ait été signalé. À ce moment, et en dépit des mises en garde de Fuller qui s'en inquiétait, Stéphane décida d'aller explorer seul une des parties les plus sauvages et les plus épaisses de la forêt. En quelques minutes, Fuller le perdit de vue. Pris de panique, il le héla en vain et se mettait frénétiquement à sa recherche, lorsque, à la nuit tombée, il trouva enfin Stéphane, appuyé contre un arbre et fixant intensément, à moins de dix pas de lui un énorme loup au poil hérissé.

Déjà Fuller épaulait son fusil, priant le ciel de ne pas rater sa proie, lorsque Stéphane lui ordonna d'un ton péremptoire de ne pas tirer. « Vous voyez bien, s'exclama-t-il, exultant, qu'il ne m'attaque pas ! » En effet, si la bête gronda à l'approche de Fuller, elle ne bougea pas, comme clouée sur place par le regard hypnotique de Stéphane. « Non, je ne le tuerai pas, dit presque à voix basse l'adolescent. Qu'il meure d'une autre main que la mienne. Va-t'en ! » Sous le regard stupéfait de Fuller, le loup fit demi-tour et s'enfonça au plus noir de la forêt. Stéphane, blême et visiblement épuisé, s'adossa, les yeux fermés, au tronc d'un arbre. Comme Fuller, inquiet, lui demandait s'il se sentait mal, il sourit d'étrange façon et dit simplement : « Vous voyez, si l'on a assez de volonté, personne ni rien ne vous résiste. » Quelques minutes plus tard, on entendit des coups de feu et le colonel survint, suivi de quelques rabatteurs portant le loup qu'il venait d'abattre. Ni Fuller ni son élève ne firent jamais la moindre allusion à cet étrange incident.

Le second fait qui intrigua et troubla Fuller se produisit au cours d'une promenade qu'il fit quelque temps plus tard avec son élève. Stéphane qui, pendant toute la journée, était resté profondément enfoncé dans ses pensées, se montrait moins disposé que jamais à s'entretenir avec son précepteur. Au bout d'une heure, ce silence lui pesant, Fuller demanda à Stéphane à quoi il pensait. « À un seigneur qui vécut ici autrefois, répondit l'adolescent. On en parle dans l'ouvrage que j'ai déniché l'autre jour. C'était, paraît-il, un homme cruel et sauvage, mais quelle noble ambition il nourrissait. Dominer non seulement la vie, mais la mort elle-même... existe-t-il un but plus élevé que celui-ci ? »

Comme devait l'écrire Fuller : « Stéphane venait de

prononcer de si étranges paroles que j'eus peine à croire que j'avais bien entendu. Rendu muet par la surprise, je le regardai. Il semblait comme en transe, le regard vide, les bras ballants et, au bout de quelques pas hésitants, il s'arrêta. “Oui, reprit-il après avoir observé un long silence, être maître de la vie, de la mort et de ce qui s'étend au-delà de la mort, est-il plus noble destinée ?” Puis m'indiquant de la main un point lointain : “Regardez !” me dit-il. Je tournai machinalement mon regard dans la direction qu'il m'indiquait. Dans un lointain brumeux, sous un ciel bas et plombé, se dressaient les ruines d'une de ces innombrables et puissantes forteresses dont les créneaux et les tours écroulées rappelaient les temps troublés ou chrétiens et Turcs se disputaient le pays. “Voyez, reprit Stéphane, en m'agrippant le bras, voyez le peu qu'il reste du berceau des Gernstein dont le nom sema autrefois la terreur dans tant de cœurs, et qui ne connaissaient d'autre loi et d'autre autorité que la leur. Dire que la mort a mis fin à leur domination, en dépit de tant de batailles, de tant de massacres, de tant de puissance et de victoires ! Comme ils ont dû rêver de combattre la mort elle-même et de la conquérir elle aussi ! Hélas, cette puissante lignée est éteinte à jamais ! — Personne ne peut combattre la mort, répondis-je gravement. Nous sommes tous destinés à vivre, puis à mourir quand Dieu en décide ainsi et nous appelle à Lui. Aucune puissance au monde ne peut empêcher la venue de *ce* jour. — *Ils* ne le pouvaient pas, mais d'autres l'ont tenté, rétorqua Stéphane les yeux étincelants de colère. Avec assez de connaissances et de volonté, ils y seraient parvenus. Je hais la mort ! Andrew, faudra-t-il que moi aussi je meure ? Ma mère est morte jeune, n'est-il pas vrai ?... et quant à mon pauvre père !... Je me refuse à mourir. Je ne mourrai pas !

Que signifie la vie si elle aboutit à la mort ? La mort, elle aussi, doit mourir ! On dit qu'on meurt jeune dans ma famille... mais moi je me refuse à mourir !" Je le regardai avec inquiétude. Jamais jusque-là il ne m'avait parlé de ses défunts parents et les étranges paroles qu'il venait de prononcer m'emplissaient de malaise. Je tentai de l'entraîner, mais il reprit, cherchant à percer la nuit qui maintenant tombait. "Oui, il leur a manqué volonté et connaissances !" Déjà les ruines se fondaient dans l'obscurité. "Venez, dis-je. Il se fait tard, et il nous faut rentrer." Il leva les yeux sur moi et je retrouvai, non sans soulagement le regard vif et l'attitude d'un garçon de son âge. Comme nous reprenions d'un bon pas le chemin du retour, j'en vins à me demander si les paroles que j'avais entendues n'étaient pas le fruit de mon imagination. Elles me semblaient venir de très loin, avoir une lointaine origine, être non les paroles mêmes de Stéphane mais l'écho de mots prononcés dans des temps fort anciens par quelque vague figure d'un autre âge qui hantait les lieux mêmes où nous nous trouvions. De retour au château, j'étais parvenu à me persuader que j'avais imaginé toute cette scène. Aujourd'hui encore je ne puis me défendre contre l'impression qu'il m'arrive parfois, en sa présence, de rêver tout éveillé, comme si par quelque inexplicable osmose, je partageais ses songeries et plongeais avec lui dans un passé trouble qui en cet instant semble récent et qui, en dépit des siècles écoulés, a encore le pouvoir d'exercer sa domination sur un jeune esprit impressionnable. Rien d'étonnant que superstitions et légendes soient si fortement enracinées dans cette région si sauvage encore. Mais je m'égare... Le colonel nous attendait anxieusement dans le hall. Il nous annonça avec tristesse que sa bien-aimée Matilda était gravement malade. En voyant la douleur que manifesta Stéphane à l'annonce de cette nouvelle, je compris qu'il était sincèrement attaché à ses parents adoptifs. »

Matilda languit encore pendant quelques semaines puis s'éteignit paisiblement. Fuller resta auprès du colonel, si durement frappé, et de son élève, jusqu'à la date convenue lors de son engagement. Ce ne fut pas sans un sentiment de soulagement qu'il partit, car, sans bien s'en expliquer la raison, certains traits du caractère de Stéphane le troublaient plus qu'il n'aurait pu le dire. Il ne pouvait d'ailleurs pas conduire Stéphane plus loin dans ses études. Pour un garçon aussi précoce et aussi brillant le besoin d'un enseignement universitaire se faisait sentir. Fuller passa encore quelques mois à Budapest, acheva sa thèse à l'entière satisfaction de son professeur, puis regagna l'Angleterre. Il recevait de temps à autre une lettre de son ancien élève, et quelques années plus tard, le rencontra à la bibliothèque de l'université de Vienne où lui-même s'était rendu pour quelques semaines afin d'y effectuer des recherches. Il remarqua que Stéphane portait à la main droite une lourde chevalière d'or frappée d'armoiries et visiblement ancienne, une bague de famille sans aucun doute. Quelques mois plus tard, il reçut de lui une lettre timbrée de Nuremberg où Stéphane lui demandait s'il pourrait consulter au British Museum un ouvrage qu'on ne pouvait trouver nulle part ailleurs et copier un passage dont il lui indiqua la page. Il s'agissait du *De vitae et mortuae misteriis* de Lessius dans la version anglaise de Thomas Porter éditée à Amsterdam en 1612. Ce volume contenait un additif qui ne se trouvait pas dans les éditions précédentes et renforça la conviction de Fuller que Stéphane s'intéressait tout particulièrement aux sciences occultes et ésotériques ; car il y était question d'un homme de la noblesse dont une des lointaines aïeules avait été accusée de meurtre et de pratiques de sorcellerie. Un passage retint spécialement l'attention de Fuller et lui resta en mémoire bien après qu'il eut lu l'ouvrage et rédigé la note que lui demandait Stéphane :

Périlleux sont les Secrets de la Tombe. Que l'Homme n'ait pas la Présomption de vouloir arracher à la Mort ce dont la Mort ne le délivrera pas. Que l'Homme ne tente pas de chercher ce qui se trouve au-delà de la Mort de crainte que ce qui s'y trouve ne vienne le chercher.

Après le départ de Fuller les progrès intellectuels de Stéphane ne se ralentirent pas. Malgré la solitude qui serait désormais son lot, le colonel Tekely accepta que Stéphane quitte le château et aille continuer ses études à l'Université. Âgé de dix-huit ans, Stéphane suivit les cours d'une des facultés, à Budapest, et fit montre du zèle et des dons qui avaient tant impressionné Fuller. Pendant les deux premières années qu'il passa à l'université, il revenait fréquemment à Ravensburg, mais si ses séjours rompaient la monotonie et la solitude des dernières années de la vie du colonel, les voisins qui venaient leur rendre visite ne purent faire autrement que de remarquer que le vieil homme était de plus en plus mal à l'aise en présence de son pupille, semblait répugner à le questionner sur ses études. Au cours de la troisième année, Stéphane ne revint qu'une fois au château, et pendant son séjour une violente altercation éclata entre le vieux colonel et le jeune étudiant, qui lui avait à nouveau demandé une augmentation considérable de sa pension déjà importante. Il justifia cette requête en invoquant les voyages qu'il se voyait obligé de faire dans des villes lointaines et le nombre toujours grandissant de coûteux ouvrages nécessaires à ses travaux. Pour une raison qui ne semblait pas uniquement due à l'importance de la somme que réclamait Stéphane, cette demande indisposa grandement le colonel Tekely. On entendit, en provenance du cabinet de travail où ils s'entretenaient, des éclats de voix, et un serviteur raconta que le vieil homme s'était écrié d'une voix empreinte de colère et de désespoir : « Pas tant que je vivrai ! Je n'y prêterai pas la main ! Patiente ! Tu auras bientôt assez de moyens à ta disposition... et peut-être auras-tu la sagesse de ne pas t'en servir dans un tel but ! »

Quelques jours plus tard, Stéphane retournait à l'université... les mains vides. La vie qu'il mena désormais prouvait amplement que sa demande de fonds avait été vaine. Jusque-là ses condisciples voyaient en Stéphane un garçon renfermé et peu sociable. Courtois, il n'en avait pas moins conservé avec eux des rapports suivis mais superficiels, et lorsque certains d'entre eux, plus hardis, poussés par l'admiration que leur inspiraient ses dons remarquables, s'efforçaient de gagner son amitié, il avait une façon de prendre ses distances qui les y faisait renoncer. Découragés, ses camarades finirent par le considérer comme « un curieux garçon » et l'abandonnèrent à son sort tout en continuant de s'extasier sur son incroyable puissance de travail, de s'étonner de ses longues balades nocturnes dans la ville, de ses fréquentes absences, de son goût des livres anciens qui le faisait hanter les bouquinistes dans les vieux quartiers proches de l'université. Les sujets qui retenaient tout particulièrement son attention avaient généralement trait à l'histoire, aux langues et aux traditions de l'Europe centrale et orientale. Cependant on avait également remarqué qu'il consultait, à la bibliothèque de l'université, des ouvrages ésotériques et se rendait souvent dans une bibliothèque riche en généalogie des plus anciennes familles de l'empire austro-hongrois. Or brusquement, et à la stupéfaction de ses condisciples, un changement radical s'opéra en Stéphane. Lui, jusque-là réservé et même taciturne, devint gai et liant. En une sorte de réaction contre des années de travail acharné et de solitude il se mit à fréquenter les tavernes et les brasseries de la ville, se joignant aux bandes de joyeux étudiants qui s'y réunissaient tous les soirs. Plusieurs de ses camarades avaient en ville de petites amies et si plus d'une fille admirait en secret ce garçon aussi beau qu'élégant, il ne s'intéressait à aucune, ayant soin de ne pas trop le leur laisser voir pour ne pas les blesser. Il montrait cependant une certaine préférence pour un de ses condisciples, le jeune D... rejeton d'une opulente famille de Moravie qui prodiguait à ce fils adoré et choyé de l'argent sans compter. Les méchantes langues répandirent le bruit que la soudaine amabilité de Stéphane était causée par son besoin d'argent et en effet, peu de temps après, le jeune D..., flatté, se vit demander par cet ami qu'il admirait tant une somme considérable qu'il lui avança sans hésiter, sachant qu'à sa majorité Stéphane serait en mesure de lui en rembourser une cent fois supérieure. À peine avait-il reçu cet argent que Stéphane disparut, au grand mécontentement de ses professeurs et de D... qui commença à se demander s'il ne s'était pas laissé exploiter, comme le proclamaient les détracteurs de Stéphane. Quelques jours plus tard, alors qu'il n'avait toujours pas reparu, on put lire dans les journaux qu'un maraudeur nocturne avait failli être appréhendé alors qu'il violait une tombe au petit cimetière de K... dans une des provinces orientales. S'il était parvenu à s'échapper, un gardien l'avait néanmoins atteint d'un coup de pistolet. Lorsque Stéphane revint, deux jours plus tard, pâle et boitant légèrement de la jambe gauche, ses condisciples lui demandèrent en riant s'il ne serait pas le profanateur en question. Il leur répondit par un sourire et quelques plaisanteries. Le lendemain D... donna de la fugue de Stéphane une explication infiniment plus romanesque. Étant son plus proche ami — pour autant qu'on pouvait être proche de lui — il avait le rare privilège d'être parfois admis dans l'intimité de son appartement privé. Il remarqua, sur une partie du mur non entièrement recouverte de cartes et de gravures anciennes, un petit portrait à l'huile dans un luxueux cadre doré. Le sujet en était une jeune femme vêtue à l'ancienne, mais d'une telle beauté qu'il comprit pourquoi Stéphane s'intéressait si peu aux jolies filles que courtisaient les étudiants. Comme il admirait ce portrait, se demandant s'il s'agissait d'un portrait ancien ou contemporain, D... stupéfait vit Stéphane rougir, décrocher du mur le tableau, l'enfermer dans un tiroir, puis refuser avec obstination de le lui laisser admirer encore une fois, ou de lui révéler l'identité de la merveilleuse créature qui avait posé pour ce portrait. Fortement impressionné, D... se hâta de raconter à ses camarades que Stéphane entretenait en dehors de la ville de secrètes amours, ce qui expliquait ses fréquentes absences. On attribua alors sa claudication à quelque duel, soit qu'il ait disputé les faveurs de sa belle, soit qu'il ait été blessé par un mari outragé ou un rival. L'admiration que lui vouaient ses condisciples ne connut plus de bornes et lorsque, quelques semaines plus tard, il demanda à D... de lui consentir un nouveau prêt, celui-ci s'empressa de le lui accorder comme si tout l'honneur était pour lui. À peine avait-il touché cet argent que Stéphane disparut de nouveau de la ville, faisant une de ces mystérieuses fugues qui, au dire de D..., n'étaient pas sans rapport avec le magnifique modèle du portrait. Malheureusement, les autorités universitaires ne voyaient pas d'un œil aussi indulgent ces escapades romantiques, et lorsque Stéphane reparut, il dut affronter les foudres de son maître d'études et de ses professeurs qui lui annoncèrent solennellement qu'ils ne toléreraient plus, à l'avenir, une telle conduite, que son tuteur en serait informé et que seuls ses succès universitaires lui évitaient l'expulsion. Pour aggraver encore les choses, D... tout penaud avoua à Stéphane que les largesses de ses trop indulgents parents avaient brusquement cessé après qu'ils eurent appris l'usage frivole qu'il en faisait, et qu'il se voyait obligé de lui réclamer le remboursement, dans le plus bref délais, d'une partie au moins de ce qu'il lui devait.

Or, à part le strict nécessaire, Stéphane ne recevait plus rien du colonel Tekely qui, par son silence, montrait à quel point il désapprouvait sa conduite dont l'avaient informé les autorités universitaires.

En désespoir de cause, Stéphane fit appel au seul moyen qui lui restait de rétablir ses finances. Il se mit à jouer aux cartes pour de l'argent avec les éléments les plus douteux de la faculté, et après que D... lui-même aux abois lui eut appris les rudiments, il se montra aussi brillant joueur qu'étudiant et se mit à gagner des sommes toujours plus importantes. Après une partie qui se termina aux petites heures du matin et où il gagna au jeune baron C... — un bon à rien célèbre aussi bien pour sa richesse que pour ses extravagances — plusieurs milliers de florins, l'inévitable se produisit. On l'accusa de tricher. Une chance quasi anormale, des cartes constamment favorables, le don extraordinaire qu'il avait de deviner le jeu de son adversaire donnèrent corps aux soupçons que proclamait bien haut le baron C... Comme dans tant d'autres pays d'Europe à cette époque, une telle accusation ne pouvait se laver que dans le sang, c'est-à-dire par un duel. D... fut tout naturellement le témoin de Stéphane et la rencontre fut secrètement organisée pour le lendemain à l'aube dans un bois environnant, le choix des armes se portant sur l'épée.

Ce duel se déroula de façon étrange. Après quelques passes, le baron C... fut légèrement blessé au bras. Il raconta par la suite qu'il avait ressenti dans le bras droit une lourdeur anormale, que sous le regard perçant de son adversaire il avait eu toutes les peines du monde à se concentrer et à se défendre. On coupa court à ces rumeurs, estimant que l'honneur de Stéphane était vengé, mais par la suite plus personne ne voulut jouer aux cartes avec lui, si bien que D... et lui durent se contenter de vivre de leurs maigres pensions. Une semaine plus tard, Stéphane qui s'était terriblement relâché dans ses études, reçut un dernier avertissement. Il s'enferma chez lui pendant quelques jours, cessa de voir ses compagnons de plaisir et de dissipation, puis réapparut pour remettre à son maître d'études stupéfait un essai à la fois brillant et approfondi sur le rapport existant entre certaines coutumes des provinces du Sud et les traditions des Bogomiles. Cet essai était suivi d'une étude exhaustive démontrant — Hofberg n'avait fait que le suggérer — le parallèle existant entre nombre de traditions des Szekely et des Ruthènes. Cet essai est aujourd'hui encore consulté par des lettrés dans les bibliothèques universitaires, et les professeurs de Stéphane estimèrent que, vu son âge, il avait fait là un travail tout à fait remarquable. Ils en arrivèrent même à attribuer ses fugues passées à la nécessité pour lui d'aller sur place récolter les matériaux indispensables à son essai.

Après ce succès académique, Stéphane ne montra plus le moindre désir de renouer avec ses anciens compagnons et redevint le reclus qu'il avait été au cours de ses deux premières années universitaires. Cependant il se montrait toujours cordial envers D..., son créancier, l'assurant qu'il ne tarderait pas à régler entièrement sa dette. Il ne hanta plus les tavernes, ne donna plus à ses professeurs le moindre sujet de mécontentement, s'enfermait pendant des jours, lorsqu'il ne travaillait pas à la bibliothèque, ne sortant que la nuit. Mais bientôt des bruits coururent de nouveau sur lui. On racontait l'avoir vu dans les bas quartiers de la ville où peu d'étudiants s'aventuraient, en compagnie d'un homme de mauvaise mine, quelque habitant des régions montagneuses, à en juger par ses vêtements et la langue qu'il parlait, et qui remit une fois à la logeuse de Stéphane un paquet scellé. On vit, une autre fois, Stéphane monter dans une voiture avec son étrange compagnon et se diriger, tard dans la soirée, vers un village situé à quelques kilomètres de la ville. Une semaine plus tard, comme D... avait enfin réussi à persuader Stéphane de faire avec lui une courte promenade, cet homme sortant d'une taverne, s'approcha d'eux et dit quelques mots à Stéphane dans un dialecte inconnu dans la région. Les seuls renseignements qu'obtint D... de son camarade furent que cet homme s'appelait Vihar, qu'il lui rendait parfois de petits services et qu'il était originaire d'un très lointain village. En une autre occasion encore, comme deux étudiants, passant devant la maison où logeait Stéphane, levaient les yeux vers ses fenêtres brillamment éclairées, où l'on pouvait le voir généralement penché pendant des heures sur ses livres, ils crurent reconnaître la silhouette du curieux personnage qui les intriguait et qui semblait plongé dans une ardente conversation avec leur ancien compagnon de plaisirs.

Plusieurs mois s'écoulèrent. Et ce furent les

vacances. Stéphane retourna à Ravensburg avec une malle bourrée de livres et passa le plus clair de son temps dans ses appartements, ne rejoignant le colonel Tekely qu'aux repas. Les serviteurs remarquèrent avec tristesse qu'il ne restait plus guère de cette affection qui les unissait autrefois et que le colonel sembla réellement malheureux pendant tout le temps que Stéphane séjourna au château. Puis on raconta qu'un individu à la mine inquiétante était venu rôder autour du château et que, pressé de questions, il avait fini par répondre qu'il avait un message à communiquer au « jeune maître ». Stéphane descendit au village, passa quelques minutes avec cet homme dans le parloir de l'auberge, puis revint au château tandis que son interlocuteur faisait prendre à son cheval la direction opposée.

Peu après son retour à Budapest, Stéphane fut rappelé d'urgence à Ravensburg. Le colonel qui se mourait n'avait plus que quelques jours à vivre. Dès son arrivée Stéphane se rendit compte que son tuteur déclinait rapidement. Le médecin et le curé du village assistèrent à la dernière rencontre du vieil homme couché sur son lit de mort et de son pupille, et le souvenir en resta gravé dans leur mémoire pendant des années. Une scène à la fois émouvante et pénible. Stéphane, profondément affecté par l'état de son père adoptif, lui dit son remords de lui avoir causé tant de soucis par sa conduite, lui exprima sa profonde gratitude pour les innombrables preuves de bonté qu'il avait reçues de lui depuis sa venue définitive au château. Le mourant avait suffisamment repris connaissance pour que ces paroles parviennent à son entendement. Par un suprême effort de volonté le vieil homme se redressa légèrement, et mettant dans le regard qu'il fixait sur Stéphane tout ce qui lui restait de vitalité, dit d'une voix tremblante, mais d'un ton pressant :

« Prends garde, Stéphane ! Si tu accordes quelque valeur à ton âme, prends garde ! Ne fais pas une chose pareille ! » Épuisé, il retomba sur ses oreillers, lança un dernier regard désespéré à son pupille qui restait calme et impassible au pied du lit. Tekely ferma les yeux, mais ses lèvres continuaient de remuer. Stéphane, le médecin et le curé se penchèrent sur lui pour recueillir les dernières paroles qu'il prononcerait peut-être avant de rendre le dernier soupir. Après une lutte déchirante où il semblait s'efforcer de retenir un souffle de vie dans sa frêle carcasse, ses lèvres formèrent les mots de son ultime message et d'une voix à peine audible il murmura : « Prends garde, Stéphane ! Laisse les morts reposer en paix ! », puis il expira. Après avoir rendu à sa dépouille un dernier hommage, Stéphane sortit de la pièce sans dire mot, laissant le médecin et le prêtre rêver sur ce qu'ils venaient d'entendre. Immédiatement après les funérailles qui eurent lieu deux jours plus tard, Stéphane quitta le château pour n'y plus jamais revenir.

De retour à l'université, Stéphane reprit ses études avec plus de zèle encore qu'auparavant et un goût plus marqué encore pour la solitude. Mais s'il exécutait tous les travaux que ses cours exigeaient, ses professeurs n'en furent pas moins convaincus que son intérêt se portait ailleurs. On remarqua qu'à plusieurs reprises il emprunta à la bibliothèque de l'université des ouvrages et des manuscrits qui l'entraînaient dans des voies toutes différentes de celles qu'il avait suivies jusque-là et qui n'avaient que peu de rapport, sinon aucun, avec les matières enseignées à la faculté. Il adressa également à divers conservateurs d'annales et d'archives des lettres où il leur demandait de lui communiquer l'arbre généalogique de familles depuis longtemps éteintes, et il se montra fort déçu à chaque fois qu'il n'obtint pas les renseignements désirés. Enfin Stéphane atteignit sa majorité et s'absenta de l'université pour apprendre de la bouche des exécuteurs testamentaires les dispositions qu'avaient prises à son égard son père et son tuteur.

Tous deux laissaient une fortune considérable ainsi que les revenus de domaines dont il héritait et qui lui assuraient d'énormes rentes. Lui échurent également le château où il avait vu le jour et son immense domaine ; les ruines d'une ancienne forteresse qui se dressait à quelques kilomètres de là ; un manoir encore habitable entouré de vignobles, ainsi que de nombreuses fermes. Mais ce qui excita tout particulièrement son intérêt, ce furent une chevalière frappée d'armes remontant visiblement à des temps très anciens et quelques feuillets découverts, après sa mort, parmi les objets personnels de sa mère, celle-ci ayant exprimé le désir que ces papiers ne soient remis à son fils qu'à sa majorité. Ces papiers, il faut le dire, avaient déjà été examinés par un des avoués de la famille à la requête du père de Stéphane, peu avant sa fin tragique, et montraient certains traits curieux. Bien qu'écrits de la main même d'Adélaïde, les caractères en étaient étrangement archaïques, ce genre d'écriture n'étant plus employé depuis au moins deux siècles. De plus ils étaient rédigés en un dialecte magyar certainement inconnu d'Adélaïde et renfermaient tant d'archaïsmes que même un lettré connaissant parfaitement le magyar moderne aurait eu grand-peine à les déchiffrer. Stéphane n'en donna pas moins les signes d'une vive excitation lorsque le notaire, sortant ces documents d'un coffret, les lui tendit en disant que s'ils paraissaient incompréhensibles et devaient être des copies de manuscrits fort anciens, sa mère n'en avait pas moins insisté, dans la note qui les accompagnait, pour qu'ils lui reviennent. De retour à Budapest, Stéphane informa ses professeurs qu'il quittait sur-le-champ l'université. Il fit ses malles et ses paquets, envoya le tout aux vieux gardiens qui vivaient dans son château natal, retira de l'établissement bancaire qui administrait ses biens une importante somme d'argent et disparut pendant plusieurs mois.

On apprit par la suite qu'il avait parcouru l'Europe centrale et qu'il s'était même rendu à Londres. On raconta également qu'au cours d'une année il avait, à plusieurs reprises, consulté les archives de vieux hôtels de ville et de bibliothèques. Il profita de ces occasions pour demander aux archivistes et aux bibliothécaires de l'aider à déchiffrer l'écriture et la langue des documents qu'il tenait de sa mère, mais tous remarquèrent que Stéphane répugnait à laisser ces papiers entre leurs mains plus que quelques minutes et se refusait à ce qu'ils en copient ne fût-ce que des fragments, bien qu'on lui fît la remarque que dans ces conditions la transcription en était quasi impossible. Finalement après avoir longuement comparé les feuillets qu'il détenait avec de très anciennes lettres qu'il découvrit à Prague dans une collection privée, Stéphane mit fin à ses voyages et accompagné de ce curieux personnage, ce Vihar qu'il avait pris pour domestique avant de quitter Budapest, il alla s'installer au château de Torberg, de sinistre réputation, qu'il avait hérité de sa mère. Il y passa l'hiver, partageant son temps entre l'administration de ses domaines et l'étude. Il entretenait avec ses voisins, qui comptaient de très anciennes familles vivant dans la région depuis des générations, des rapports cordiaux mais superficiels, et lorsqu'il eut, à plusieurs reprises, décliné avec courtoisie mais fermeté des invitations, on dut se rendre à l'évidence que ce devait être un original, un lettré plus à l'aise dans sa bibliothèque que dans le monde. Les mères qui avaient des filles à marier furent évidemment fort déçues, mais on respecta, même si on ne le comprenait pas, son désir de solitude, et tous ceux qui traitaient des affaires avec lui en parlaient avec la plus grande estime. Il adopta envers ses métayers et valets une attitude exemplaire et jamais on n'entendit formuler contre lui la moindre plainte. Cependant certains remarquèrent les mystérieuses allées et venues de deux ou trois hommes rudes, à l'aspect étrange, qui parlaient des dialectes inconnus et semblaient accomplir des missions pour leur maître. Au printemps, Stéphane entreprit quelques expéditions d'une durée de huit à dix jours dans les régions montagneuses, et c'est au retour d'une de ces expéditions qu'à la stupéfaction de tous il rencontra la belle Elisabeth Sandor dont il tomba éperdument amoureux.

Lettres adressées par Elisabeth Sandor à Marguerite Fenshawe et à Ernest Armstrong

Elisabeth Sandor à Marguerite Fenshawe.

Le 12 mai.

Très chère Meg,

Merci et encore merci pour votre charmante, votre adorable lettre. Je suis doublement heureuse aujourd'hui car j'ai également reçu une lettre d'Ernest. Je suis si heureuse ! Je voudrais savoir exprimer ma joie et la partager avec vous. Je me réjouis que vous aussi connaissiez le bonheur et que tout soit fixé entre Andrew et vous. C'est un homme merveilleux, bon, noble, fort et sans lui je n'aurais jamais connu Ernest... mais assez de ces effusions de pensionnaires ! Qu'il me suffise de vous dire que vous avez ma bénédiction et qu'après Ernest (et bien entendu papa) vous êtes l'être qui m'est le plus cher au monde. Ne viendrez-vous pas bientôt nous voir ? Papa en serait heureux lui aussi. Mieux encore, pourquoi ne viendriez-vous pas en séjour chez nous après votre mariage ? Vous ne pourriez trouver lieu plus agréable pour votre lune de miel. Mais que je vous donne de mes nouvelles ! Papa a enfin donné son consentement... je n'en avais pas douté un instant. Qui pourrait ne pas apprécier Ernest ? Oui, Meg, il nous a donné sa bénédiction et Ernest viendra nous voir dès que commenceront les vacances dans le collège où il enseigne. Nous annoncerons nos fiançailles à tous nos amis et connaissances au cours de la réception que mon père donnera pour fêter mes vingt et un ans, puis Ernest repartira hélas pour l'Angleterre et y restera de longues, longues semaines avant que nous puissions nous marier. Comme vous le voyez ce seront de courtes fiançailles, mais parce que nous serons séparés, elles me paraîtront durer des années. Cela me semble étrange de vous évoquer en Angleterre. À part le fait que vous vous y trouvez, Ernest et vous, il m'arrive de me demander quel pays j'aime le mieux. C'est une curieuse chose que d'être à moitié anglaise et à moitié hongroise. J'ai parfois l'impression que ce pays magnifique et sauvage est mon véritable berceau... que je fais partie de ses montagnes escarpées, de ses forêts, de ses torrents, et à d'autres moments je soupire après les doux paysages du Surrey et du Hampshire. Les gens n'y sont pas sauvages et rudes comme ici et la vie y est si délicieusement ouatée et ordonnée ! Et Londres... si vous saviez combien me manquent ses monuments, ses rues animées, ses nobles places, ses luxueux magasins ! Je reconnais que Vienne est une ville adorable, que Budapest est une belle et ancienne cité, mais je ne peux m'empêcher de penser avec le poète que Londres est « la fleur de toutes les villes ». Ici, nous n'avons comme capitale que Klausenberg, et si les gens y sont agréables, cela vous ferait sourire de voir à quel point ils sont provinciaux et arriérés. Hermannstadt est plus imposante quoique moins pittoresque, et Budapest, en ce qui concerne ses habitants, semble appartenir à un autre monde. Quant à la mode !... Je ne veux pas vous ennuyer de mes lamentations, mais, je vous en supplie, envoyez-moi les dernières figurines de ce qui se porte. Katia les copiera de son mieux, si je la dirige bien. Je ne voudrais pour rien au monde paraître démodée aux yeux d'Ernest ! Il est trop beau, trop intelligent et a trop de goût pour se contenter d'une petite paysanne mal dégrossie. Vous le voyez... je ne peux décidément pas écrire une ligne sans parler de lui. Ne m'en veuillez pas, ma douce, je vais m'efforcer de m'arracher à lui pour vous décrire notre demeure et notre très simple train de vie.

Notre maison n'a rien de ces imposants châteaux moyenâgeux ou de ces formidables et sinistres forteresses qui, dans la région, couronnent chaque pic, chaque éminence, et dans lesquels vous m'imaginez peut-être. Non, notre manoir, aussi confortable qu'une maison de campagne anglaise, est de style français. Contrairement à nos amis et voisins, nous avons peu de domestiques, mais bien suffisamment pour le modeste train de vie que nous menons. Le gros de notre domaine ainsi que les vignobles descendent jusqu'à la route menant au village. La plupart de ses habitants parlent un dialecte allemand car ils sont presque tous d'origine saxonne, ce qui est fréquent dans cette partie de l'empire autrichien. Mais il s'y trouve également de nombreux tziganes vêtus de façon pittoresque de vestes de mouton, de hauts bonnets et de bottes à franges. Je joins à ma lettre quelques croquis. Vous pourrez constater que j'ai fait, depuis mon retour, pas mal de progrès. Miss Wheatley serait, je crois, fière de son élève si elle voyait mes dernières aquarelles. Il y a dans les paysages qui nous entourent quelque chose de sauvage qui m'inspire. Ils doivent également influencer les habitants les plus impressionnables de cette région, car il n'y a pas un bois, un coin de forêt, un flanc de montagne qui n'ait inspiré quelque légende, quelque récit fantastique et qui ne soit habité, dit-on, par d'étranges êtres qui, à ce que l'on dit, sortent parfois de leurs antres secrets, à la grande peur du voyageur solitaire. Dans d'autres villages, plus éloignés, on parle un dialecte ruthène, et plus loin encore vivent des Szekely, peuplade étrange qui prétend descendre de ces Huns qui, venant de l'est, envahirent l'Europe après la chute de Rome. Ce sont des gens bizarres, superstitieux, fort peu aimés de leurs voisins en raison de leurs mœurs rudes et sauvages. Cependant eux aussi font partie de cette mosaïque de races aux coutumes bien définies qui rend ce pays si fascinant pour les voyageurs et les ethnologues. Nous, les Sandor, descendons, comme vous le savez, d'un peuple des plus anciens, qui vint s'établir en Transylvanie dans des temps fort reculés. Papa n'aime rien tant que se plonger dans de vieux livres poussiéreux qui relatent notre histoire dont il est fier. Nombre des faits qu'il me rapporte sont tout simplement terrifiants et me renforcent dans mon opinion que dans le passé ces seigneurs étaient aussi sauvages et aussi cruels que leurs sujets. Dire que je suis la dernière des Sandor ! Après tant de grands soldats et de chevaliers, notre maison n'est plus représentée que par la faible fille que je suis. Cueillir des fleurs sauvages et peindre des aquarelles, est-ce là un passe-temps digne des Sandor ? Je sais que papa ne s'est jamais consolé de ne pas avoir de fils, car ma pauvre mère nous a quittés trop tôt, mais pour rien au monde il ne le montrerait. Pauvre papa ! Quelle joie pour moi de pouvoir lui apporter enfin un peu de bonheur ! Nous ne nous quittons guère. Il y a toujours quelque chose à faire dans le domaine. Je prends au sérieux mes responsabilités envers nos gens, et grâce aux sages conseils de mon père j'acquiers chaque jour de nouvelles connaissances. À part cela nous menons une vie très tranquille. Nous voyons bien entendu quelques-uns de nos voisins, prenons part à des chasses, sommes invités à des dîners, nous rendons de temps à autre à la ville, et voilà tout. Nous avons fait récemment l'acquisition d'un nouveau voisin, un jeune homme excessivement brillant, à ce qu'il paraît, qui a hérité d'un vieux manoir et de terres non loin d'ici, mais nous ne l'avons pas encore vu. Il aurait perdu, il y a peu de temps, ses parents adoptifs et descendrait d'une famille qui connut une terrible tragédie — leur château détruit par le feu, quelque maladie héréditaire — ou je ne sais trop quoi. On ne sait pas grand-chose de lui à part le fait qu'il vit en ermite, et que, véritable rat de bibliothèque, il se voue à l'étude qu'il entrecoupe parfois de voyages. Après cette fort intéressante nouvelle, je me vois obligée d'en rester là. Comme toujours mes pensées les plus affectueuses voguent vers vous et le cher Andrew. J'attends avec impatience votre prochaine lettre.

Tendrement à vous,
Elisabeth.

Elisabeth Sandor à Ernest Armstrong.

Le 5 juin.

Mon tendre ami,

Votre douce, votre adorable lettre m'emplit de confusion et me rend très, très heureuse. Vous êtes vraiment l'homme le plus noble, le plus attentionné, le plus merveilleux dont une jeune fille puisse rêver, et si parfois il m'arrive de me demander : « M'aime-t-il réellement ? » c'est parce que votre amour, notre amour, est pour moi un tel miracle, une telle bénédiction que je crois rêver et crains en m'éveillant de m'apercevoir que ce n'était là qu'une illusion. Je vous en prie, ne riez pas de moi. Je ne suis pas encore habituée à un tel bonheur et je me demande quelquefois, parce que vous êtes loin de moi, s'il n'est pas le fruit de mon imagination jusqu'à ce qu'une de vos lettres vienne me rassurer et me persuader que ce n'est pas là un rêve, que bientôt, très bientôt, vous serez près de nous, que cette longue attente prendra fin. Papa parle souvent de vous et je sens qu'il est à la fois fier et heureux d'avoir un futur gendre tel que vous. Oui, Ernest, il parle déjà de vous comme du fils qu'il n'a jamais eu. Il estime que je n'aurais pu faire meilleur choix, alors qu'en réalité il n'y a pas eu choix, car dès l'instant où nous nous sommes rencontrés nous avons su que nous étions faits l'un pour l'autre. Cependant si papa se réjouit de notre bonheur, je le trouve de plus en plus grave. Il ne se porte pas très bien, et j'ai beau essayer de me persuader que ce n'est là qu'imagination de ma part, je crains cependant qu'il ne soit atteint dans sa santé. Le médecin est venu récemment le voir et si, lorsque je l'ai questionné, il s'est montré aussi enjoué et optimiste qu'à l'habitude, j'ai cru cependant percevoir en lui une certaine réserve, comme s'il me dissimulait quelque chose. Non, je ne crois pas papa malade, mais il a vieilli et il se comporte parfois (il faut que j'aie le courage de le reconnaître) comme un homme qui sent qu'il n'a plus très longtemps à vivre. Hier, après le dîner, il était d'humeur affectueuse mais grave et il m'a longuement parlé de vous, me disant que rien ne l'avait rendu plus heureux que de donner son consentement à nos fiançailles, et que lorsqu'il nous verrait mariés et mon avenir assuré, il pourrait mourir en paix. Oui, Ernest, je crains qu'il ne sente sa mort proche, même s'il en parle sans s'y attarder pour ne pas m'alarmer ou me peiner outre mesure. Est-ce parce que je suis son unique héritière qu'il a à ce point hâte de me voir aimée, protégée, et conseillée par vous ? Sans doute craint-il, au cas où il lui arriverait malheur, de me laisser seule et sans défense. Il m'a parlé des responsabilités et des devoirs qui m'incombent en ma qualité d'héritière ; des diverses dispositions testamentaires qu'il a prises ; des gens auxquels nous pourrons demander aide et conseil, et il m'a également indiqué comment nous devrons administrer nos domaines quand nous résiderons en Angleterre. À ce qu'il paraît, nous possédons des biens très loin d'ici, dans des régions perdues et sauvages où nul Sandor n'a vécu depuis des siècles, et il a particulièrement insisté pour que ces terres restent entre nos mains comme elles l'ont été depuis si longtemps. J'ignore pour quelle raison, mais il attache une très grande importance à ce que ces domaines restent, quoi qu'il arrive, dans notre famille. J'ai été profondément impressionnée par ses paroles et touchée de la façon dont il parle de vous. « Être l'unique héritière des Sandor comporte de lourdes responsabilités, m'a-t-il dit encore, et je sais qu'Ernest t'aidera plus que personne au monde à les assumer. » Il revint sur ce sujet à plusieurs reprises avant de tomber dans une de ces songeries auxquelles il se laisse de plus en plus aller. Puis il se leva, posa sa main sur mon épaule, me serra contre lui et m'embrassa si tendrement que j'en fus émue aux larmes, car dans cette manifestation d'affection je crus déceler une sorte de tendre adieu mêlé d'angoisse. Oh, Ernest, mon très cher, comme j'ai hâte de vous sentir auprès de moi !... Ne pourriez-vous pas avancer votre venue ? Pardonnez-moi d'insister ainsi mais si vous saviez combien, privée de votre présence, je suis à chaque réveil prise d'angoisse et de crainte... Le baron Terzberg est venu nous voir en compagnie de sa fille et tous deux vous envoient leur meilleur souvenir. À part eux, je n'ai vu personne. Notre nouveau voisin reste invisible. C'est, à ce qu'on dit, un homme étrange qui n'aime que l'étude et la solitude. À mon avis il doit être un peu inquiétant, mais je pense ainsi sans doute parce qu'il s'entoure de mystère et ne se montre nulle part. J'aime à penser que c'est un de ces héros romantiques qui ont un secret dans leur vie, ou encore qu'il a eu une grave déception en amour, ce qui expliquerait qu'il soit venu s'enterrer ici, loin du monde...

Journal intime d'Elisabeth Sandor

Le 17 juin.

Une étrange journée. J'ai de nouveau reçu une lettre de Meg, mais aucune d'Ernest. Je dois avouer que je ne puis m'empêcher d'être un peu jalouse de ma chère Meg, ce qui est honteux de ma part. Son Andrew est auprès d'elle et ils se voient chaque jour. Je m'ennuie terriblement d'Ernest et aspire à une présence, n'importe laquelle, qui viendrait briser la monotonie de ces derniers jours. Dieu que nous sommes seuls ! Papa ne se sent pas bien et n'exprime guère le désir d'avoir de la compagnie. La mienne même semble le fatiguer et il règne dans la maison un pesant silence. Il s'est cependant passé aujourd'hui un étrange incident. En écrivant ces mots j'en suis encore à me demander, s'il est réellement arrivé ou s'il est le produit de mon imagination ou d'un excès de songeries et de solitude. Serait-ce le rêve éveillé d'une jeune fille romanesque, bien qu'à dire vrai je me laisse rarement aller à de telles fantaisies.

Je suis sortie après le déjeuner faire un bouquet de fleurs sauvages que je suis ensuite allée déposer sur la tombe de ma mère, puis parce qu'il faisait très beau, je résolus de revenir en faisant un long détour. J'empruntai le sentier qui, partant du village, conduit au sommet de la colline, puis dans les bois pour m'amener ensuite chez moi. Comme je prenais lentement le chemin du retour, je m'absorbai dans une amoureuse rêverie et m'aperçus bientôt que j'avais quitté le sentier pour un autre, plus étroit encore, menant à un plateau d'où l'on a une vue magnifique à des lieues à la ronde. Il faisait une journée d'une sublime beauté... un de ces jours où le monde semble en paix, où le paysage baigne dans la lumière dorée d'une fin de journée d'été, et je fus à peine surprise de me rendre compte que mes pas m'avaient menée d'eux-mêmes dans un de mes lieux favoris où je venais souvent muser, un magnifique point de vue que je me réjouis de faire connaître à Ernest, abrité par de hauts arbres et tapissé d'un fin gazon émaillé de fleurs sauvages. Après avoir admiré ce paysage incomparable et regretté de ne pas avoir emporté mon carnet de croquis, je m'assis sur une roche plate, au centre de la petite clairière dominant les collines onduleuses et la masse épaisse des forêts. On ne peut imaginer, pour une contemplation solitaire, lieu plus idyllique et plus paisible, et c'est là, alors que s'allongeait, sur le gazon semé de roches, l'ombre des arbres, et que le vent soufflait dans les hauts sapins, que mes pensées se portèrent successivement sur la tombe solitaire où repose ma pauvre mère, qui m'a laissée si tôt orpheline ; sur mon cher Ernest, si près de mon cœur et si loin de moi ; sur les paroles que m'a dites récemment mon père, et sur l'étrange mélancolie qui s'est emparée de lui. Je pensai à la mort, à la vie, aux douleurs et aux joies, à l'amour, qui, je le crois fermement, régnera un jour dans ce monde et dans l'autre, et tandis que je méditais ainsi, passèrent devant mes yeux, comme en un rêve, des images de mon enfance, de mon adolescence, des années que j'ai passées en Angleterre, de ma rencontre avec Ernest, de mon retour dans le pays romantique de mes aïeux et dans ce domaine qui bientôt appartiendra aussi à Ernest. Mes pensées firent place à une agréable somnolence tandis que mes sentiments oscillaient entre de vagues regrets et de délicieux espoirs... toute la gamme d'émotions que connaît une fille amoureuse attendant le retour de celui qu'elle aime. Combien de temps m'attardai-je en ce lieu, je ne saurais le dire, mais lorsque je levai les yeux pour contempler de nouveau le paysage magnifique qui s'étendait à mes pieds, les ombres portées de la forêt venaient jusqu'à moi et le soleil était bas à l'horizon. Soudain, comme mon regard se posait sur les épais fourrés, je crus y voir une sombre silhouette et j'eus soudain la conviction qu'un mystérieux inconnu m'observait depuis un certain temps déjà. Je cherchai à percer ces fourrés jusqu'à en avoir la vue brouillée puis, prise de nouveau d'une indicible somnolence, fermai les yeux. Percevant un bruit de pas, je les ouvris et là, à quelque cinq pas de moi, se tenait un étranger de très grande allure qui me salua courtoisement tout en continuant de me scruter intensément. Un homme jeune, dans la trentaine, brun, mince, élégamment vêtu, visiblement de haute naissance et de parfaite éducation. Ses longs cheveux, rejetés en arrière, découvraient un front haut et noble et son pâle visage aux traits fins, au nez aquilin, révélait une volonté de fer, alors que ses yeux lumineux brillaient d'un feu qui m'eût effrayée et déconcertée si l'élément de surprise de cette rencontre n'avait banni en moi toute crainte. C'est presque avec impolitesse qu'il me fixait mais je me rendis bien vite compte que sa surprise était au moins égale à la mienne. Soudain, à son étonnement qui répondait au mien, succéda sur son visage une inquiétante expression de triomphe qu'il maîtrisa rapidement. Il me demanda alors si j'habitais dans le manoir tout proche. Je lui répondis par l'affirmative et lui demandai à mon tour s'il était notre nouveau voisin. Il me lança de nouveau un regard perçant, puis me dit que je ferais « bientôt sa connaissance ». Ses lèvres frémirent, remuèrent comme s'il voulait parler encore, mais ne pouvait prendre sur lui de prononcer d'autres paroles. Son visage s'empourpra, ses yeux se détournèrent des miens et aussi soudainement qu'il avait surgi, il disparut. En quelques instants sa silhouette se perdit dans la masse épaisse des arbres. Abasourdie, je restai immobile quelques minutes encore, puis rentrai en hâte à la maison, ne sachant si j'avais vu ou non un fantôme, tant cette rencontre semblait appartenir au domaine du rêve. En ce moment même où j'écris ces mots je ne pourrais dire si j'ai rencontré un être de chair et de sang, ou quelque créature sortie de mon imagination et venue interrompre mes songeries. Je m'imaginais, je croyais à moitié qu'il m'avait dit encore autre chose — je ne saurais dire quoi — mais si la signification exacte de ses paroles m'échappait, sa voix n'en résonnait pas moins en moi comme une mélodie entendue dans un lointain passé. D'ailleurs, je l'entends encore.

Le 19 juin.

Reçu à nouveau une adorable lettre d'Ernest, mais hélas il ne peut pas partir encore. Ses travaux, ses fonctions le retiennent, et s'il aspire tout autant que moi à ce que nous soyons enfin réunis, il ne peut quitter l'Angleterre à la date prévue et notre séparation en sera prolongée de quelques tristes jours. Dieu veuille qu'il n'ait pas, par la suite, d'autres empêchements.

Je sais maintenant que l'homme mystérieux qui m'est apparu il y a deux jours n'était ni un fantôme, ni le fruit de mon imagination, mais incontestablement quelqu'un de bien vivant. À mon immense surprise, comme je descendais de ma chambre, j'entendis papa s'entretenir au salon avec quelque visiteur. L'espace d'un instant, je restai clouée sur place en reconnaissant sa voix. Une minute plus tard papa et mon mystérieux étranger sortaient du salon. Papa me présenta Stéphane Morheim, notre nouveau voisin, et après être parvenue, au prix d'un effort, à dissimuler ma surprise, je le saluai aimablement. À son tour, il s'inclina cérémonieusement devant moi avec une courtoisie délicieusement démodée et nous expliqua que s'il avait pris la liberté de nous rendre visite, c'était pour se conformer à la coutume qui veut, dans notre région, que ce soit à un nouveau venu de se manifester le premier. Tout comme lors de notre première rencontre sa présence produisit sur moi une étrange impression. Je savais l'avoir rencontré deux jours auparavant, mais s'il m'avait fait alors une forte impression, j'eus le sentiment plus fort encore que, d'une manière indéfinissable, il ressemblait à quelqu'un dont je ne me souvenais plus, mais que j'avais dû connaître au tout début de ma vie. Papa l'invita à partager notre déjeuner, ce qu'il déclina avec la plus grande politesse. Il nous expliqua que certains travaux nécessitaient sa présence sur ses terres, mais exprima l'espoir d'avoir très bientôt le plaisir de nous revoir. Après son départ, papa me déclara que M. Morheim était en effet, comme on le lui avait dit, un « homme étrange » mais qu'il n'en était pas moins aussi charmant qu'intelligent et que ce serait un plaisir et un privilège de le mieux connaître. Quant à la nature exacte de ses études et travaux, papa ne put me l'indiquer avec précision, notre visiteur étant resté dans le vague à ce sujet, se contentant de dire qu'il était venu chercher dans notre belle région quiétude et tranquillité qui lui permettraient de dépouiller la masse énorme de matériaux historiques qu'il avait apportée avec lui après de nombreuses consultations dans des universités et bibliothèques. C'est peut-être un écrivain, un poète, un dramaturge, bref un artiste, ce qui expliquerait son étrange attitude lors de notre première rencontre, car, à ce que l'on dit, les artistes se comportent souvent d'une manière que nous autres, simples mortels, trouvons bizarre. Oui, plus j'y pense et plus je me dis qu'il s'intéresse aux arts. Je dois l'avouer, il a piqué ma curiosité et je voudrais en savoir davantage sur lui. Je me plais à imaginer qu'il y a du mystère dans sa vie.

Le 28 juin.

M. Morheim est de nouveau venu déjeuner chez nous. Je me rends compte qu'il fait sur papa une forte impression et je suis reconnaissante à notre hôte d'avoir dans une certaine mesure dissipé les sombres nuages qui pesaient sur notre maison depuis que mon père ne se sentait pas bien. M. Morheim a ravivé en lui le goût de la compagnie et de la conversation, l'une et l'autre d'une excellente qualité. Je n'arrive pas encore à le situer ; il m'intrigue et me déconcerte, et je sens que moi aussi je l'intrigue. Je me demande pourquoi il se complaît ainsi dans la solitude. Il pourrait, s'il avait le goût de ces frivoles distractions, jouer un rôle brillant dans la société, et il tournerait sans doute la tête de bien des jeunes beautés. Papa et moi sommes fort curieux de ses origines, mais il parle peu de sa famille. Il nous a dit simplement qu'il avait perdu ses parents et qu'il ne lui restait que des cousins éloignés. Ce qui excite la curiosité de mon père c'est qu'il s'est mis dans la tête que M. Morheim nous est en quelque sorte apparenté. Il trouve quelque chose de familier dans ses traits et ses manières, et j'avoue partager sa façon de voir. Chose étrange, en le regardant, je ne peux m'empêcher de penser que je l'ai connu autrefois, ou que tout au moins il ressemble à quelqu'un que j'ai connu. Mais qui ? J'ai mené dans l'ensemble une vie assez retirée. J'ai voyagé, il est vrai, j'ai vécu en Angleterre, mais aucune des connaissances que j'ai pu faire n'offre la plus légère ressemblance avec lui. Lorsque papa lui pose des questions aussi personnelles que la politesse le lui permet, il change aussitôt de sujet avec une telle adresse qu'on en oublie la question posée. Nous savons qu'il est originaire d'une région assez lointaine de la nôtre, et plus orientale, qu'il a fait ses études aux universités de Budapest et de Vienne, qu'il parle couramment plusieurs langues, est un cavalier accompli et un grand voyageur, et c'est à peu près tout. Cela ne peut continuer ainsi. Puisqu'il est notre voisin et qu'il nous intrigue si fort il nous faut en apprendre davantage sur lui. Je suis persuadée qu'il prend plaisir à rester pour nous une sorte d'énigme. Lorsqu'à une ou deux reprises je lui ai posé une question directe j'ai vu dans ses yeux une lueur sarcastique, tandis qu'il parait mes attaques avec l'adresse d'un expert dans ce genre de duel verbal. Je ferais mieux de cesser de me tourmenter à son sujet et de me concentrer sur la lettre que je dois envoyer à Ernest. « Me concentrer ! » Quel mot curieux est venu sous ma plume ! Cela me ressemble si peu ! Écrire à l'homme que j'aime ne devrait nécessiter de ma part ni concentration, ni application, ni effort. Rien ne devrait m'être plus naturel et plus aisé que de parler de mon amour et de mes espoirs à celui qui sera bientôt mon époux. Mon pauvre papa devient de plus en plus distrait. Lorsque je lui ai parlé aujourd'hui de la dernière lettre d'Ernest, il a paru tomber des nues, et il a fallu que je lui rappelle, non sans impatience, qu'il avait donné avec joie son consentement à notre mariage et qu'il serait bientôt beau-père. « Et à ce moment-là tu me quitteras », me dit-il tristement. J'eus beau l'assurer qu'Ernest et moi resterions près de lui, que nous ne l'abandonnerions jamais, comme il semblait le craindre, il n'en démordit pas. Pour finir, il me dit simplement : « D'ailleurs, peu importe. Je ne suis plus pour longtemps sur cette terre, je le sais. » Cela me navre de voir papa dans un tel état d'esprit. Ses paroles me hantent et je ne puis oublier l'expression résignée qu'il a eue en les prononçant. Elles teintent mes pensées de mélancolie et étendent sur notre amour l'ombre d'une mort imminente. Je me refuse à y croire, et cependant je ne puis me dissimuler que mon père s'est beaucoup affaibli ces derniers temps. Il lui faut énormément de repos. Le médecin me dit que dans son état toute tension, aussi bien physique que morale, est mauvaise pour lui. Jusqu'aux visites de M. Morheim qui semblent le fatiguer et cependant il insiste pour le recevoir. Cet homme paraît exercer sur lui une véritable fascination. Je sais que mon père l'a invité à revenir nous voir très prochainement. Mais voilà que mes pensées s'égarent de nouveau. C'en est assez ! Il faut que je le sorte de mon esprit et que je me consacre entièrement à Ernest.

Le 5 juillet.

M. Morheim qui a passé toute la journée avec nous vient seulement de partir. Il a un cocher-valet des plus bizarres... un homme de mauvaise mine, au teint olivâtre, au corps décharné, à l'expression rusée, à l'œil brillant de méchanceté. Nos domestiques ne l'aiment pas, et certains vont même jusqu'à le craindre, mais cela probablement parce qu'il est de race différente. Ce doit être un Szekely et il existe entre nos Saxons et eux une haine ancestrale. S'ils sont tous comme lui, cela ne me surprend guère.

Nous avons tous déjeuné ensemble... c'est-à-dire M. Morheim, papa et moi. Notre invité s'est montré particulièrement brillant, sa conversation plus captivante, plus attrayante que jamais et si mon père et lui s'entretinrent principalement de questions fort érudites, notre hôte, loin de m'ignorer me témoigna tant de courtoisie et de considération que je ne pus m'empêcher d'en être flattée. Le regardant, je fus frappée par l'assurance et la calme supériorité dont il faisait preuve en discutant avec mon père de questions fort abstruses. Le moindre de ses propos est empreint de force et d'intelligence. On sent qu'il a beaucoup réfléchi, et il expose ses idées avec l'autorité de celui qui sait exactement ce dont il parle et qui prête à ses interlocuteurs les mêmes connaissances. Après le déjeuner les deux hommes se sont retirés dans le cabinet de travail de mon père. M. Morheim ayant fait appel à ses lumières pour certaines de ses recherches, papa, trop heureux de lui rendre ce service, s'empressa de mettre à sa disposition sa bibliothèque dont il est fier. Ils s'attardèrent longuement dans son cabinet, tandis que je partais faire une courte promenade, puis montais à ma chambre pour y lire et y songer. Je pris la lettre de mon cher Ernest et la relus à plusieurs reprises. Mais j'eus beau m'y efforcer, j'éprouvai de la difficulté à en comprendre le sens bien que chaque ligne fût imprégnée de son ardent amour pour moi. Les mots se confondirent, se brouillèrent sous mes yeux et je me surpris à lire et à relire une phrase comme si elle était écrite en une langue étrangère dont je n'avais qu'une vague notion. Mes pensées s'égarèrent, j'eus peine à me concentrer, ma tête se fit lourde, une sorte de somnolence s'empara de moi, la lettre échappa de ma main comme je me laissais aller à une délicieuse langueur aussi bien physique que morale. Je dus m'endormir, car lorsque je repris mes sens, et pleine de remords, ramassai la lettre tombée à mes pieds, déjà le soir venait. J'ai écrit à Ernest et viens de griffonner ces lignes avant de descendre au salon.

Le même jour, dans la soirée.

Deux incidents se sont produits... l'un inquiétant, l'autre, inexplicable. Lorsque je suis descendue, M. Morheim était déjà parti. Papa, encore dans le hall, avait le visage blême et les traits tirés. En me voyant, il esquissa le geste de venir à ma rencontre, puis chancela et serait tombé si je ne m'étais élancée pour le soutenir. « Ce n'est rien, rien du tout, un simple malaise », me dit mon père qui semblait littéralement épuisé. Effrayée, j'appelai Katia, et nous emmenâmes mon père au salon et l'obligeâmes à s'étendre tandis que j'allais lui chercher un verre d'eau-de-vie. Katia lui fit d'affectueuses remontrances et lui reprocha de passer tant de temps en vaines discussions avec des gens « trop malins » pour lui. « Rien d'étonnant, ajouta-t-elle, que vous soyez dans cet état alors que vous avez passé l'après-midi à discuter, et avec bruit. J'ai même cru, un moment, que vous alliez en venir aux mains. — En venir aux mains ? Discuter ? Que veux-tu dire par là ? » lui demanda papa, l'air stupéfait. « Je ne me souviens pas m'être laissé entraîner à de telles discussions ! — Et moi j'affirme que vous discutiez, répéta Katia. Je ne pouvais faire autrement que de vous entendre. » Papa passa sur son front une main lasse, puis dit d'un air perplexe : « Nous nous sommes entretenus longuement, mais nous ne nous sommes pas heurtés et il n'y a eu, entre nous, aucune altercation, cela je peux l'affirmer. — Mais de quoi donc discutiez-vous ? » lui demandai-je, mal à l'aise. « Je crains, mon enfant, de ne pas m'en souvenir exactement, dit mon père qui paraissait de plus en plus déconcerté. Je sais seulement qu'à un moment donné nous avons discuté de l'interprétation d'un passage de l'ouvrage de Gervasius sur les coutumes et traditions magyares. Un bien curieux ouvrage d'érudition, d'ailleurs.

— J'insiste pour que vous mettiez fin, pendant quelques jours, à ces épuisantes discussions, dis-je fermement. Si vous ne prenez pas un repos total, j'appelle le médecin. » Jamais je n'avais vu mon père aussi fatigué... c'était pitié de le voir, il semblait vidé de toute énergie. J'en veux à M. Morheim. Tout cela est de sa faute. S'il revient, comme papa le lui a demandé, je saisirai la première occasion pour le lui dire.

Papa a retrouvé suffisamment de forces pour descendre dîner, mais tout en mangeant, il semblait préoccupé, et comme je lui en demandai la raison, il me dit : « Je n'arrive pas à retrouver un ouvrage dont j'ai besoin. Je vois encore son emplacement sur un rayonnage et quand j'ai voulu le prendre, il n'y était plus. Je l'ai cherché partout. Il y était hier encore et je sais que je ne m'en suis pas servi. — Peut-être M. Morheim l'a-t-il consulté et laissé dans un coin, oubliant de le remettre en place », suggérai-je. « Non, je suis sûr qu'il n'en a rien fait », affirma mon père. « Peut-être êtes-vous sorti un instant de la bibliothèque et l'aura-t-il feuilleté à ce moment-là. — C'est exact, je suis sorti un instant de la bibliothèque, mais qu'est-ce que cela prouve ? — Peut-être M. Morheim en a-t-il profité pour subtiliser ce livre », dis-je toute fière de mon ingénieuse explication. Papa me foudroya du regard. « Stéphane Morheim, me dit-il, l'air indigné, est un homme d'honneur, d'une parfaite intégrité pour qui j'ai la plus grande estime. Je te prie de retirer cette accusation. Je n'admets pas que ma fille fasse une remarque aussi imméritée sur notre hôte. » Je me hâtai de me rétracter, et lorsque la colère de mon père se fut apaisée, je lui demandai de quel ouvrage il s'agissait pour qu'il en fît une telle histoire. « Il s'agit... oh, de pas grand-chose, en somme. Un vieux et curieux recueil de légendes et de traditions qui n'a rien de spécialement attrayant. Inutile d'en faire toute une histoire. En cherchant bien, je le retrouverai peut-être demain. »

C'est peut-être mal de ma part, mais je ne puis m'empêcher de soupçonner M. Morheim d'avoir pris la liberté « d'emprunter » cet ouvrage. Emportés par leur passion, ces rats de bibliothèque perdent tout scrupule. Espérons qu'il le rapportera le plus vite possible. Il se peut aussi que papa le lui ait prêté et que la chose lui soit sortie de la mémoire... je le trouve de plus en plus distrait. Je préfère m'en tenir à cette explication. Je serais navrée que M. Morheim se soit rendu coupable d'une telle indélicatesse... il est bien trop grand seigneur pour s'abaisser à un geste pareil. Et m'y revoilà... chacune de mes journées est émaillée de « M. Morheim ceci »,

« M. Morheim cela ». Il ne se contente pas d'envahir notre foyer. Il envahit mes pensées, ce qui est beaucoup plus grave, car elles appartiennent à Ernest.

Le 12 juillet.

J'étais très nerveuse, en m'éveillant, ce matin, et ce soir je me sens terriblement perturbée. Je viens de vivre une étrange, une très étrange journée. Papa se sentait beaucoup mieux et nous sommes allés assister au service dans la petite église du village. Quelle surprise ce fut pour moi de voir pour la première fois M. Morheim parmi les paroissiens. À notre entrée, il s'inclina avec gravité. Sa présence me surprit d'autant plus que j'avais déduit de sa conversation et de ses remarques que les pratiques religieuses étaient totalement étrangères à son tempérament. J'avais même cru discerner une hostilité voilée dans ses allusions à l'Église et à ses dogmes. Peut-être est-il agnostique ? Je ne le crois pas athée, ni matérialiste, car en deux occasions au moins il a laissé entendre de façon assez énigmatique qu'il faisait siennes certaines théories sur l'âme, et sur le pouvoir qu'elle possède de survivre à la désintégration du corps. Je lui lançai, au cours du service, quelques regards furtifs et s'il observait scrupuleusement les rites, j'eus l'intime conviction que, même si ses lèvres remuaient machinalement, pas un instant il ne pria. Par deux fois, et à ma plus grande confusion, il surprit mon regard et me sourit. Comme nous sortions de l'église nous le vîmes échanger quelques mots aimables avec le curé, puis il s'approcha de nous, nous dit combien il avait été navré d'apprendre que papa s'était senti fatigué et lui demanda des nouvelles de sa santé. Papa l'invita aussitôt à venir partager notre déjeuner, et à la fin du repas papa ayant exprimé l'intention d'aller se reposer, comme le médecin le lui avait ordonné, M. Morheim lui demanda s'il lui accorderait l'honneur de m'accompagner dans une promenade à cheval. Papa y consentit volontiers, disant que je serais certainement heureuse de chevaucher de compagnie.

Pendant la première demi-heure, Stéphane garda le silence, bien décidé, semblait-il, à poursuivre ses mystérieuses ruminations. À part notre étrange et première rencontre, c'était la première fois que je me trouvais seule avec lui. Sa présence m'en imposait et pour la centième fois je me demandai pourquoi il était venu se retirer ici dans une telle solitude et de quels mystères s'entourait sa vie passée. Comme nous venions de traverser le village, je descendis de cheval à la porte du cimetière et allai, suivie de Stéphane, m'incliner devant la tombe de ma mère. « Elle est donc morte si jeune ? » me demanda-t-il gravement. « Oui, je n'étais encore qu'une très petite fille quand je l'ai perdue. Elle est tombée malade, a langui, s'est affaiblie, a paru se remettre pendant un certain temps, mais devant les médecins impuissants elle a décliné et a quitté cette vie sans souffrances, du moins à ce que je crois. — Savez-vous comment elle a contracté cette étrange maladie ? » me demanda Stéphane. « Non, nul n'a pu le dire. Peut-être a-t-elle succombé à un mal héréditaire. » Stéphane s'inclina devant la tombe et je vis une ombre passer sur son beau visage, mais comme le curé approchait, il me dit : « Venez, je ne suis pas d'humeur à m'entretenir avec lui. Regardez-le. Vêtu de noir, il a tout d'un oiseau de mauvais augure ! » Il parlait avec une véhémence qui m'étonna mais je ne pus prendre sur moi de lui demander la raison d'une telle hostilité. De nouveau nous chevauchâmes en silence et nous nous engageâmes bientôt au cœur même de cette forêt que mon imagination enfantine avait peuplée autrefois d'êtres étranges et féeriques. Le malaise que j'avais d'abord éprouvé en compagnie de Stéphane se dissipa et nous nous mîmes à parler le plus naturellement du monde. Il évoqua son enfance ; les tendres soins que lui avaient prodigués ses parents adoptifs ; comment, très jeune encore, il était devenu orphelin ; l'impression de solitude qu'il avait si souvent ressentie ; enfin il me décrivit, d'une manière si vivante et si colorée que j'eus l'impression d'y avoir été moi-même, les nombreuses villes qu'il avait visitées au cours de ses voyages. Finalement nous fîmes halte et, après m'avoir observée attentivement, Stéphane me questionna sur mon fiancé. Je lui parlai d'Ernest et lui dis comment nous avions fait connaissance, en Angleterre, grâce à un ami commun qui s'est depuis fiancé avec Meg, ma meilleure amie. Et je lui dis encore qu'Ernest n'allait pas tarder à venir s'installer auprès de nous. « L'aimez-vous ? » me demanda Stéphane et de nouveau il me scruta de façon si intense que, prise de vertige, je fermai les yeux. Je dus vaciller sur ma selle car je sentis soudain sa main ferme se poser sur la mienne. « J'ai craint un instant que vous ne tombiez », me dit-il. Il retira sa main mais j'en sentais encore l'empreinte sur la mienne. Puis me regardant comme s'il lisait sur mon visage ainsi que dans un livre ouvert, il répéta : « L'aimez-vous ? » Qu'est-ce donc qui me fit hésiter à lui répondre, je l'ignore — il n'y avait en moi aucune incertitude — mais la manière dont il me posa cette question et le regard dont il l'accompagna me rendirent momentanément muette. Je finis par un murmure timide :« oui » et ajoutai que j'aimais tendrement Ernest, ce qui est le cas. « Il vous arrive parfois de vous sentir seule, n'est-il pas vrai ? » reprit Stéphane. Je lui avouai en toute candeur que papa et moi nous sentions beaucoup moins seuls depuis qu'il était devenu notre ami... « Oui, me dit Stéphane avec force, je suis votre ami et vous pourrez toujours compter sur moi. » Il me posa alors d'autres questions sur Ernest, mais j'éprouvai une étrange répugnance à parler avec lui de mon fiancé et je me contentai de lui dire qu'il était bon, beau et intelligent...

Ernest, oh Ernest, que se passe-t-il en moi ? J'ai reçu ta lettre, l'ai lue une première fois et je suis en train de la relire. Je crois entendre ta voix derrière chaque mot, mais elle se fait, hélas, de plus en plus faible. Je sais que je t'aime, que je dois t'aimer... Mais pourquoi ce soir, alors que je m'efforce d'évoquer ton visage aimé — et pourquoi dois-je m'y efforcer ? — devient-il de plus en plus flou ? Pourquoi, oui, pourquoi, si fort que je m'y applique, à chaque fois que je pense à toi ton image se fait-elle plus pâle, plus effacée, pour faire place à celle, combien plus vivante, de Stéphane ? Et pourquoi Stéphane s'interpose-t-il si souvent entre toi et moi, et hante-t-il ainsi mes pensées ?

Lettres d'Ernest Armstrong

Ernest Armstrong à Andrew Fuller.

Le 19 juillet.

Cher Andrew,

Merci, mon fidèle ami, de ton invitation. Je suis en ce moment débordé de travail... mais j'espère cependant en avoir bientôt terminé. Le plus sage serait, je crois, de fixer notre revoir à une quinzaine de jours. Après cela... tu sais où je m'élancerai. Je voudrais pouvoir avancer mon départ. Elisabeth m'écrit que son père n'est pas bien du tout. Le pauvre vieil homme semble souffrir d'insomnie et sa fatigue se fait chaque jour plus grande. Ce serait vraiment navrant qu'il lui arrive quelque chose. Je sais que depuis la mort de sa femme il mène une vie triste et retirée mais il n'est pas si âgé que cela et je ne comprends pas pour quelle raison il décline ainsi. D'après les lettres d'Elisabeth je me rends compte que c'est pour elle une dure épreuve. Elle s'y exprime avec moins de spontanéité, et à franchement parler, je suis inquiet. Le ton même de ses lettres a changé, ce qui prouve qu'elle n'est plus elle-même. Oh, elle s'y montre toujours aussi tendre et aussi aimante — à ce point de vue là je n'ai pas de souci à me faire — mais dans certaines de ses phrases je devine réticences et réserve. Je me tourmente sans raison, je suppose, mais tu sais à quel point j'ai été déçu de devoir remettre mon départ. Jamais ce moment ne viendra assez vite. Imagine un peu qu'elle se fasse enlever par quelque jeune et brillant gentilhomme ! Si je ne la savais si merveilleusement loyale, je pourrais craindre qu'un rival ne la courtise. Comme tu le sais, ces Hongrois peuvent être diablement beaux ! Mais n'accorde aucune intention, je t'en supplie, à ces folies. Je me réjouis de vous revoir, Meg et toi. Nous pourrions peut-être aller en ville ensemble. Après tout, nous n'avons pas fêté vos fiançailles. Que penserais-tu d'un somptueux dîner ?

Bien à toi,
Ernest.

Ernest Armstrong à Marguerite Fenshawe.

Le 25 juillet.

Ma chère Meg,

Permettez à un vieil ami de vous demander, de façon tout à fait confidentielle, aide et conseil. La vérité est que je suis tourmenté — plus tourmenté que je ne saurais le dire — au sujet d'Elisabeth. Je n'en ai que fort peu parlé à Andrew — d'ailleurs je ne l'ai pas vu récemment. Je vous ai dit, je crois, que depuis quelque temps Elisabeth m'écrit moins souvent qu'à l'habitude. Mais il y a plus. Certes elle doit consacrer beaucoup de temps à soigner son père dont l'état ne fait qu'empirer, mais il y a dans sa manière de m'écrire quelque chose qui ne me plaît guère. Je dirais même, Meg, qui ne me plaît pas du tout. J'ai parfois l'impression qu'elle n'est plus elle-même. Comme vous le savez, les amoureux sont sensibles et l'intuition n'est pas l'apanage du beau sexe. Quelque chose me dit qu'il s'effectue un changement en Elisabeth et je ne puis chasser de mon esprit d'horribles soupçons, tout en me disant qu'il est indigne de ma part d'en nourrir envers elle. Le fait est que dans ses trois dernières lettres il y a quelque chose de forcé dans ses témoignages de tendresse. Il y a pire... d'abord elle fait de vagues allusions à un gentilhomme, un de leurs voisins, je crois, qui leur rend de toujours plus fréquentes visites. Ce serait — du moins à ce qu'elle me dit — un ami de son père, mais en moi tout me crie : Danger! Ensuite alors que dans ma dernière lettre je lui fixais la date définitive de mon départ et celle de mon arrivée auprès d'elle, dans sa réponse elle n'y fait aucune allusion. Ne trouvez-vous pas cela extraordinaire ? Que lui est-il arrivé ? Sa dernière lettre laisse prévoir le pire. Tout y semble forcé et contraint... même les mots les plus affectueux, et pour couronner le tout à un moment donné, alors qu'elle m'appelle par mon nom, elle a tracé la majuscule S qu'elle s'est empressée de barrer d'un trait de plume puis a écrit : « Ernest ». Je ne crois vraiment pas faire une montagne d'une taupinière. Je distingue nettement la majuscule qu'elle a tracée par erreur, comme si ses pensées étaient ailleurs. J'irai plus loin. Je suis convaincu qu'elle pensait, à ce moment-là, à quelqu'un dont le nom commence par un S. Chère Meg, vous êtes sa meilleure, sa plus intime amie, et vous la connaissez mieux que n'importe qui. Verriez-vous quelque inconvénient à ce que je vienne vous voir dimanche et que je vous fasse lire ses deux ou trois dernières lettres ? Je suis persuadé que vous pourriez m'être d'une grande aide. Je suis terriblement tourmenté. Tout cela est tellement soudain ! Je ne puis croire que son amour pour moi ait diminué, et cependant, à la manière dont elle m'écrit... Vous en jugerez vous-même. Je me refuse à croire qu'elle en aime un autre, et d'ailleurs elle me l'aurait dit franchement. Vous savez à quel point elle est honnête et loyale. Il n'est pas dans son caractère de dissimuler. Si au moins je pouvais partir sur-le-champ. Mais cela m'est impossible et j'en arrive même à redouter de me rendre auprès d'elle, de peur de ce que je pourrais découvrir. Je vous en prie, accueillez-moi dimanche et peut-être pourrons-nous ensemble faire la lumière sur ce mystère. Je suis persuadé que tout comme moi, vous serez surprise en lisant ses lettres.

Affectueusement vôtre,
Ernest.

Journal intime d'Elisabeth Sandor

Le 26 juillet.

Une journée lourde, orageuse qui s'accorde bien avec mes pensées. J'ai été trop abattue, trop troublée depuis deux jours pour venir m'épancher dans ce journal. Je ne comprends pas ce qui m'arrive et je me sens terriblement lasse... tout comme mon pauvre papa. La fréquente présence de Stéphane; la manière insistante qu'il a de me regarder comme s'il attendait de moi une réponse qu'il est sûr d'obtenir; l'approche de ma majorité; l'absence d'Ernest; tout contribue à m'inquiéter et à me tourmenter. Je sais que je devrais renvoyer Stéphane — c'est ainsi que je l'appelle maintenant — ou tout au moins, car papa continue à prendre le plus grand plaisir en sa compagnie, ne pas m'entretenir en tête à tête avec lui. Mais j'ai beau prendre de bonnes résolutions, je ne les tiens pas et je suis de plus en plus déchirée par des sentiments contradictoires. J'ai reçu une courageuse et pathétique lettre d'Ernest, et une très tendre missive de Meg. Elle, au moins, n'hésite pas à suivre la voie qu'elle s'est tracée. Je suis prise parfois de l'envie irrésistible de m'enfuir d'ici, de voler vers Ernest, de l'épouser sur-le-champ, de mener avec lui la vie heureuse, toute de calme bonheur domestique, fait de sentiments stables et partagés, que semblait me réserver une bienveillante Providence, mais tout aussitôt je suis en proie à des sentiments d'une violence telle que je n'en ai jamais connu de pareils. Il y a en Stéphane quelque chose qui m'attire irrésistiblement, tel un appel venu de cimes d'une hauteur vertigineuse. Bien qu'il n'en dise rien, je sens qu'il cherche à m'entraîner avec lui vers une vie toute différente. Une vie sauvage, tumultueuse, une incursion vers quelque mystérieux et lointain au-delà. Je suis hantée par cette pensée qu'en quelque sorte je lui appartiens déjà, et par la conviction, plus insidieuse encore, que le sort en a décidé ainsi. Un regard de lui, un frôlement de sa main, le timbre de sa voix, éveillent en moi d'étranges souvenirs à demi enfouis dans ma mémoire, comme si nous nous étions connus dans une autre existence, et la manière dont il me regarde montre clairement que lui-même retrouve sur mon visage le reflet d'un autre, et qu'il en est halluciné.

Nous sommes allés nous promener cet après-midi et de nouveau je me suis trouvée seule avec lui. Je le vis changer brusquement d'humeur. Par un accord tacite nous étions d'abord restés silencieux. Il semblait déprimé, gardait les yeux baissés et les lèvres serrées. Soudain il tourna son regard vers moi et me dit : « Vous vous tourmentez au sujet d'Ernest ? » Je n'eus pas besoin de lui répondre, mon visage parlait pour moi. Puis avec un de ces brusques changements d'humeur qui me déconcertent, il se mit à penser à haute voix tandis que nous marchions à travers bois. Le sens de son discours, véhément, poétique et mystérieux, m'échappait en partie, mais l'ardeur qu'il y mettait m'exalta. Il parla de l'immortalité, de la destinée, des aspirations humaines, de leurs limites, de la vie et de la mort. Il me parla aussi de l'amour et de l'ambition qui, s'ils sont suffisamment forts peuvent nous faire pénétrer dans une autre dimension débordant du cadre terrestre, tout cela avec une passion, une conviction qui laissaient deviner que lui-même avait sur ces sujets des connaissances dépassant celles du commun des mortels. Et s'il semblait penser tout haut, s'il gardait l'œil fixé sur les sommets qui se dressaient dans le lointain, je n'en sentis pas moins que chacune de ses paroles me concernait directement. Tandis que nous prenions le chemin du retour, une tempête se déchaîna en moi. Il me faut prendre une décision. Ernest m'indique la date de son arrivée. Que faire ?

Le 29 juillet.

Le sort en est jeté. Stéphane est venu nous voir hier dans l'après-midi. Après qu'il eut eu une brève mais agréable conversation avec papa qui a fait une légère rechute et ne peut recevoir que de courtes visites, nous fîmes seller les chevaux et partîmes. Le temps, jusque-là beau, s'était gâté. Dans le ciel plombé, de lourds et sombres nuages laissaient présager un orage. Plongé chacun dans nos pensées, moi évoquant l'imminente arrivée d'Ernest avec plus de mélancolie que d'attente impatiente, lui songeant à je ne sais quoi, nous n'échangeâmes que peu de paroles... À notre retour nous trouvâmes papa plein d'entrain, comme s'il avait retrouvé sa vitalité d'antan. S'être reposé l'après-midi lui avait fait le plus grand bien et écartant les objections de Stéphane il insista pour qu'il restât dîner avec nous. Chose étrange, papa ne parle plus jamais d'Ernest. Il semble, tant il est absorbé par Stéphane, avoir oublié jusqu'à son existence. Pas une fois, lui, le plus conventionnel des hommes, n'a manifesté la moindre désapprobation en me voyant partir à cheval avec Stéphane sans être accompagnée d'un chaperon. Je ne puis m'empêcher de penser que ce qu'il refuserait à un autre, il l'accorde sans hésiter à Stéphane. Il faut que je me l'avoue. Stéphane nous a tous envoûtés. Mais assez de digressions ! Il faut que je me confesse à mon vieux et fidèle compagnon, ce journal auquel je parle comme à moi-même et à qui je confie mes pensées les plus intimes... Comme la nuit tombait, le ciel s'assombrit de plus en plus. Une rafale souffla, puis mourut aussi brusquement qu'elle était née, laissant derrière elle d'épais nuages. Pas une feuille ne bougeait, pas un oiseau ne chantait et il se fit un silence oppressant. Puis, comme Stéphane était sur le point de partir, un orage d'une intensité incroyable éclata. Une pluie torrentielle se mit à tomber et on n'y voyait plus qu'à quelques pas. Papa pressa Stéphane d'attendre que les éléments déchaînés se calment, mais la pluie continuait de faire rage, la maison de trembler à chaque coup de tonnerre tandis que des éclairs zébraient le ciel. Enfin, après que nous fûmes retournés au salon où les alcools étaient servis, il devint évident que l'orage n'était pas près de se calmer. Papa insista alors pour que Stéphane passe la nuit sous notre toit et fit donner l'ordre à Katia de préparer une chambre pour notre hôte. S'étant rendu compte que les éléments déchaînés ne lui permettraient pas de rentrer à cheval en toute sécurité, Stéphane accepta cette invitation avec bonne grâce. Je leur souhaitai à tous deux une bonne nuit et montai dans ma chambre en proie à de sombres pensées et à des pressentiments plus sombres encore, mais pénétrée en même temps de l'étrange conviction que j'étais sur le point de faire une découverte qui changerait le cours de ma vie. La tempête continuant de faire rage, je ne trouvai pas le sommeil. Je restai éveillée pendant des heures, nerveuse, agitée, tandis qu'en moi luttaient des sentiments contradictoires. Tout mon être se tendait avec une force qui ne connaissait plus de bornes vers *lui*... vers Stéphane. Je cessai d'évoquer Ernest qui bientôt disparut de mes pensées. Je ne gardai plus qu'un souvenir agréable de jours heureux passés en sa compagnie. Je brûlais d'appartenir à Stéphane avec une ardeur d'autant plus impérieuse que je le sentais tout près de moi, sous notre toit ! Je n'éprouvais — je n'éprouve — aucun sentiment de honte. J'étais, je suis bien trop envoûtée par lui pour en être encore là. On dit que les Sandor étaient renommés, dans le passé, pour leurs passions tumultueuses et leurs sentiments impétueux. Je sens maintenant à quel point cela est vrai, car je suis en proie à un désir comme je n'en avais jamais éprouvé auparavant, et la violence des sentiments qui me bouleversent jusqu'au plus profond de moi-même prouve que j'appartiens moi aussi à une lignée aussi sauvage et indomptable que les éléments qui se déchaînent au-dehors. Oui, Stéphane et moi sommes semblables... cela je le sais ! Et il est juste que le destin nous réunisse avant qu'il ne soit trop tard. C'est lui, et aucun autre, que j'ai toujours aimé. Je suis persuadée de l'avoir aimé dans une autre vie et d'avoir été aimée de lui. Je suis à lui à jamais et la mort même ne pourra rompre le lien qui nous unit. Je repoussai les doutes qui me venaient à l'esprit et ternissaient ma joie. Ma décision était prise, et tandis que je m'étonnais du dramatique et subit changement qui s'était effectué en moi, l'orage s'apaisa et l'on n'entendit bientôt plus que les lointains roulements du tonnerre se répercutant dans la montagne. Je me levai, me dirigeai silencieusement vers la fenêtre. Je l'entrouvris, scrutai la nuit et admirai les éclairs qui illuminaient encore les hautes cimes. Les étoiles brillaient de nouveau dans le ciel lavé de pluie, un ciel aussi serein que mon cœur que j'avais enfin laissé parler. J'étais accoudée à la fenêtre depuis quelques minutes lorsque je vis une silhouette se détacher de l'ombre épaisse projetée par le mur. C'était Stéphane. Tout comme moi, il n'avait pu trouver le sommeil et était sorti de sa chambre sans doute pour respirer l'air purifié par l'orage et jouir de cette nuit d'une majestueuse beauté. Obéissant à une brusque impulsion, j'enfilai hâtivement ma robe de chambre, descendis l'escalier et sortis dans la nuit. Quelle passion contenue je lus sur son pâle visage ! Il me regarda, me tendit les bras, et me serra contre lui ! « Je savais que tu viendrais à moi », me dit-il gravement. Il m'est impossible, maintenant, de revenir en arrière. J'ai pris une décision, j'ai fait mon choix, la responsabilité m'en incombe et j'en suis heureuse. Nous sommes fiancés.

Le 31 juillet.

Papa est retombé malade. Il est de nouveau la proie d'une étrange faiblesse. Et cependant, tout faible qu'il soit il a deviné le secret de mon cœur. Je lui ai avoué avec douceur que j'aimais Stéphane et que je m'étais fiancée à lui. Il a poussé un léger soupir puis m'a demandé si j'étais heureuse. Je l'ai assuré que je l'étais. J'ai vu passer dans son regard une lueur d'inquiétude, presque de peur, puis il m'a dit d'une voix faible : « Je l'avais prévu. C'était inévitable. D'ailleurs Stéphane m'avait déjà parlé de ses intentions. » Il me faut maintenant écrire à Ernest. Il ne faut pas qu'il vienne ici. Je ne supporterais pas de le voir... C'est pour son bien que je lui interdis de venir, et en cela je serai intraitable. Il devait arriver dans une semaine... le jour de mon anniversaire, comme papa me l'a rappelé. J'atteindrai ce jour-là ma majorité.

Lettre de Marguerite Fenshawe à Andrew Fuller.

Le 8 août.

Mon aimé,

Le pauvre Ernest sort d'ici. Il est bouleversé. Jamais je n'ai vu quelqu'un d'aussi abattu et d'aussi désespéré. Mon cœur saigne pour lui. Il est si bon, si noble, si généreux ! Je crains que la stupeur et le chagrin ne l'aient brisé à jamais. Elisabeth qui, depuis quelque temps, ne lui écrivait plus que de rares et déconcertantes lettres, lui a adressé une brève missive où elle lui dit qu'il n'est plus question de fiançailles entre eux, qu'elle ne veut plus le revoir, qu'elle a donné son cœur à un autre, qu'il ne servirait à rien d'en discuter car sa décision est irrévocable, et qu'il ne doit en aucun cas chercher à entrer en contact avec elle. Tout cela est proprement incroyable. Elle n'est plus elle-même ! Je la connais trop bien pour la croire capable d'une telle inconstance. Comme vous pouvez l'imaginer, Andrew, nous nous sommes entretenus, Ernest et moi, gravement, sérieusement, pendant des heures et avons lu et relu les dernières lettres d'Elisabeth. Elles ont d'ailleurs un caractère inquiétant. Quoique de sa main, on les dirait écrites par quelqu'un d'autre.

Un peu plus tard.

Le courrier vient d'arriver, m'apportant une lettre d'Elisabeth, la lettre la plus étrange que j'aie jamais reçue d'elle. Elle me dit ne pas s'attendre que je la comprenne et ajoute que peu lui importe si je ne lui pardonne pas sa conduite envers Ernest. Elle est possédée, Andrew. Oui, possédée. Je commence à croire aux contes de bonnes femmes sur les enchantements et les envoûtements. Je ne vois pas d'autre explication à son brusque revirement. Sa lettre trahit une exaltation, une passion sauvage, qui m'inquiètent. Pour en revenir à hier soir, j'ai été totalement incapable de donner au pauvre Ernest la moindre explication sur sa conduite. Je la connais — ou plutôt je devrais dire je la connaissais — si bien que je suis incapable de trouver la moindre justification à cette volte-face. Que pouvons-nous faire ?... Ernest est comme fou ! Nous nourrissons les pires soupçons contre l'homme qui s'est interposé entre Elisabeth et lui. Qui est-il ? Il s'appelle Stéphane Morheim. Avez-vous connu des Morheim à l'époque où vous résidiez en Hongrie ? Je crois me souvenir que vous m'avez parlé d'une telle famille. Le fait qu'Elisabeth se montre si réticente à son égard me le rend plus suspect encore. Croyez-vous qu'il s'agirait d'un coureur de dot dénué de tout scrupule ? Dans quelques jours Elisabeth atteindra ses vingt et un ans. Elle entrera en possession de son héritage — peu important d'ailleurs — dont elle pourra disposer à son gré... et au gré, hélas, de cet homme. Le père d'Elisabeth est fort souffrant et ses forces déclinent de jour en jour. Elle parle d'épouser très prochainement ce Stéphane. Son père a donné son consentement, et lui non plus je ne le comprends pas. Ils sont tous deux ensorcelés ou ont l'esprit dérangé. Et cette hâte à se marier ! Elle serait même capable, j'en suis sûre, de se marier sur la tombe de son père et sur celle des espoirs d'Ernest. Cette pensée me fait horreur. Ma première impulsion a été de me rendre immédiatement auprès d'elle, mais elle me dit qu'elle est sur le point de partir et ne veut voir aucun de ses amis d'Angleterre. Andrew, mon très cher, je me tourmente terriblement au sujet d'Ernest. Il prononce des paroles insensées et je le crois capable d'un geste démentiel si on ne l'arrête pas à temps. Il faut absolument que vous alliez le voir et que vous le raisonniez. Il n'est peut-être pas trop tard pour agir. Ne croyez-vous pas que nous devrions partir immédiatement pour Torberg et insister pour qu'elle nous reçoive ? Une amie aussi proche et aussi fidèle que moi jouit de certains privilèges, ne trouvez-vous pas ? Mais que faire envers Ernest ?

Votre très aimante et très tourmentée

Meg.

P.S. Bien entendu j'ai immédiatement écrit à Elisabeth.

Journal intime d'Andrew Fuller

Le 11 août.

Morheim... Stéphane Morheim ! Le jeune pupille du colonel Tekely... mon élève ! Cela me semble incroyable. Pis encore... effrayant ! Je crois tout comme Meg qu'Elisabeth agit d'une façon qui ne lui est pas naturelle, qu'il doit exercer sur elle une influence surnaturelle. Je me rappelle combien il pouvait être parfois inquiétant. Il est d'une ambition démesurée et ne recule devant rien pour atteindre son but, c'est là ma conviction absolue. Mais pourquoi son choix s'est-il porté sur Elisabeth ? Est-elle riche à ce point, ou éprouve-t-il pour elle un tel désir ? Je sais seulement par ouï-dire qu'après avoir quitté l'université il s'est plongé dans l'étude de sujets abstrus et mystérieux (plutôt sinistres à mes yeux), et s'est livré à des recherches acharnées concernant principalement la généalogie de certaines familles qui semblent être devenues l'unique passion de sa vie. Je ne comprends absolument pas ce qui se passe en lui, mais après les stupéfiantes nouvelles que je viens de recevoir, je commence à avoir de vagues soupçons. Meg me dit qu'Elisabeth se refuse absolument à croire que Stéphane puisse obéir à un motif inavouable. J'espère que mes craintes ne sont pas justifiées. Ernest est en proie aux pires pressentiments et affirme qu'Elisabeth subit un véritable envoûtement. Ni lui ni Meg ne s'expliquent ce qui se passe dans son cœur. Comment a-t-elle pu, en un si court espace de temps, sacrifier Ernest à un homme qui est encore pour elle, en bien des points, un total étranger ? Ne viserait-il que des avantages matériels ? Il faut avouer que la manière dont il a si rapidement et si insidieusement conquis le cœur d'Elisabeth permet les pires suppositions. Ernest est persuadé que Stéphane n'a aucun scrupule et que si Elisabeth a succombé à ses désirs insensés c'est que, ne se contentant pas de la courtiser, il a dû l'ensorceler par je ne sais quel sortilège. Il y a aussi l'étrange lassitude de son père dont la santé décline rapidement, et la complaisance qu'il a témoignée envers la stupéfiante volte-face de sa fille. C'est à croire qu'ils sont tous devenus fous, et Ernest prendra le même chemin si nous n'éclaircissons pas ce mystère. Certes je n'ai pas eu besoin de rencontrer souvent Elisabeth pour me convaincre que c'est un des êtres les plus adorables qu'on puisse voir. Néanmoins, il semble incroyable qu'elle ait fait naître en Stéphane un amour aussi soudain et aussi passionné. Il est visiblement parvenu à capter ses sentiments et à prendre dans son cœur, avec une diabolique habileté, la place d'Ernest. Non, il ne s'agit pas là du caprice d'une jeune fille aux sentiments instables. Elle a été en quelque sorte subjuguée par lui. Et l'explication de ce mystère, c'est en Stéphane, et non en elle que nous le trouverons... cela j'en suis persuadé. Je me rappelle qu'il exerçait parfois sur moi, alors qu'il n'était encore qu'un jeune garçon, un effet étrange. Une curieuse faiblesse, le sentiment d'être comme *vidé*... oui tout cela concorde. Il possède un certain pouvoir qui oblige les autres à se plier à sa volonté. C'est la domination qu'il recherche... et non l'amour. Il faut que je me livre à une véritable enquête policière. Le vieil Arminius pourra m'être en cela d'une grande aide. Plus vite nous en saurons davantage sur Stéphane et mieux cela vaudra. En attendant il nous faut user de persuasion pour empêcher Ernest de partir sur-le-champ. Dans les circonstances actuelles, c'est ce qu'il pourrait faire de pis.

Le 22 août.

Je reçois aujourd'hui une réponse du professeur Arminius. Il a pris ma demande de renseignements très à cœur, mais ce qu'il me révèle n'a rien d'encourageant.

Fidèle transcription d'une lettre reçue du professeur Johannes Arminius, de la Faculté des lettres de l'université de Budapest, datée du 18 août :

Cher ami, ancien, et je l'espère, futur collègue,

Quel plaisir de recevoir de vos nouvelles après un si long silence ! Ne reviendrez-vous pas bientôt parmi nous ? Vous avez encore tant de bon et utile travail à accomplir ici ! Je vous aurais de toute façon écrit, car j'ai, je crois, un poste à vous proposer, susceptible de vous intéresser. La Commission impériale recherche pour la province de Siebenburgen des ethnologues de valeur, tels que vous. Vous savez comment vont les choses. Chacune de ces minorités ethniques est fortement attachée à sa culture et à ses traditions, et vu l'état compliqué des choses, tant sur le plan politique que culturel, nous autres spécialistes sommes en mesure de les aider. Donc venez au plus vite, en compagnie de votre jeune épouse... En ce qui concerne Stéphane

Morheim, si pressé d'épouser la fille de Sandor qui a si curieusement évincé son fiancé numéro un, je m'en vais vous dire tout ce que je sais de lui. Primo : *En effet, je le connais, si l'on peut dire que l'on connaît un aussi étrange et inquiétant jeune homme. Disons que je le connais surtout par ses travaux et certaines de ses recherches. J'ai entendu dire qu'il se consacrait à des études plus étranges encore, les sciences occultes. Dans quel but, je l'ignore.* Secundo : *Il paraîtrait que certains bruits courent sur la mort tragique de ses parents, et des gens superstitieux vont jusqu'à prétendre que sa malheureuse mère aurait été comme possédée et qu'elle en serait devenue folle, mais pour moi tout cela n'est que balivernes.* Tertio : *Il y a quelque temps, votre Stéphane est venu me voir à la bibliothèque de l'université pour me demander de bien vouloir l'aider dans certaines de ses recherches. Je n'ai malheureusement pu lui être d'aucune utilité, mais je lui ai remis une lettre d'introduction pour mon ami, le Dr Karel, conservateur des manuscrits et annales de la région, à la section des Archives saxonnes qui, vous vous en souvenez peut-être, se trouve à la maison de ville d'Hermannstadt. J'en arrive maintenant à un fait curieux qui vous intéressera peut-être. Il se trouve que le Dr Karel était hier dans nos murs. Je lui ai demandé s'il avait pu être de quelque aide à notre jeune ami, ce qui était le cas à ce qu'il m'a dit. Stéphane Morheim désirait savoir qui était propriétaire d'un très ancien château en ruine situé quelque part dans le nord, en pleine montagne. Or comme vous ne l'ignorez pas, il est souvent très difficile de déterminer à qui appartiennent nombre de ces vieux châteaux en ruine et demeures abandonnées que l'on voit se dresser un peu partout dans notre fascinant pays. Les propriétaires engagent des gardiens ou des régisseurs —*

eux-mêmes ne s'y rendent que rarement — ils meurent, leurs enfants héritent, les gardiens continuent de veiller sur les ruines, ou les régisseurs d'exploiter le domaine, et les héritiers ne s'en soucient plus, à moins que quelque problème n'exige leur présence. Un château en ruine... qu'est-ce que cela représente pour des gens qui possèdent tant d'autres biens ? Mais Stéphane tenait absolument à savoir à qui appartenait ce château en ruine. Après avoir consulté nombre d'archives, le Dr Karel fut en mesure de le lui dire : il appartenait depuis fort longtemps aux Sandor. Ce château a d'ailleurs toute une histoire. Il est revenu aux Sandor, il y a environ deux siècles, un de leurs ancêtres ayant épousé une fille de la noblesse qui aurait abandonné son mari, ou lui aurait été ravie par un heureux rival, puis mourut. La tradition veut également que jamais, en aucun cas, un Sandor ne doit se séparer de ce château sous peine d'encourir les pires malheurs ou de voir ses terres frappées de malédiction. Voilà pourquoi, obéissant aux injonctions de leurs ancêtres, les Sandor ont toujours conservé ce château. Serait-ce là la clé du mystère que vous et votre malheureux ami tenez tant à éclaircir ? Les Sandor conservent le château. Il appartiendra donc un jour à la jeune et belle Elisabeth que Stéphane met tant d'acharnement à épouser et qui tout naturellement le lui apportera en dot. N'est-ce pas étrange qu'il s'intéresse tant à cette vieille ruine ? Mais il est possible aussi, étant donné que je ne connais pas l'affaire dans tous ses détails, que ce soit là pure coïncidence, qu'il soit tombé éperdument amoureux de la belle Elisabeth et ait su la séduire par de si doux discours qu'elle en ait oublié son amoureux numéro un. Seul le Dr Karel pourra vous en dire plus sur ce château. Écrivez-lui, si vous désirez en apprendre davan-

tage. Il se souvient parfaitement de vous et sera heureux de vous rendre service. Mes meilleurs vœux pour vous et votre Marguerite. Ne tardez pas trop à venir tous les deux. J'ai mis de côté, à votre intention, une bouteille d'un merveilleux tokay, mais si vous vous faites attendre trop longtemps je ne pourrai m'empêcher de la boire, tant est grande la tentation ! Bien à vous, Arminius.

Le 23 août.

Je ne sais comment dire à Ernest que si Stéphane est parvenu à le remplacer dans le cœur d'Elisabeth, c'est pour s'assurer, en l'épousant, la propriété d'un vieux château en ruine dans les Carpates. Seule explication possible, le château doit receler un trésor caché. Stéphane ne serait donc qu'un vulgaire coureur de dot. On en vient à souhaiter que ce trésor n'existe que dans son imagination. J'ai été voir Ernest ce matin et nous avons déjeuné ensemble. Son accablement, sa stupeur, font peine à voir. Que lui dire ? Si je lui raconte ce que m'a rapporté Arminius, Elisabeth n'en paraîtra que plus versatile pour avoir succombé aux flatteries de cet hypocrite. Ne pas oublier d'écrire à Hermannstadt, comme me le suggère Arminius. Je désire en savoir davantage sur ce château que Stéphane semble si anxieux de s'approprier.

Le 25 août.

À ce que m'a dit Ernest, c'était hier l'anniversaire d'Elisabeth. Ayant atteint sa majorité, elle est libre désormais d'agir à sa guise. Ernest, et Meg plus que lui encore, sont persuadés qu'elle n'a plus son libre arbitre, et plus ils relisent ses dernières lettres, plus ils sont convaincus qu'il se trame quelque chose de démoniaque et que Stéphane exerce sur elle un pouvoir surnaturel. Je partage ce point de vue. Ernest n'a qu'une idée, se rendre auprès d'elle sur-le-champ. Comment l'en dissuader ? Il ne ferait que nuire à sa cause, j'en suis persuadé.

Le 30 août.

Vu Ernest. Le docteur insiste pour qu'il garde le lit quelques jours encore. Il n'a ni mangé ni dormi depuis des jours et semble complètement épuisé. Son état de santé a au moins cet avantage de l'empêcher de mettre à exécution, pour le moment tout au moins, son plan démentiel. Le caractère et la personnalité de Stéphane m'intriguent chaque jour davantage. Comme je me trouvais aujourd'hui au British Museum, j'en ai profité pour consulter l'ouvrage qu'il m'avait demandé de rechercher pour lui. C'est l'horrifique histoire d'une comtesse qui descendrait d'une tribu de bohémiens et qui aurait hérité d'eux une science occulte dont elle aurait cherché à user à l'aide de sacrifices humains. Une histoire macabre, mais il faut bien dire que Stéphane s'est toujours intéressé aux récits de sorcellerie baignant dans le sang.

Le 7 septembre.

Reçu une longue, une très longue réponse du Dr Karel. Il s'est montré des plus aimables et des plus obligeants ; transcrivant pour moi le récit couvrant plusieurs pages de faits aussi étranges que surprenants. Plutôt que de le reproduire ici dans son entier, je vais le résumer dans le style qui m'est propre.

Le château dont héritera Elisabeth appartient depuis plusieurs générations aux Sandor auxquels il aurait été apporté en dot par une femme de la noblesse, du nom de Myrea ou Mirea. Si l'on sait peu de chose d'elle, et si elle-même ne joue pas grand rôle dans cette histoire, le chroniqueur s'étend longuement sur ses ancêtres. Elle semble avoir été la dernière descendante d'une famille sur qui, au Moyen Âge, couraient les bruits les plus atroces, et qui continua de se distinguer par sa cruauté et sa soif de sang dans un pays lui-même réputé pour sa sauvagerie et en proie aux pires troubles. Le fondateur de la dynastie fut l'infâme voïévode de Valachie, Vlad V, surnommé « Dracul », ou le Diable, par ses contemporains épouvantés qui voyaient en lui l'incarnation même de Satan venant apporter le malheur sur terre. Il figure dans les manuels d'histoire comme un prince qui alliait à une incroyable cruauté une grande bravoure et qui, plus que tout autre capitaine, sema la terreur dans les rangs des Turcs au cours des sanglantes batailles du XVe siècle. Après avoir prêté serment d'allégeance au roi de Hongrie, son suzerain, il passa le plus clair de sa vie à les combattre. On peut lire dans les anciennes chroniques comment il refusa de payer tribut aux Turcs ; comment il fut chargé de défendre les frontières de l'Empire ; comment il repoussa les vagues successives des envahisseurs, puis franchit le Danube et les écrasa sur leur propre terrain au cours de combats si sanglants qu'on a raconté par la suite que le soleil fut obscurci par les vapeurs rougeâtres qui montaient du champ de bataille couvert de morts innombrables ; comment il soutint des sièges successifs dans son immense château fortifié qu'il tenait de ses ancêtres, et qui commandait un des cols donnant accès à son fief ; comment il se vantait de ses origines, et sa fierté d'appartenir à la race des Szekely, c'est-à-dire de descendre des Huns, ce qui fit dire à nombre de ses contemporains qu'il était la réincarnation d'Attila lui-même. On ne connaît pas dans l'histoire de fait de guerre plus atroce que celui où il fit empaler vingt mille prisonniers turcs, cruauté inégalée dans la Rome antique même. Ce qu'il y a d'intéressant dans cette relation, c'est que le chroniqueur décrit une autre face de ce cruel personnage. Il fut non seulement un grand et valeureux soldat, fondateur d'une lignée qui pendant des générations projeta son ombre gigantesque sur le cours de l'histoire de la Transylvanie, et dont les fils, avant de succomber, se défendirent comme des lions à la bataille de Mohacs, ce fut également un homme d'une grande intelligence et d'une considérable érudition. Toujours d'après ces chroniques, on racontait qu'il avait percé les secrets de la vie et de la mort ; qu'il aurait conclu un pacte avec le Malin ; qu'il se rendait et séjournait longuement en des lieux lointains, au milieu d'étranges tribus renommées pour leurs sorciers et consultait alchimistes, astrologues et nécromancies, car il se passionnait pour les sciences occultes. Il semble avoir obtenu serment d'allégeance de populations montagnardes, les Szgany, qui diffèrent des autres tribus romani de la région, et parlent un dialecte auquel s'intéressent aujourd'hui encore nos modernes linguistes, et les Szekely, qui voyaient en lui leur boyard. Le pouvoir qu'il exerçait sur ses populations inquiétait ses voisins et le roi lui-même, et nombreux étaient ceux qui prétendaient que ses partisans étaient tous des serviteurs du Malin, que Vlad lui-même vénérait et servait. Après une période obscure de sa vie où sur l'ordre du roi il passa plusieurs années en prison, pour y expier ses crimes et forfaits, nous le retrouvons, retiré de la vie publique et considérablement assagi. Il prit pour épouse la fille d'un de ses nobles voisins, édifia un nouveau château où il résida avec elle et où ils élevèrent leurs enfants. Il y poursuivit ses études dans le but, disait-on, de découvrir la fameuse pierre philosophale, d'atteindre à l'immortalité qui lui permettrait de régner à jamais sur ses fidèles. Les années passèrent, il se fit vieux, son épouse mourut, ses fils embrassèrent, comme leurs ancêtres, la carrière militaire, et il mena parmi ses livres et manuscrits la vie d'un reclus, pour autant que l'époque troublée le lui permettait. Puis un jour, toujours selon la chronique, comme il rentrait après avoir maté un soulèvement, et chevauchait à travers le village proche de son château, il vit des paysans entraîner une jeune fille qui se débattait en hurlant jusqu'à un bûcher où ils s'apprêtaient à la brûler vive. Il s'enquit, auprès des anciens et du curé, de la raison de cette sentence et s'entendit répondre par eux que cette fille, une tzigane sorcière et jeteuse de sorts, traitait, cela ne faisait aucun doute, avec les Puissances des Ténèbres. Frappé par l'étonnante beauté de cette fille, Vlad ordonna à ses bourreaux de la lui amener, sur quoi la malheureuse se jeta à ses pieds et s'écria : « Si tu me sauves la vie, mon seigneur, tu vivras à jamais ! » Elle ajouta quelques paroles dans une langue qu'aucun des assistants, à l'exception de Vlad lui-même, ne comprit. Étrangement impressionné par cette fille et par les mystérieuses paroles qu'elle avait prononcées, Vlad donna l'ordre qu'on la lui amène au château où il la questionnerait lui-même. Il écarta avec rudesse les protestations des villageois et de leur curé, et reprit sa marche, suivi de la fille flanquée d'hommes d'armes.

Pendant quelques semaines on n'entendit plus parler de la captive, puis à la grande consternation de la population, Vlad, leur seigneur, annonça qu'il prenait cette bohémienne pour épouse légitime et somma, sous peine de mort, le curé de bénir leur union. « De ce jour, comme l'écrit le chroniqueur, la peur régna dans le pays tout entier. Les gens commencèrent de murmurer, et s'ils n'en parlaient pas ouvertement, tous craignaient secrètement que leur seigneur n'ait été ensorcelé par cette créature démoniaque dépêchée par le Malin. » Le bruit courut que le château était le théâtre d'effroyables pratiques de sorcellerie, de rites immondes ; que des enfants du voisinage avaient mystérieusement disparu, que tant que cette tzigane resterait maîtresse du château et du cœur de Vlad, le Malin régnerait en maître sur son fief, et que parce qu'il lui avait vendu son âme, leur seigneur ne mourrait jamais. Les rares apparitions de leur voïévode ne faisaient que renforcer les craintes des villageois. En effet, bien qu'il eût largement dépassé sa soixante-dixième année, il avait toujours la même et fière stature, ses yeux brûlaient du feu de la jeunesse, et tout en lui exprimait cette volonté de fer qui semblait défier aussi bien le temps que la mort. Ils le voyaient chevaucher à la tête de ses troupes et de ses rudes partisans Szekely, et à peine avait-il disparu à leur vue que, levant avec crainte les yeux vers le château fort qui couronnait une éminence dominant le village, ils rentraient chez eux, la peur au ventre. Cependant son mariage avait été accueilli avec déplaisir et ressentiment aussi bien par les frères que par les fils de Vlad. Mais ce fut en vain qu'ils adressèrent au roi protestations et suppliques. De nouveau les Turcs se massaient à la frontière et le roi se souciait davantage de voir ce grand soldat reprendre son poste dans son château fort ancestral, à ladite frontière, et défier les Turcs qui le craignaient plus que tout autre capitaine, que de son mariage avec une prétendue sorcière. Il lui dépêcha une estafette, et à ce moment le bruit courut que la tzigane avait donné le jour à un fils, et que Vlad avait décrété que cet enfant serait son seul et unique héritier. La rage au cœur, ses frères fomentèrent un complot et allèrent même jusqu'à en avertir ses ennemis. Grâce à une manœuvre de diversion, plusieurs milliers de Turcs franchirent sans être inquiétés la frontière, pénétrèrent dans le royaume, et Vlad, qui craignait que ses troupes ne fussent débordées, se porta au-devant d'eux. Sur quoi un de ses frères arrivant au bourg, trouva les villageois en proie à une véritable panique. En effet un enfant avait à nouveau disparu, pour être sacrifié, disaient-ils, sur l'autel du Malin. Ils chuchotaient également qu'avec l'aide de sa sorcière, Vlad évoquait les ombres de ses ancêtres, s'entretenait avec eux et qu'envoûté par elle, il était lui aussi devenu un serviteur de Satan. Encouragés par l'absence de leur seigneur, villageois et paysans des environs se soulevèrent sous la conduite des frères de Vlad. Le château étant trop bien fortifié pour être pris d'assaut, ses frères décidèrent d'user de ruse. Tandis que des villageois hâtivement armés et une troupe de soldats bien équipés gagnaient sans bruit, à la nuit tombée, le sommet de la colline, les frères de Vlad se présentèrent à cheval à la grande porte fortifiée et arguant de leur parenté avec le seigneur du château, demandèrent le droit d'y pénétrer. Comme la grand-porte s'ouvrait devant eux, ils abattirent les sentinelles et s'engouffrèrent dans l'enceinte, suivis de la masse des rebelles. Ils se livrèrent alors à un véritable carnage, n'épargnant ni hommes, ni femmes, ni enfants. Puis ils s'emparèrent de l'épouse de Vlad et la retinrent prisonnière tandis que paysans et soldats exploraient le château dans ses moindres recoins à la recherche de son fils, mais ils ne trouvèrent qu'un berceau vide. Ils soumirent alors la mère aux pires tortures pour qu'elle leur révèle le lieu où elle avait caché l'enfant. Au cours de cette nuit infernale, rendue plus horrible encore par le massacre de tous ses occupants, le château retentit des blasphèmes et des malédictions de l'épouse de Vlad à qui ses bourreaux s'efforcèrent en vain d'arracher son secret, jusqu'à ce qu'enfin ils missent fin à ses souffrances en lui enfonçant une épée dans le cœur. Ils brûlèrent son corps, incendièrent le château afin que rien ne subsiste des abominables pratiques dont il avait été le théâtre. Mais alors que déjà les frères de Vlad repartaient au galop, le bruit se répandit parmi les villageois terrifiés que l'enfant avait été mis en lieu sûr sans doute par un fidèle partisan Szekely du voïévode.

Lorsque la nouvelle parvint à Vlad, sur le champ de bataille, de l'horrible massacre et de la trahison de ses frères, il s'enferma pendant deux jours entiers dans sa tente, et lorsqu'il en émergea, tous ceux qui le virent racontèrent par la suite « qu'ils auraient préféré regarder la mort en face plutôt que son visage ». Cependant, dans le pays la tempête se déchaînait. Les Turcs l'envahirent, détruisant tout sur leur passage. Livrant de courts combats, et se déplaçant avec la rapidité de l'éclair, Vlad contre-attaqua sans répit, mais au cours d'une embuscade dressée par ses frères avec l'aide des Turcs, il fut gravement blessé. Frappé à mort, on le transporta au bourg d'où il contempla les ruines de ce château dont il avait été si fier. Rassemblant ses dernières forces, il ordonna à ses soldats d'exercer sur ses sujets rebelles de terribles représailles sur lesquelles le chroniqueur préfère ne pas s'étendre. Qu'il suffise de dire qu'au cours des derniers jours de sa vie, toute de cruauté et de sang versé, Vlad, ce sombre voïévode, vit ses hommes, obéissant à ses ordres, commettre des actes qui l'auraient peut-être fait reculer lui-même. Lorsqu'il expira, il ne restait plus au village un seul être vivant. Se conformant à une ancienne coutume païenne, ses hommes le couchèrent sur un grand bouclier, et fidèle, même après son trépas, aux ordres de son roi, Vlad retourna à son poste, en pleine montagne, aussi terrifiant mort que vivant. C'est avec une sorte d'admiration mêlée de crainte que le chroniqueur raconte comment le cortège funèbre s'achemina à travers le pays ravagé, suivit des routes bordées de gibets de fortune où se balançaient les corps pourrissants des pendus, traversa des villages à moitié détruits, et parvint enfin dans la montagne. Il y a quelque chose de miltonien dans la manière dont il décrit les Szekely, ces fidèles partisans de Vlad, ployant sous leur fardeau, franchissant des cols, s'enfonçant dans d'épaisses et obscures forêts noyées dans les brumes, défilant devant des pâtres et des paysans frappés de stupeur. Il dit aussi comment les mystérieux Szgany vinrent grossir les rangs du cortège, et comment, ils entonnèrent d'étranges mélopées dans une langue inconnue des gens de la région, ce qui remplit de crainte les assistants. Enfin ses loyaux Szekely, le cœur brisé, déposèrent sa dépouille dans le sombre et solitaire château de ses ancêtres, symbole de sa fière et indomptable résistance à l'envahisseur. Telle fut la fin du grand Vlad Dracul. Par la suite, la rumeur se répandit et se transforma bientôt en une tradition, qu'un jour un de ses descendants vengerait Vlad de la trahison de ses frères et du meurtre de son épouse, et que *finalement Vlad et ceux de son sang rentreraient en possession de leurs biens et régneraient à nouveau et à jamais.* Cependant les frères de Vlad et leurs descendants, appelés désormais les Dracula, montrèrent une férocité et une soif de sang toujours grandissante. Jamais leur cœur ne connut la moindre pitié. Leurs ambitions furent illimitées et, même en ces temps cruels, leurs contemporains furent épouvantés par leurs crimes et leurs exactions. Nombre d'entre eux tombèrent sur les champs de bataille, à Mohacs en particulier, d'autres au cours de luttes acharnées avec leurs voisins et rivaux qui mirent à les pourchasser une ardeur sans pareille comme si l'humanité tout entière ne pouvait tolérer plus longtemps l'existence de cette infâme lignée. Mirea en fut la dernière descendante et lorsqu'elle épousa un baron Sandor, elle ne lui apporta en dot que l'énorme château qui se dresse en pleine montagne et où fut inhumé le grand Vlad.

Une chronique bien sombre, en vérité, mais qui n'explique pas pourquoi Stéphane s'intéresse tant à ce château. Il n'est fait nulle part allusion à un trésor caché. Et cependant il est bien décidé à en devenir le propriétaire, comme poussé par un mobile secret et obéissant à des raisons qui nous échappent.

Le 9 septembre.

Grâce à Dieu, Ernest va mieux ! Mais il nous donne encore bien des soucis même s'il a repris un peu de forces. Il n'a plus son regard hagard, mais est plus décidé que jamais à partir pour Torberg. J'ai relu l'histoire de Vlad Dracul et la trouve bien inquiétante sans d'ailleurs m'expliquer pourquoi. Mais je nourris des craintes toujours plus grandes... J'ai peur pour Elisabeth, et peur de ce que Stéphane peut amener dans sa vie. C'est un homme qui sort de l'ordinaire, et l'intérêt qu'il manifeste pour le sanglant passé de ses ancêtres n'est pas normal. Il y a quelque chose de morbide dans les recherches auxquelles il se livre — Arminius partage mon opinion — et il exerce sur Elisabeth une emprise maléfique. J'ai discuté de tout cela avec Meg. Elle se montre ravie du poste que me propose Arminius et m'engage vivement à l'accepter. Nous en avons parlé à ses parents sans cependant leur en dire trop sur Elisabeth, de crainte de les inquiéter par nos sombres pressentiments. Quoi qu'il en soit, j'estime que ce serait une bonne chose que nous nous mariions le plus vite possible et que nous partions aussitôt. Rien ne nous en empêche. Nous redoutons cependant que le pauvre Ernest ne souffre cruellement de nous voir nous marier alors que ses fiançailles ont été si brutalement rompues. Quand Elisabeth se propose-t-elle d'épouser Stéphane ? Meg ne sait plus rien d'elle, bien qu'elle lui ait de nouveau écrit à Torberg. Son silence est inquiétant. Si au moins je n'étais pas obligé de me rendre demain à Édimbourg ! Retarder notre départ de deux jours pourrait se révéler fatal.

Lettre de Marguerite Fenshawe à Andrew Fuller.

Le 10 septembre.

Mon aimé,

Revenez sur-le-champ, je vous en supplie. Je viens de recevoir une courte lettre d'Elisabeth. Son père s'est éteint... paisiblement, me dit-elle. Elle m'annonce qu'elle quittera Torberg dès après les funérailles, qu'elle ira discuter des affaires du domaine avec ses avoués, puis qu'elle épousera immédiatement Stéphane.

Cela semble incroyable ! Elle est envoûtée, Andrew, oui, envoûtée. C'est un misérable. Il nous faut partir immédiatement sinon il sera trop tard. Cet homme a fait d'elle son esclave. Il n'a même pas la décence de lui laisser respecter le délai minimum qu'impose la mort d'un père... il est bien trop pressé pour le lui permettre. Mais elle est toujours mon amie la plus chère et il nous faut faire tout au monde pour la sauver.

Votre Meg qui vous aime et qui est bien inquiète.

Journal intime d'Elisabeth Sandor

Le 9 septembre.

Papa est mort et déjà nous l'avons enterré. Je suis stupéfaite du peu de chagrin que j'éprouve de son décès. Tout me parvient comme dans un rêve. Et dans mon existence quotidienne, je ne discerne plus le rêve de la réalité. La vie et la mort ou ne font qu'un, ou sont dépourvues de toute signification. Oui, je crois que tu as raison. Marions-nous immédiatement et partons d'ici. Je soumets ma volonté à la tienne, je suis à toi et tu es à moi. Sans toi la vie ne me serait plus rien. À chaque fois que tu t'absentes je suis en proie aux pires angoisses. Je doute soudain de moi et je pense à Ernest. Stéphane, pourquoi suis-je ainsi tombée amoureuse de toi ? Cela m'effraie et m'exalte tout à la fois. Je nourris les pires pressentiments, puis soudain tu parais, je suis rassurée, transportée de joie et émerveillée par ta présence. Avant de te connaître j'ignorais ce qu'était le véritable amour et maintenant qu'une folle passion m'a jetée dans tes bras, j'ai compris que c'était quelque chose d'infiniment plus merveilleux et plus mystérieux que je ne l'imaginais. Je t'appartiens totalement et tu m'as ouvert de nouveaux et étranges horizons. Je ferai tout ce que tu voudras, Stéphane, et j'irai n'importe où pourvu que ce soit avec toi. Si telle est ta volonté, qu'il en soit ainsi.

Lettre du professeur Johannes Arminius
à Andrew Fuller

Le 15 septembre.

Cher ami,

Grâce à Dieu vous arrivez ! Ne perdez pas un jour, Andrew. Toutes mes félicitations à l'occasion de votre mariage. Nous le célébrerons ici tous ensemble. J'ai appris d'étranges choses, les unes par hasard, d'autres grâce à mes recherches. Je les ai ajoutées les unes aux autres et ce qu'il en ressort ne me plaît guère sans que je puisse expliquer pourquoi. J'ai beaucoup de choses à vous dire, aussi bien à vous qu'au malheureux Ernest. Préparez-le au pire et dites-lui de s'armer de courage. Elisabeth court un grave danger.

Journal intime d'Andrew Fuller

Le 20 septembre.

Nous avons voyagé nuit et jour sans désemparer. Je crois bien qu'aucun de nous n'a fermé l'œil dans le train. Ernest s'est magnifiquement comporté. Ayant insisté pour que nous ne remettions pas la cérémonie à cause de lui, il est manifestement heureux que nous nous soyons mariés. Tout s'est passé avec beaucoup de gravité et de dignité. Ce noble et courageux ami a été notre garçon d'honneur. Nous avons été touchés aux larmes de son attitude. Jamais nous n'oublierons de quelle façon émouvante il nous regarda puis nous dit, après avoir embrassé Meg : « Je suis heureux pour vous. Je le suis sincèrement et profondément. Sans vous deux je crois que je serais devenu fou, que je me serais fait sauter la cervelle ou jeté dans le fleuve. » Et là-dessus il se détourna pour cacher ses larmes. Oui, il se réjouit sincèrement de nous voir unis. Mais quel amour il porte encore à Elisabeth ! Nous sommes émerveillés devant tant de courage, de force et de constance. De quel homme admirable se prive Elisabeth ! J'espère encore que nous pourrons la ramener à la raison. Ce qui rend la chose plus pénible encore, c'est que nous sommes tous persuadés que pas un instant elle n'a cessé d'aimer

Ernest et que si nous pouvions l'arracher à l'envoûtement dont elle est victime, elle courrait se jeter dans ses bras. J'éprouve une terrible haine pour ce Stéphane qui a brisé le bonheur de deux êtres pour exécuter quelque diabolique dessein conçu par son esprit malade. Mais une chose est sûre, jamais jeune couple ne s'est embarqué pour une plus curieuse lune de miel que celle que Meg et moi partageons avec Ernest.

Budapest, le 21 septembre.

Jamais cette ville ne m'a paru plus belle que toute baignée de la lumière dorée d'une journée ensoleillée de septembre. Nous avons pris un fiacre à la gare de l'Est, avons descendu la Kerepesi Ut, ainsi qu'on appelle en hongrois cette large avenue, avons retenu des chambres dans un hôtel petit, mais bien fréquenté, non loin du Théâtre national, avons avalé en hâte un petit déjeuner, puis nous sommes rendus directement à l'université toute proche où nous avons été reçus à bras ouverts par ce cher et vieil Arminius qui m'a serré dans ses bras comme un fils enfin retrouvé, et a accueilli Meg et Ernest avec infiniment de gentillesse et de courtoisie. Après avoir bu une tasse de café, nous nous sommes enfermés dans son cabinet. Ce qu'il nous a rapporté est stupéfiant, inimaginable et cependant je ne mets pas un instant en doute la véracité de son récit. Quel étonnant détective ferait cet universitaire ! Depuis que je me suis adressé à lui, il s'est mis à l'œuvre avec une ardeur infatigable, correspondant avec nombre de ses collègues, se laissant guider par son intuition, procédant à des enquêtes dans les milieux les plus mal famés, puis mettant à contribution sa grande intelligence, il a rassemblé tous les éléments qu'il avait si patiemment recherchés jusqu'à ce qu'ils forment un ensemble logique et cohérent. La véritable signification de cet ensemble de faits c'est à nous qu'il incombe de la découvrir. Certains éléments nous font encore défaut. Mais grâce à son aide nous les trouverons, j'en suis certain. Et maintenant, avant que le moindre détail m'échappe, il me faut relater ici tout ce qu'il nous a appris. Je le ferai dans mon propre style et non dans l'anglais parfois défaillant dont il a usé par courtoisie envers Meg et Ernest.

Il y avait de cela quelque temps, Arminius avait reçu la visite d'un homme de loi d'un certain âge, un dénommé Ambrose Lessing qui lui dit avoir été autrefois l'ami de Conrad Morheim, le père de Stéphane. Il était en possession de secrets aussi étranges que terrifiants et lorsqu'il eut décidé d'aider Arminius à fouiller dans le passé de Stéphane, il lui en fit le terrible récit qu'il n'avait jusque-là révélé à âme qui vive. Lessing lui raconta comment, après que Conrad eut épousé la jeune et charmante Adélaïde, de la famille des Helsdorff, il reçut de lui une lettre angoissée l'implorant de venir le plus vite possible au château et lui laissant entendre qu'un terrible malheur s'était abattu sur sa jeune épouse. Ce qui se passa ensuite, M. Lessing l'avait relaté dans son journal intime qu'Arminius eut l'extrême obligeance de mettre à notre disposition. Nous remîmes notre entretien, le temps de prendre connaissance dudit journal. Lorsque nous nous réunîmes de nouveau, trois heures plus tard, nous étions tous trois bouleversés et horrifiés d'avoir appris comment Adélaïde avait été littéralement « envoûtée » et comment, envoûtant Conrad à son tour, elle était parvenue à le persuader de la libérer de sa tombe d'où elle était sortie sous la forme d'une vampire.

« Ainsi, mes amis, nous dit Arminius, vous croyez tout savoir de la tragique histoire des parents de Stéphane ? » Nous hochâmes la tête, incapables d'articuler un mot, puis je rompis enfin le silence en demandant à Arminius : « Les dernières volontés de Conrad ont-elles été exécutées ?... Ont-ils réellement enfoncé un pieu dans son cœur et lui ont-ils vraiment tranché la tête ? — Oui, répondit gravement Arminius, c'est ce qu'ils ont fait. » Et comme nous frissonnions tous, il ajouta : « Ah, mes amis, vous vous posez certainement les questions que je me pose moi-même. Des faits aussi atroces peuvent-ils réellement se produire ? Ne serait-ce pas plutôt un fantasque récit sorti de l'imagination d'un de ces auteurs de romans d'épouvante si prisés aujourd'hui ? Je me le suis demandé mais je sais qu'il n'en est rien. Je me suis alors posé cette question : pourquoi la malheureuse Adélaïde a-t-elle été ainsi envoûtée et transformée en une aussi horrible créature ? Oui, elle a été envoûtée, possédée... mais par qui ? »

Voilà ce que nous dit alors Arminius. Comme tous les érudits et historiens de cette partie du monde — moi-même y compris — il n'ignorait pas que, la superstition aidant, on se passait, de génération en génération, d'effroyables récits à vous glacer le sang dans les veines sur les sinistres méfaits des vampires. De telles croyances sont répandues, sous une forme ou une autre, sur presque toute la surface du globe. En Europe centrale et orientale, le vampire est un *revenant* condamné, après sa mort, à sortir de sa tombe pour mener son abominable existence de mort-vivant. S'il lui arrive d'apparaître parfois pendant le jour, il n'est pas redoutable et reste soumis aux limites que connaissent les simples mortels. À la nuit, du coucher du soleil à son lever, il erre à la recherche de sang humain, son unique subsistance, et le seul moyen pour lui de prolonger son existence. Voilà pourquoi il choisit ses victimes parmi les humains, les séduit par des manœuvres hypnotiques, les envoûte, puis, leur enfonçant en pleine gorge ses dents anormalement aiguisées et pointues, aspire leur sang jusqu'à la dernière goutte. Ces vampires, tels qu'ils sont décrits dans nombre des récits qui leur sont consacrés, sont trop connus pour que je m'y attarde davantage. Mais ce que nous apprit Arminius, c'est que ces vampires choisissent de préférence pour victimes des gens de leur propre sang. Dans le cas qui nous intéresse, ce ne fut pas exactement un vampire qui jeta un sort à Adélaïde, l'envoûta et fit d'elle, après qu'elle fut parvenue à se libérer de sa tombe, une morte-vivante. Il semble plutôt qu'il se soit agi d'un esprit désincarné qui, pour devenir un vampire, devait d'abord se réincarner dans le corps d'une victime de son choix. Aucun cas de vampirisme n'avait été signalé depuis longtemps dans la région au moment où Adélaïde tomba malade, comme le découvrit Arminius après avoir dépouillé les archives locales et les journaux de l'époque. Persuadé désormais que ce *revenant* ne devait être autre qu'un lointain aïeul d'Adélaïde, il se livra à des recherches approfondies dans les annales de sa famille et y fit de curieuses découvertes.

D'après ces annales, vers le milieu du XVIIIe siècle, un jeune homme appelé Sébastien, qu'on disait être de noble naissance, et qui depuis sa tendre enfance avait été confié aux soins de parents ou de tuteurs (comme ce fut le cas pour Stéphane) échangea son nom de Bathory contre celui de sa femme, une Helsdorff. Même ainsi, ses voisins continuèrent de lui manifester, sinon une franche hostilité, du moins une étrange méfiance et finalement il alla vivre à l'étranger et ne revint dans son pays natal que pour y passer ses dernières années. Pour une raison inconnue, les membres de sa famille donnèrent bientôt des signes de dégénérescence aussi bien mentale que physique, et sujets à de nombreuses maladies, vécurent rarement au-delà de la trentaine. Les quelques branches collatérales ne tardèrent pas à s'éteindre et il ne resta finalement qu'un seul et unique descendant, un prospère marchand de Klausenberg, aïeul d'Adélaïde.

Il ne fut pas difficile d'établir pour quelle raison Sébastien avait changé de nom. Il appartenait à une lignée qui s'était acquis une sinistre réputation, presque égale, pour ce qui était des pratiques de sorcellerie et de son inextinguible soif de sang, à celle des Dracula, et sur qui la noblesse de la région jetait anathème et ostracisme. Son grand-père aurait accompli, à ce que l'on disait, au cours de sa vie et après sa mort, les actes les plus étranges et les plus inquiétants. Ce grand-père se nommait Miklos Bathory, et il est le personnage principal de cette famille aux ramifications si compliquées qu'Arminius explora si brillamment.

L'arrière-grand-mère de Miklos n'était autre qu'une des plus démoniaques créatures qui aient jamais figuré dans les annales historiques de Hongrie et de Transylvanie... l'infâme comtesse Elisabeth Bathory dont la vie intéressa si fort Stéphane alors qu'il était encore étudiant. Ses crimes atroces, sa fin tragique sont relatés dans nombre de manuels d'histoire, et dans les archives de l'université de Budapest figurent les minutes de son procès. Dans ses veines coulait, disait-on, du sang tzigane, et certains allaient même jusqu'à prétendre que son arrière-arrière-arrière-grand-mère n'était autre que la romani qu'avait épousée en secondes noces Vlad Dracul, mais aucune preuve n'est venue confirmer cette assertion qu'il convient d'accepter sous toutes réserves. Elle avait épousé le très noble comte Ferencz Nadasdy, tenu en haute estime par l'Empereur, et qui se battit vaillamment contre les Turcs. Lorsque son fils eut atteint sa majorité et qu'elle-même fut devenue veuve, elle se retira dans sa résidence préférée, le château aujourd'hui proche de Csejtié. C'est là qu'elle perpétra les crimes innombrables et monstrueux qui lui valurent une triste célébrité et l'épithète infamante de « comtesse sanglante ». Elle attirait dans son château de jeunes et innocentes filles à qui elle faisait subir les pires sévices. À en croire les chroniques, elle poursuivait en agissant ainsi deux buts. Premièrement elle assouvissait son inextinguible et ancestrale soif de sang. Deuxièmement, elle prolongeait et sa vie et son incomparable beauté par des manœuvres occultes dont le secret se transmettait chez ses ancêtres tziganes, de génération en génération, et qui exigeaient le sacrifice d'êtres humains. Le bruit courut également à l'époque, dans certains milieux — particulièrement chez les hommes d'Église —, que si la comtesse pratiquait en apparence la religion chrétienne, elle vénérait en secret les anciens dieux de l'Antiquité païenne. En effet, on peut lire dans une de ces chroniques qu'elle parla de façon mystérieuse à un érudit de passage au château, et qui était fort versé en alchimie et en sciences occultes, « de ce Dieu qui règne à l'Orient » et dont elle se déclarait la servante. Or bien après qu'elle eut dépassé la quarantaine, sa beauté était toujours intacte, celle d'une femme en pleine jeunesse. Mais parce que ses crimes avaient soulevé horreur et réprobation dans des milieux toujours plus étendus, et en raison de l'anathème attaché à son nom, son infâme réputation s'étendit tout naturellement à son fils, puis à ses descendants. Elle mourut, abandonnée de tous, emmurée dans les souterrains de son château de Csejtié pour y expier ses crimes atroces, mais le château continua d'être le siège de nouvelles horreurs qui s'abattirent sur la région comme une épidémie de peste. Villageois et paysans affirmèrent que sa soif avait été telle qu'elle persistait au-delà de la tombe, et que la mort elle-même ne l'empêchait pas de se livrer, dans le pays, à ses abominables pratiques. Le bruit se répandit qu'elle errait la nuit dans la région, et bientôt les villages les plus proches furent désertés par leurs habitants pris de panique qui attribuaient les morts subites qui se multipliaient parmi eux à « une vengeance de la comtesse ».

D'après ses contemporains, son arrière-petit-fils Miklos était un homme « au visage basané, au caractère taciturne, qui fuyait la société ». S'il se montra un valeureux soldat au cours de guerres incessantes, il n'eut ni amis ni épouse pour adoucir sa vie de reclus sur qui planait l'ombre de sa redoutable aïeule. Dès sa prime jeunesse, il nourrit cette illusion que ses ancêtres et lui avaient été victimes d'une terrible injustice et il envoya à l'Empereur, par l'entremise de ses hommes de loi, d'innombrables suppliques dans lesquelles, chose étrange, il se glorifiait d'être le descendant direct de la romani qu'avait épousée Vlad Dracul, et d'être de ce fait l'héritier légitime dudit Vlad. À l'en croire, après avoir contracté l'union qui devait avoir une issue si tragique, Vlad Dracul avait par testament légué tous ses biens à sa seconde épouse, au fils qui leur était né, et à leurs descendants. Or ceux-ci avaient été frustrés de leur héritage par la traîtrise des frères de Vlad et de ses fils nés d'un premier lit, qui avaient torturé, puis assassiné sa seconde épouse, la romani, réduit le château en cendres pour effacer toutes traces de son existence, et tenté en vain de retrouver le fils né de cette seconde union. Comme à chaque fois que Miklos réclamait cet héritage il se heurtait à une fin de non-recevoir, il devint de plus en plus taciturne et son ressentiment envers les Dracula ne fit que grandir. C'est alors que, dans des circonstances restées obscures, il rencontra la dernière descendante des Dracula, la très belle et très noble Mirea et s'en éprit passionnément. N'écoutant que sa passion, il adopta envers le père de cette jeune beauté une attitude conciliante, allant même jusqu'à lui proposer de renoncer à ses droits sur l'héritage des Dracula, puis lui demanda solennellement la main de sa fille. Ses avances furent rejetées avec indignation, en des termes aussi insultants qu'humiliants. Mais bien que Mirea n'eût rencontré Miklos qu'à une ou deux reprises, il lui avait fait grande impression et l'ardeur de sa passion éveilla dans son propre cœur des sentiments tout aussi passionnés. Furieux d'apprendre que sa fille n'était pas restée insensible aux marques d'amour de Miklos, il l'enferma dans un lointain couvent dont elle ne sortit que pour épouser l'homme que son père lui destinait pour mari, le baron Sandor. Peu après avoir assisté à cette union imposée par lui, le père de Mirea mourut, rassuré, et empli jusqu'à son dernier souffle d'une haine implacable envers Miklos et les siens.

Les événements qui suivirent furent typiques d'une époque où des familles rivales réglaient leurs différends par l'épée, et où l'unique loi qui prévalait dans ce pays ravagé et troublé était celle du plus fort. Quelque trois ans après que Mirea eut épousé le baron Sandor et lui eut donné deux enfants, le baron partit pour la guerre, emmenant avec lui le plus gros de sa garnison et laissant ainsi son château à la merci d'une attaque. Mis au courant de ce fait, Miklos qui, à la tête d'un régiment, guerroyait contre les Turcs, abandonna son commandement et, suivi d'une poignée de mercenaires et de partisans, chevaucha nuit et jour jusqu'au château dont il s'empara après un bref mais sanglant combat. Il gagna alors les appartements de Mirea qu'il parvint à persuader d'abandonner époux et enfants et de s'enfuir avec lui. Pourquoi céda-t-elle à ses instances, cela reste un mystère. Peut-être Miklos exerça-t-il sur elle un véritable envoûtement, car l'on disait que tout comme ses ancêtres il possédait de magiques secrets et d'occultes pouvoirs. Quoi qu'il en soit, Mirea et Miklos s'enfuirent au galop, coupant les ponts derrière eux.

Les deux années qui suivirent furent à la fois idylliques et troublées pour ces deux amants dont la passion ne connaissait pas de bornes. Sandor, l'époux outragé, se mit à leur poursuite ; l'Empereur lança contre eux de sévères décrets ; Miklos, déclaré hors la loi, fut excommunié par l'Église, mais grâce au chaos qui régnait dans le pays, il échappa à tous ses poursuivants et aux attaques de Sandor qu'il tua finalement au cours d'une escarmouche. Il alla enfin se terrer dans un château fort, dans le voisinage maudit de Csejtié, où Mirea donna naissance à leur enfant. C'est alors que sa démoniaque aïeule, qui bien des années auparavant avait semé la terreur parmi les habitants de la région, commença d'apparaître à Miklos. Ce qui s'ensuivit, nous le savons grâce à une impressionnante confession, écrite de sa propre main, découverte un jour par une délégation impériale venue de Belgrade, ayant à sa tête l'évêque de Lobowitz. Celui-ci la déposa dans les archives de cette ville où elle fut finalement retrouvée par le conservateur, après que Stéphane fut venu lui demander de procéder pour lui à certaines recherches. Lorsqu'il se mit lui aussi en rapport avec ledit conservateur, Arminius s'entendit répondre que ce document avait disparu. Il avait été remis à Stéphane dans un coffret contenant d'autres manuscrits et on l'avait autorisé à aller en prendre connaissance à l'écart afin de n'être pas dérangé. Ayant achevé la lecture de cette confession, Stéphane rendit le coffret au conservateur et se retira. Par bonheur, ce conservateur avait lui-même lu ce document et fut en mesure d'en reconstituer de mémoire le principal.

Miklos écrivait que les apparitions de son aïeule s'étaient faites de plus en plus fréquentes, qu'elle l'appelait de l'extérieur, l'implorant de la laisser entrer dans le château fort. Bien qu'il fût étrangement tenté de lui céder, il parvint, par un immense effort de volonté, à garder le silence, et il ajouta que lorsqu'il apparaît, un *revenant* (il semblait fort bien renseigné sur la question) ne peut pénétrer dans une demeure sans y être invité par celui qui y réside. Tandis qu'on signalait dans le district une véritable épidémie de crimes, les nuits de Miklos furent troublées par de terrifiants cauchemars. Finalement, incapable de supporter plus longtemps ces apparitions qui le menaient au bord de la démence, craignant de céder aux instances toujours plus grandes du *revenant*, et pressé par ses sujets terrifiés de délivrer le pays de cette malédiction, Miklos alla en chercher l'origine au château de Csejtié. Profitant de la sécurité que lui assurait la lumière du jour, il y pénétra seul muni de certains instruments qu'il dit vaguement « être doués d'une grande puissance ». Il passa des heures à fouiller tous les coins et recoins du château, et il en explorait les souterrains lorsqu'il tomba enfin sur la salle où, dans son cercueil, gisait la dépouille de la comtesse Bathory. Il se demanda alors, non sans angoisse, si le soleil était déjà couché, car il ne disposait, dans cette crypte, d'aucun moyen de mesurer la fuite du temps. À ce point de son récit, il se fait plus réticent, se contentant de dire que venu dans l'intention de détruire à jamais la dépouille de cette créature démoniaque, il fut tellement frappé, en la regardant, de voir qu'elle avait conservé toutes les apparences de la vie et son extraordinaire beauté que sa main trembla. De ce qu'il écrivit ensuite, le conservateur n'a retenu que le fait que Miklos affirmait avoir, au moyen de pratiques occultes, acquis la certitude que la goule (car c'en était une) ne pourrait plus jamais sortir de sa tombe où elle resterait prisonnière pour l'éternité. Cette confession s'achevait par une solennelle mise en garde qu'adressait Miklos à tous ses descendants, leur intimant de ne jamais, au grand jamais, pénétrer dans le château pour se mettre à la recherche de la tombe, car en agissant ainsi, ils réduiraient à néant l'effet de ses manœuvres occultes, et libéreraient à nouveau des forces maléfiques.

Lorsqu'il retourna dans son château fort plus aucun incident ne vint troubler la paix de la région, mais on remarqua que peu à peu s'opérait en lui un changement aussi bien physique que moral. Fuyant toute compagnie, même celle de Mirea et de leur enfant, il s'enferma pendant des heures, puis pendant des jours dans la haute salle d'une des tours. Enfin il disparut, laissant à Mirea une lettre dans laquelle il lui enjoignait de ne jamais essayer de le retrouver. Désespérée, inconsolable, Mirea, qui continuait de l'aimer avec la même ferveur, partit à la recherche de son amant, laissant son enfant aux soins d'une nourrice et de quelques serviteurs loyaux. Elle chevaucha pendant des mois, des années, allant de ville en ville, de château en château, de village en village, demandant si l'on avait signalé la présence, ou le passage de son bien-aimé Miklos. Les années s'écoulèrent ainsi, mais sa persévérance fut enfin récompensée. Miklos s'était retiré dans une grotte en pleine montagne, où il vivait en ermite non loin d'un campement de sauvages tziganes. Ils parlèrent à Mirea du reclus avec un étrange respect, comme d'un saint homme ou d'un sage dont ils reconnaissaient l'autorité spirituelle, puis ajoutèrent qu'étant tombé récemment malade, il gisait dans un état semi-comateux proche de la mort. Escortée par ses romanis, Mirea se rendit à cette grotte, y trouva Miklos mourant et le ramena par petites étapes au château. Il y rendit l'âme quelques jours plus tard, et tout le temps que sa dépouille fut exposée en grand apparat sur un catafalque, la noble Mirea le veilla, dans un état de transe qui oscillait entre le désespoir le plus profond et l'espoir le plus exalté. Aux quelques fidèles et partisans venus rendre à Miklos un dernier hommage, elle dit sa certitude que leur amour se perpétuerait au-delà de la mort et ajouta : « Mon maître viendra à moi et je le suivrai. » Quelques jours à peine après que Miklos eut été inhumé dans la chapelle du château, Mirea fut prise à son tour d'un mal mystérieux, languit, puis mourut, et on la coucha dans une tombe qui touchait à celle où reposait Miklos. Peu après une effroyable épidémie de vampirisme ravagea le pays. Cette fois la rumeur se répandit, gagnant bientôt les confins de la province, que par la fréquence des apparitions et le nombre de gens qu'on trouvait vidés de leur sang, ou qui succombaient à une étrange maladie, ces actes de vampirisme dépassaient en horreur tous ceux qu'avaient accompli, dans ses jours les plus noirs, la comtesse Bathory. Une famille fut plus que toutes autres hantée par ces revenants qui apportaient avec eux maladie et mort... celle des Sandor. Pères, frères, fils, filles et sœurs succombèrent et seuls les membres de cette famille qui vivaient dans des régions lointaines échappèrent à ce funeste sort. On ouvrit alors les tombes de

Miklos et de Mirea et l'on découvrit qu'elles étaient vides. Au cours d'enquêtes ultérieures, des témoins déclarèrent avoir vu un grand chariot tiré par des tziganes sortir du château en emportant une mystérieuse cargaison et s'enfoncer dans la nuit vers une destination inconnue. La panique gagna des districts entiers. De vieilles femmes réputées pour leurs dons de voyance ou de sorcellerie se livrèrent aux plus sombres prédictions, annonçant l'ère de la Vengeance et du Chaos, le règne du Prince des Ténèbres. L'Église s'alarma et l'on rapporta que dans la montagne les tziganes se livraient, dans leurs campements, à des rites païens, allumaient dans la nuit de grands feux, et entonnaient d'étranges mélopées, au grand effroi des voyageurs qui traversaient la contrée. Ce fut là le début de cette effroyable épidémie de vampirisme qui se répandit, telle la peste, en Carinthie, en Styrie, en Transylvanie, en Serbie, en Hongrie, en Dalmatie et au Tyrol. Parfois la vigilance de l'Église et des autorités civiles parvenait à enrayer le mal, ou tout au moins à le circonscrire, mais si une région en était débarrassée pendant un certain temps, l'épidémie éclatait de nouveau avec virulence dans une autre. De vieilles femmes accusées de se livrer à la sorcellerie et de s'entretenir avec les morts moururent, dans d'atroces douleurs, dans des chambres de torture, ou sur des bûchers, en place publique ; on ouvrit des tombes et on dépeça les corps qu'elles contenaient ; on réduisit en cendres des villages, et en ruines des châteaux forts, et cependant les vampires, ces morts-vivants, continuaient de semer la terreur dans ces contrées. Les gens protégèrent leurs demeures en peignant des croix sur leurs portes, ou en y suspendant des bouquets d'ail sauvage ou d'aubépine, et l'on chuchotait avec effroi que quelque part dans le pays résidait le prince des vampires qui régnait en maître absolu sur l'abominable confrérie des morts-vivants. Ses ordres étaient fidèlement exécutés par des légions de vampires qui étendaient son empire et grossissaient leurs rangs en faisant de nouvelles victimes. Lettrés et hommes d'Église écrivirent de nombreux traités sur le prince des vampires et ses acolytes, et c'est de cette époque que datent les ouvrages qui font autorité en la matière, dus à des hommes éminents tels que l'abbé Calmet et Harenburg. Cette plaie atteignit des proportions astronomiques dans les dernières années du XVIIe siècle et les premières décennies du XVIIIe, et l'inquiétude gagna jusqu'à la cour impériale.

Cependant un homme étrange qui se disait, avec documents à l'appui, descendant de Miklos, vint résider dans le petit manoir ancestral de Torberg avec son épouse et une suite de fidèles, tous de races Szekely ou Szgany, qui n'avaient, avec les gens du pays, que des rapports froids et distants quand ils ne les traitaient pas avec mépris. On raconta de curieuses choses sur ce couple et certains, plus observateurs que d'autres, crurent discerner une inquiétante ressemblance entre la châtelaine qu'ils ne faisaient qu'apercevoir et Mirea telle qu'ils s'en souvenaient. Autre fait bizarre qui donna lieu à bien des spéculations, le couple avait pris possession du manoir en pleine nuit, sortait rarement de jour et ne quittait sa résidence que dans une berline aux portières voilées de rideaux. Cependant ni le seigneur ni son épouse n'excitaient le mécontentement de la population. Le domaine était parfaitement administré, la justice rendue en toute équité, et contrairement à des districts moins fortunés, le vampirisme ne sévissait ni à Torberg, ni dans les villages environnants. On se livrait à des commentaires sur la vie retirée que menaient les deux époux, sur la prédilection qu'ils manifestaient pour les romanis et les Szekely dont ils faisaient leur unique compagnie, sur le fait regrettable qu'ils n'avaient ni enfants ni parents d'aucune sorte, et voilà tout. Il arrivait parfois qu'un officier ministériel fût appelé au château par ses fonctions, mais à part l'extrême frugalité des châtelains et leur parfaite courtoisie, rien ne le frappait spécialement si ce n'est le silence, la pénombre et l'atmosphère pesante qui régnait au château et la façon furtive qu'avaient les serviteurs taciturnes d'accomplir, telles des ombres, leur service, ainsi que l'attitude bizarre du prêtre au visage maussade qui officiait au château et que certaines mauvaises langues disaient être le curé défroqué d'une très lointaine paroisse. Avec le temps on remarqua que jamais, semblait-il, on ne procédait au moindre culte dans la chapelle à moitié en ruine, et qu'il était rigoureusement interdit à tout homme d'Église de mettre les pieds au manoir. Puis, alors que l'épidémie de vampirisme faisait rage dans d'autres parties du pays, les gens de la région racontèrent qu'en pleine nuit une lourde berline sortait à grand bruit du château, s'enfonçait dans la forêt et ne revenait que le lendemain, ayant accompli quelque mystérieuse mission. À la même époque, on signala aux autorités la disparition, dans les provinces voisines, de nombreux petits enfants des deux sexes... ce qui venant s'ajouter aux crimes commis par les vampires porta à son comble la terreur des populations.

Par décret impérial on nomma une délégation ayant à sa tête le très érudit évêque de Lobowitz qui partit de Belgrade enquêter sur ces crimes, s'efforcer de localiser ces morts-vivants, puis de les exterminer de la manière la plus radicale, c'est-à-dire en leur enfonçant un pieu dans le cœur, en leur tranchant la tête, en brûlant leurs restes et en en jetant les cendres dans des eaux courantes. Les hommes se relayèrent pour veiller ; on posta des sentinelles dans les lieux les plus frappés ; on procéda à l'interrogatoire de centaines de gens dont quelques-uns furent soumis à la torture, ou emprisonnés sur de simples soupçons. Un beau jour un homme, un serviteur d'après son maintien et sa livrée, fut pris sur le fait alors qu'il enlevait un enfant de trois ans. Celui-ci, profitant de ce que sa mère accablée de chaleur s'était endormie, avait échappé à sa surveillance et jouait dans un champ. On appliqua la torture au prisonnier qui se refusa obstinément à avouer les raisons de son crime. On le tortura de plus belle sans le moindre résultat. En désespoir de cause, ses interrogateurs firent mander à Hermannstadt un homme qui alliait à l'office de bourreau celui de tortionnaire et qui s'était acquis la triste réputation d'avoir appris, auprès des Turcs dont il avait été prisonnier, à appliquer les tortures les plus raffinées et les plus cruelles. Cet abominable interrogatoire se poursuivit sans répit pendant deux jours et deux nuits jusqu'à ce qu'enfin, aux portes de la mort, et menacé des feux éternels de l'Enfer, le Szekely avoue avoir enlevé l'enfant « pour son seigneur et son épouse qui se nourrissaient de sang humain ». Sur quoi, dans une dernière convulsion, il expira sans avoir eu le temps de révéler leurs noms et le lieu de leur résidence.

Tout naturellement les soupçons tombèrent sur les habitants du château de Torberg. Suivi d'une puissante escorte de soldats, le valeureux évêque s'y rendit après avoir appris que tous les serviteurs étaient de la même race que le prisonnier mort sous la torture. Les Szekely répondirent de mauvaise grâce que leur maître et leur maîtresse étaient partis en voyage et ne reviendraient que dans quelques semaines. Passant outre à leurs protestations, l'évêque les fit saisir tandis que les soldats procédaient à une fouille minutieuse du château. On constata que la chapelle était en effet à moitié en ruine ; on souleva les dalles des tombes, mettant au jour de pitoyables restes ; chaque salle, chaque réduit fut exploré, mais les recherches se révélèrent vaines. L'évêque était sur le point de donner à son escorte l'ordre de départ, recommandant d'emmener les serviteurs faits prisonniers, lorsqu'un soldat aux sens plus aiguisés que ses compagnons rapporta qu'il avait été pris, dans un des souterrains, d'une violente nausée, et qu'il attribuait son malaise à l'épouvantable odeur qui émanait d'un mur. La fouille fut reprise. On découvrit que dans ce mur était aménagée une porte quasi invisible qui s'ouvrait sur une volée de marches menant à un souterrain creusé plus profondément encore. De ce que découvrit la délégation dans cette crypte, les annales ne donnent qu'un court et impressionnant rapport, disant entre autres que la puanteur était telle que les hommes, pris de malaises, durent s'y prendre à plusieurs fois avant de pouvoir supporter plus de quelques minutes cette atmosphère pestilentielle. Contre les murs étaient entassés les restes pathétiques et pourrissants d'innombrables enfants. Au centre du charnier, dans deux tombes béantes gisaient les corps intacts du seigneur du château et de son épouse qui, couchés dans un bain de sang, semblaient dormir.

Après que ces deux vampires eurent été détruits par les moyens habituels, poussant d'horribles cris au moment où le pieu s'enfonçait dans leur cœur, ils tombèrent en poussière sous les yeux horrifiés de l'évêque et de ses hommes. Quelques jours plus tard, tandis qu'il prenait connaissance des lettres et documents pris au château, l'évêque tomba sur la confession de Miklos et, poussé par une sorte d'intuition, en compara l'écriture avec celle du dernier tenant du château, dont l'état de vampire avait été si heureusement révélé après la tentative de rapt de l'enfant. Aucun doute ne subsista dans l'esprit de l'évêque qui en arriva à cette stupéfiante conclusion : dans les deux cas, et bien que les époques fussent différentes, les écritures étaient identiques. Miklos Bathory et celui qui se disait son descendant n'étaient en réalité qu'une seule et même personne. Il était donc tout à fait plausible que le corps de femme découvert dans la tombe fût celui de Mirea. Ainsi, cinquante ans après leur mort, ils avaient continué de hanter paysans et villageois sous forme de vampires, déclenchant la plus formidable vague de vampirisme que l'histoire ait jamais enregistrée. Après qu'on les eut détruits, on ouvrit encore quelques tombes, quelques morts-vivants furent à leur tour anéantis et la population put enfin respirer. Le pays était délivré de cette malédiction. À mesure que les années s'écoulaient, le souvenir de cette époque effroyable passa dans la légende, et ce qui, à une certaine époque, avait fait trembler l'Europe tout entière ne fut plus considéré par les autres nations que comme une curieuse tradition se perpétuant en Europe centrale.

Après qu'Arminius eut conclu ainsi son récit, aucun de nous trois n'osa d'abord rompre le silence. Au bout d'un moment je parvins néanmoins à demander : « Ainsi Stéphane descendrait d'un vampire ? — Oui, dit Arminius, par sa mère il a le sang des Bathory, et Miklos dont la main trembla au moment de plonger le pieu dans le cœur de son aïeule, fut transformé lui-même en vampire et apporta ainsi de cruelles souffrances à l'humanité. Rien de surprenant que Sébastien, sachant tout cela, ait changé de nom.

— Mais alors, s'écria Meg épouvantée, Elisabeth est donc apparentée à Stéphane par leur aïeule commune... Mirea ? — Oui, il est en quelque sorte son demi-frère. Mirea avait eu un enfant de son mari, un Sandor et Elisabeth en descend ; Miklos avait lui aussi laissé des enfants et c'est d'eux que descend Stéphane. » Ernest, se levant d'un bond se mit à arpenter fiévreusement la pièce, et d'une voix angoissée : « Mais où voulez-vous en venir ? Voulez-vous me faire croire que Stéphane est un vampire ? Que ma pauvre Elisabeth est menacée par quelque chose d'aussi monstrueux ! Oh, mon Dieu !... » Il ferma les yeux, frissonna. Arminius, le prenant doucement par le bras, le fit s'asseoir et lui dit avec bonté : « Courage, mon ami. Qu'il soit un vampire, je ne le crois pas. Pourquoi en serait-il un ? Il n'est ni mort ni possédé, que je sache. Mais il en sait beaucoup, trop même, sur son passé et sur la malédiction qui pèse sur ses ancêtres, et sans doute en a-t-il été profondément affecté. Non, ce n'est pas un vampire, mais il y a dans toute cette affaire quelque chose qui me déplaît. J'ai peur — je ne saurais dire exactement de quoi — mais j'ai peur. Oui, mes chers amis, il nous faut agir rapidement. Ce mariage ne doit pas se faire. Car il n'apporterait que malheur à Elisabeth.

— Et le château ? demandai-je.

— Le château ?... Ah oui, celui de Vlad Dracul qui appartient maintenant à Elisabeth ? C'est dans ce château que réside l'explication de tout. »

Nous partons sur-le-champ. Notre destination ?... Torberg.

Journal intime d'Elisabeth Sandor

Le 19 septembre.

Pourquoi Stéphane fait-il preuve d'une telle hâte et pourquoi mes avoués me regardent-ils d'une façon si étrange quand je m'entretiens avec eux ? Il y a eu des formalités à accomplir, des papiers à signer. Mon bien-aimé Stéphane a lui-même rédigé certains documents sur lesquels j'ai apposé mon paraphe. Oui, il a raison. Marions-nous immédiatement. Stéphane a tout organisé. Peu m'importe ce que disent mes hommes d'affaires car tout ce qui est à moi est à lui. J'en ai assez de leurs ridicules arguties. L'amour ne s'embarrasse pas de telles sottises. Si au moins Katia pouvait cesser de gémir, de pleurnicher et de me regarder comme si je courais au-devant des pires malheurs ! Pourquoi craint-elle ainsi Stéphane ? N'allons-nous pas être légalement unis (comme nous le sommes déjà dans nos cœurs et nos âmes) ? Pourquoi suis-je si pressée ? me demande-t-elle. Folle... pourquoi attendre ? Le sort a voulu que nous nous rencontrions et que nous nous aimions, quoi qu'en dise Meg dans ses lettres si peu compréhensives. Elles ne font que m'irriter et quant à Ernest... je préfère l'oublier. Je n'étais alors qu'une petite sotte sentimentale et je me connaissais bien mal encore. Qu'ils me traitent d'insensée si cela leur plaît. Si c'est cela la folie, c'est une glorieuse et exaltante folie. Nous pouvons nous permettre de mépriser les vulgaires préjugés de la multitude. Je voudrais voir ses détracteurs affronter Stéphane... s'ils l'osaient. Quelle sagesse et quelle puissance se reflètent dans ses yeux étincelants ! C'est un prince parmi les hommes. Nous partons demain.

Journal intime d'Andrew Fuller

Le 23 septembre.

Ils ont disparu. Nous sommes arrivés hier à la maison paternelle d'Elisabcth et n'y avons été accueillis que par une gouvernante bouleversée, une femme d'un certain âge au cœur maternel appelée Katia, qui n'a cessé de se tordre les mains et de se lamenter sur le jour où Stéphane est entré dans cette maison. Non seulement elle le tient pour responsable du rapide déclin et de la mort du père d'Elisabeth, mais elle nous affirme que sa jeune maîtresse a été littéralement envoûtée par Stéphane. Où se trouve-t-elle, actuellement, elle l'ignore. Ils sont partis brusquement, sans lui laisser une adresse où leur faire suivre leur courrier, lui disant simplement qu'ils allaient immédiatement se marier, puis qu'ils voyageraient et se mettraient ensuite en rapport avec elle. Donc ils ne sont pas au château de Torberg. C'est déjà quelque chose, car je suppose qu'ils ne nous y auraient pas reçus. Une fois mariés, rien ne les empêche de disparaître pendant une année s'ils le désirent. Nous n'avons plus qu'un espoir, les retrouver et mettre en présence Elisabeth et Ernest. Je suis persuadé que Stéphane lui-même ne peut empêcher un homme de présenter ses respects à la femme qu'il va épouser, quand ce ne serait que pour la féliciter.

Nous sommes cependant bien inquiets et sentons qu'il nous faut agir, car les avertissements d'Arminius m'emplissent des plus sombres pressentiments.

Le 24 septembre.

À ce qu'on nous a dit, ils se seraient dirigés vers le nord. La grand-route qui va dans cette direction les amènera à Karlsburg. Là, elle se divise en deux et mène, au sud-ouest, à Hermannstadt, et au nord, à Klausenburg.

Un peu plus tard dans la journée.

Je crois — non, je suis persuadé de connaître l'explication. Voici ma théorie. Depuis des années Stéphane, mentalement dérangé, est en proie à une terrible obsession. Comme nous le savons, les premières années de sa vie ont été assombries par ce que l'on prenait chez lui pour de l'idiotie. Plus tard, la découverte qu'il fit de la sombre histoire de ses ancêtres, du terrible sort de sa mère, qui lui apparut un jour, à ce qu'on disait, a dû terriblement peser sur son esprit qui oscillait dangereusement entre la raison et la folie. Il est maintenant convaincu *qu'il est Miklos et qu'Elisabeth est Mirea,* et dans sa démence il s'attache à revivre les événements du passé. Tout concorde. Ne s'est-il pas introduit dans la demeure paternelle d'Elisabeth et ne l'a-t-il pas persuadée de s'enfuir avec lui, tout comme Miklos ayant séduit Mirea l'a arrachée à son foyer, à son mari et à ses enfants ? Tout comme Miklos, il est lui aussi obsédé par l'idée d'avoir été frustré d'un héritage auquel il avait droit, et qu'il ne peut récupérer qu'en épousant celle qui le détient. Il ne vit plus dans le siècle. De s'être par trop plongé dans le passé lui a dérangé l'esprit. Il coule dans ses veines un sang impur ; il appartient à une race maudite et sa folie ne fera qu'augmenter jusqu'à ce qu'il commette un acte irréparable. Elisabeth l'ignore encore, mais elle a lié son sort à celui d'un dément, et elle ne tardera pas à le découvrir. Le ciel lui vienne en aide si Stéphane s'aperçoit un jour qu'elle a appris l'atroce vérité. Elle lui résistera peut-être, tentera de fuir, ou d'appeler à l'aide, et comme cela arrive si souvent dans de telles circonstances ce dément préférera l'assassiner plutôt que de la perdre !

Le 25 septembre.

Nous sommes arrivés dans la ravissante petite ville de Karlsburg qui fut autrefois la résidence des princes de Transylvanie et qui est toute proche du lieu où se déroula la terrible bataille où, au pied de l'Erzgebirge, Hunyady Janos remporta la victoire sur les Turcs. En questionnant les gens nous avons appris qu'ils étaient passés ici et avaient pris la route de Klausenburg. Nous allons nous efforcer de les rattraper.

Le 26 septembre.

Nous avons passé tous trois une bien triste journée. Le sort en est jeté ! Ils sont mariés. Nous ne pouvons plus rien. Ernest a vu Elisabeth pour la dernière fois. Nous avons pris le train pour Klausenburg, et à peine arrivés à la gare, sommes montés dans un fiacre et nous sommes rendus directement à l'hôtel de ville. Là un fonctionnaire municipal nous a appris qu'effectivement le sieur Stéphane Morheim et la demoiselle Elisabeth Sandor avaient été mariés civilement et religieusement quelques heures plus tôt. Cette nouvelle nous porta un coup terrible et je crus un moment qu'Ernest allait s'évanouir sous le choc. Ce qui se passa ensuite ne fit qu'ajouter à son amer chagrin et à sa terrible déception. Comme, profondément abattus, nous passions devant l'hôtel de la reine d'Angleterre, nous vîmes une vaste berline s'arrêter devant l'entrée. Une jeune femme en costume de voyage sortit de l'hôtel et se dirigea vers la voiture. En l'apercevant, Ernest poussa une exclamation et s'élança avant que nous puissions le retenir. « Elisabeth », cria-t-il, sans se soucier des regards que lui lançaient les passants surpris par son air hagard. La jeune femme s'arrêta... c'était bien elle. L'espace d'une seconde elle hésita, devint mortellement pâle, regarda Ernest fixement, puis comme il n'était plus qu'à dix pas d'elle, détourna la tête et monta vivement dans la voiture. Un ordre fut lancé, le cocher fit claquer son fouet, et le lourd véhicule s'ébranla. J'eus le temps d'apercevoir le visage blême et tendu de Stéphane, ses yeux qui, fixés sur moi, brûlaient d'un feu sourd, puis il disparut à ma vue. Comme nous restions là, impuissants, cloués sur place, la berline prit de la vitesse et s'engagea dans l'avenue menant aux confins de la ville. Nous ne pouvions plus rien. Désormais Elisabeth appartenait à Stéphane. Le premier choc passé, Ernest me prenant le bras me dit : « Mon cher, mon fidèle ami, nous avons fait l'impossible. Jamais je ne pourrai assez vous remercier, Meg et toi de ce que vous avez été pour moi. Il est arrivé à ses fins. Mais as-tu remarqué son expression au moment où elle m'a regardé ? As-tu vu son visage ? » Je ne dirai rien sur la fin de cette triste journée, sauf que nous sommes finalement parvenus à dissuader Ernest de retourner sur- le-champ à Londres. C'est un homme brisé que je me refuse à laisser voyager seul dans cet état. Je vais prévenir par courrier ses supérieurs qu'il prolonge son séjour ici. Nous allons nous installer avec lui dans quelque lieu tranquille jusqu'à ce que l'effet du choc se soit un peu dissipé. J'envoie un télégramme à Arminius où je lui apprends la terrible nouvelle.

Journal intime d'Elisabeth Morheim

Le 27 septembre.

Ainsi nous sommes mariés. J'ai peine à le croire. Tout s'est passé si rapidement ! Je devais être en transe, car j'ai à peine gardé le souvenir de la cérémonie. Je suis encore bouleversée — oui affreusement bouleversée — d'avoir vu surgir Ernest. Que fait-il donc ici ? J'ai cru voir un fantôme du passé. Pis encore, et cela je n'oserais jamais l'avouer à Stéphane, l'espace d'un instant j'ai eu l'impression d'avoir commis une épouvantable erreur et j'ai failli me jeter dans ses bras. Puis cette impression s'est dissipée, et grâce aux tendres attentions de Stéphane je me suis sentie à nouveau radieusement heureuse. Sa présence me rend force et confiance en moi. Dorénavant je noterai dans ce journal le moindre fait, le moindre incident de la vie qui s'ouvre devant moi et qui me promet des heures merveilleuses.

Nous avons roulé toute la journée, sous un soleil automnal voilé de brume, à travers une magnifique contrée qui se fait de plus en plus sauvage. Les gens que nous croisons sont différents eux aussi. Ils ont le teint basané, sont de petite taille, négligés dans leur mise et de manières grossières. À ce que me dit Stéphane, la plupart d'entre eux sont des Szekely ou des tziganes. À une de nos haltes, une vieille romani s'est approchée de la voiture et m'a parlé avec véhémence dans une langue que je ne comprenais pas. Je lui ai donné quelques piécettes mais elle a continué de me fixer de ses yeux perçants et a même tenté de me prendre la main, mais à ce moment-là Stéphane qui revenait à la voiture l'a brutalement repoussée. Elle a reculé sans me quitter des yeux tout en marmonnant entre ses dents, mais sur un ordre impératif de Stéphane elle s'est détournée et éloignée. Même alors je n'ai pu faire autrement que de remarquer que tout dans son corps voûté et son visage ridé exprimait la peur... la peur oui, mais aussi une sorte de craintive vénération. Stéphane exerce sur ces gens un étrange pouvoir. Je l'ai d'ailleurs remarqué par la suite. Sur notre passage ils baissent la tête ou nous prodiguent leurs marques de respect comme s'il était leur suzerain. On dirait un roi revenant dans son fief... avec sa reine.

C'est le soir, et nous sommes arrivés maintenant dans ce qui va être, pour le moment tout au moins, notre foyer. Un ravissant petit domaine situé au milieu de collines onduleuses, de vignobles et de forêts. Le petit château qui s'y dresse est fortifié, comme cela est si souvent le cas dans cette région, mais pourvu de tout le confort imaginable. Les serviteurs semblent être tous de race tzigane, et parmi eux figure Vihar qui m'a accueillie avec une parfaite courtoisie, mais je n'ai pu réprimer un frisson devant cet être inquiétant. Il m'inspire de la répugnance et je voudrais avoir le courage de prier Stéphane de lui confier d'autres fonctions afin que je n'aie plus à le voir. Demain c'est la fête des vendanges. Déjà j'entends dans le lointain les voix rauques et profondes des hommes auxquelles se mêlent celles, aiguës et plaintives, des femmes. Ce qu'ils chantent est bien plus une funèbre mélopée qu'un hymne à la joie et je m'étonne qu'ils choisissent de tels chants pour célébrer une si joyeuse fête annuelle. Mais il faut que j'arrête ici le récit de cette journée si riche en événements. J'attends mon seigneur et maître. Mais c'est étrange, oui vraiment étrange, que j'en sache si peu sur lui ! Quel mystère et quelle merveille que la vie ! Oui, Stéphane, je suis à toi !

Journal intime d'Andrew Fuller

Le 22 octobre.

Un nouveau coup du sort... un choc, un terrible choc qui a détruit tout le bien qu'avait pu se faire notre pauvre Ernest pendant les deux semaines que nous avons passées en pleine campagne. Stéphane a abandonné Elisabeth. Il a obtenu ce qu'il voulait et a disparu. Elisabeth est seule.

C'est en rentrant à Budapest cet après-midi que nous avons appris la nouvelle. Par une lettre écrite de la main d'Elisabeth et adressée à Meg. Elle l'avait envoyée à Londres d'où elle nous a été renvoyée ici où elle venait tout juste d'arriver. Elle a été écrite il y a une vingtaine de jours... moins d'une semaine après leur mariage. Je la transcris ici sans commentaires.

Meg, ma chérie,

Pourras-tu jamais me pardonner ? Chacun de vous pourra-t-il jamais me pardonner, et ai-je le droit de me tourner vers vous dans ma détresse ? J'ai été folle, Meg ! Ce qui s'est passé en moi au cours de ces dernières semaines est tout simplement inexplicable et ne peut s'interpréter que comme un accès de folie qui m'a privée de ma raison, a faussé mon jugement et enflammé mon imagination. Par quelle magie Stéphane s'est-il emparé de mon cœur et m'a-t-il envoûtée jusqu'à ce que j'éprouve pour lui l'amour le plus passionné qu'une femme ait jamais connu et qui m'a fait, dans ma folie, rejeter tout ce qui jusque-là était le plus noble et le plus cher à mes yeux. J'emploie le mot « amour », car c'est ce que dans mon égarement je croyais éprouver, mais je me rends compte maintenant que j'ai été la victime d'un cruel envoûtement. Stéphane m'a abandonnée et le charme maléfique est rompu. Oui, Meg, il m'a abandonnée! Ce matin, à mon réveil, il n'était plus là. D'après ce que j'ai pu apprendre de ses maussades domestiques, il est parti, accompagné de Vihar, avant le lever du jour, sans révéler à quiconque le lieu de sa destination. Il m'a laissé une lettre. Je l'ai lue et relue jusqu'à ce que ma vue se brouille. Voici cette lettre :

Elisabeth.

Je m'abstiendrai de toutes formules affectueuses qui, dans les circonstances actuelles, ne seraient qu'hypocrisie. Quand tu liras cette lettre je serai parti, et tu ne me reverras jamais. Traite-moi de fou ou de scélérat, peu m'importe. J'ai une tâche à accomplir et à accomplir seul. J'ignore ce que me réserve la destinée, mais ce que je sais c'est que dans ma vie, à l'avenir, il n'y a pas place pour toi. Il faut que je prenne certaines dispositions en vue d'un rôle qui m'a été assigné il y a de longues années. Le sort est inflexible et ma décision l'est également. Tu n'as été que l'innocent instrument de mon dessein. Je le regrette mais cela était inévitable. Je te dirai cependant ceci : les sentiments que je t'ai manifestés au début étaient feints, mais peu à peu je les ai réellement éprouvés. C'est tout ce que je puis te dire sur ce sujet. Tu ne tarderas pas à retrouver ta liberté. Le fait que je t'abandonne permettra à tes avoués d'obtenir l'annulation de notre mariage. Je vais disparaître de la surface de la terre et nombreux seront ceux qui me croiront mort. En ce qui te concerne, je n'existerai plus. Il ne te faut en aucun cas partir à ma recherche ou t'efforcer de découvrir mon lieu de résidence. Je te le répète, si tu tiens à ta vie et au salut de ton âme, ne cherche pas à me retrouver. Je vais plus loin, même, je te demande instamment de quitter le château. Pars... pour Budapest, ou Vienne, ou mieux encore, pour l'Angleterre si tu le préfères. Plus loin tu seras, mieux cela vaudra. Ne t'attarde pas ici, ne me laisse pas le temps de revenir sur ma décision, sinon tu es perdue. Pars immédiatement. Je ne m'attends pas que tu me comprennes, ou que tu me pardonnes. Je n'espère qu'une chose c'est que tu feras ce que je te presse de faire.

Stéphane.

Oh, Meg, que signifie tout cela ? Je me livre aux plus folles spéculations. Après avoir lu cette terrible lettre, j'ai été pendant des heures trop bouleversée et trop agitée pour comprendre tout ce qu'elle impliquait. C'est seulement maintenant, en la relisant, que je me rends compte qu'elle est sans appel. Quelle folle j'ai été ! Dans l'égarement où m'avait jetée la passion qu'avait éveillée en moi Stéphane, je croyais avoir trouvé le paradis sur terre ; je repoussais les mises en garde de ma raison, de mon instinct qui me prévenaient contre lui. J'étouffais en moi tout scrupule et détruisis sans la moindre hésitation le bonheur de mon pauvre Ernest. Il m'a regardée, à Klausenburg, comme s'il prévoyait le malheur qui allait s'abattre sur moi ! Je te le demande instamment, fais-lui part de ma lettre et de mes remords.

Je suis trop abattue et trop humiliée pour lui écrire directement. Je lui ai fait un mal incommensurable et je ne puis qu'implorer le Ciel qu'il trouve un jour dans son cœur la force de me pardonner. Qu'ai-je fait, Meg ? Quel est le but que poursuivait Stéphane ? Il a en tout cas réussi à me démontrer quelle faible et misérable créature je suis, totalement indigne de l'amour d'Ernest. Jusqu'à mon dernier jour je vivrai dans la honte de ce que j'ai fait. Quoi que m'ait écrit Stéphane, je ne partirai pas encore d'ici. Je suis toujours sa femme selon la loi et jusqu'à ce que je reçoive des nouvelles de lui, ou du lieu où il réside, je ne quitterai pas le château. Oui, je sens que je dois rester ici. Quoi qu'il puisse m'arriver, je ne me montrerai pas inconstante une seconde fois. Envoie-moi de tes nouvelles, je t'en supplie, si tu ne répugnes pas trop à m'écrire.

Ton Elisabeth qui t'aime plus que jamais.

Il ne nous reste donc qu'une chose à faire, nous rendre directement auprès d'Elisabeth, et cette fois, j'en suis sûr, elle ne refusera pas de voir Ernest. Nous partirons à l'aube.

Le 23 octobre.

Il n'y a pas de trains dans cette partie du pays. Nous y arriverons donc demain seulement. La région ne me plaît guère. Elle est grandiose, magnifique, mais il y a quelque chose de sinistre dans les murailles de granit et les pics déchiquetés qui se dressent au-dessus de nous, et les habitants se montrent méfiants et hostiles. Je nourris évidemment des préventions envers ce pays au sinistre passé et ces populations rudes, encore à demi sauvages. Le bruit court que les romanis se montrent en ce moment nerveux et inquiets. Ces derniers jours ils ont quitté en groupes leurs campements et se sont dirigés vers la montagne.

Ernest est calme et résolu, Meg pleine d'une tendre indulgence pour Elisabeth. J'ai l'impression qu'on pourrait aisément annuler cette parodie de mariage si Stéphane a réellement disparu de façon définitive. Peut-être, après les affres qu'il vient de connaître, Ernest peut-il encore nourrir quelque espoir.

Le 24 octobre.

Elle est partie. Nous avons trouvé le château fermé et désert. Un des paysans qui travaillent sur le domaine nous a simplement dit que tous les domestiques avaient été congédiés et que leur maîtresse était partie quelques jours auparavant. Nous nous sommes mis en rapport avec les autorités du pays mais je crains qu'elles ne puissent nous être que de bien peu d'aide. Personne, dans la région, n'a signalé de femme voyageant seule.

Le 28 octobre.

Il paraîtrait qu'une femme aurait traversé le village de Tihucza, haut dans la montagne, non loin du col Borgo. Nous n'avons pu obtenir d'elle aucune description. Néanmoins nous nous y rendons immédiatement.

Journal intime d'Elisabeth Morheim

Le 3 octobre.

Encore une morne et lugubre journée qui s'achève. Un silence oppressant pèse sur cette demeure. Je ne puis plus supporter cette façon qu'ont les domestiques de chuchoter entre eux. Ils savent que Stéphane m'a abandonnée, ils échangent des regards furtifs, et semblent prendre un secret plaisir à mon humiliation. Le ciel s'est couvert d'épais nuages annonciateurs de neige. Quelle région isolée quand le soleil n'y luit pas... aussi désolée que l'est mon cœur blessé. Je suis toujours sans nouvelles. Je me sens terriblement seule parmi ces gens qui me sont étrangers et hostiles. Je me suis fait conduire au village d'où j'ai envoyé un message aux autorités, les informant de la disparition de mon mari. Ainsi ces notables connaîtront eux aussi mon humiliation. Mais que pourront-ils faire ? Et moi que puis-je faire d'autre que rester ici et attendre l'hiver qui arrive à grands pas ? Non, je ne m'en irai pas. Je suis affreusement malheureuse ici, mais ne le serais-je pas en tous lieux ? Je ne partirai pas.

Le 7 octobre.

Il m'a appelée, cette nuit. Je l'ai entendu en rêve. Il m'appelait par mon nom, comme de très loin, et je lui ai répondu avec joie. Je sais qu'il est vivant et qu'il a besoin de moi. Au son de sa voix, la passion que j'éprouvais pour lui a brûlé de nouveau en moi. Je me suis sentie aujourd'hui étrangement réconfortée. Doutes et remords s'atténuent. J'appartiens toujours à Stéphane.

Le 9 octobre.

Quel rêve étrange ! J'errais dans un paysage qui m'était inconnu, peuplé de hautes et vaporeuses silhouettes, parmi des pics montagneux et de vastes lacs qu'argentait la lumière froide de la lune. Tendant les bras vers mon amant, je croyais l'entendre me répéter : « Viens à moi ! Il le faut ! Viens à moi ! » J'ai passé presque toute la journée blottie dans un fauteuil à attendre... attendre... attendre.

Le 10 octobre.

Cette nuit, dans mon rêve, j'ai vu la masse sombre d'un immense château qui se dressait au sommet d'un éperon rocheux. Tel un spectre, je gravis lentement la pente rocailleuse, franchis un immense portail puis pénétrai dans une vaste salle taillée dans la roche où brûlaient des torches, et où de vagues silhouettes se déplaçaient parmi les ombres. Des mains se tendirent vers moi de tous côtés, mais je ne me laissai pas arrêter.

Après avoir traversé une succession de hautes salles et d'interminables couloirs, j'arrivai enfin à une dernière porte qui s'ouvrit devant moi, et là, sévère et majestueux, il se dressait tel un ancien dieu, m'attendant, le visage transfiguré par l'amour. Je me dirigeai vers lui... puis tout devint noir. Je m'éveillai en proie à un incoercible tremblement. Jamais je n'avais autant désiré sa présence. J'ai beau ne pas entendre sa voix à l'état de veille, je sais qu'il m'attend, qu'il m'adresse en esprit de pressants appels et que bientôt il m'enverra chercher. J'attends avec impatience l'obscurité et le mystère de la nuit, car jusqu'au moment où il me serrera à nouveau dans ses bras, c'est dans les ténèbres seulement que nous communions. J'ai relu la terrible lettre qu'il m'a écrite avant son départ et, après avoir hésité un moment, je l'ai déchirée, puis jetée dans le feu où elle s'est consumée sous mes yeux. Mon Stéphane ne pouvait écrire d'aussi horribles paroles. Il est redevenu lui-même et je suis à nouveau son épouse et son amante. Oh, Stéphane, Stéphane, Stéphane !

Le 11 octobre.

Encore une nuit agitée. D'abord je l'ai entendu m'appeler, puis une indescriptible terreur et un froid glacial se sont emparés de moi. J'ai cru, l'espace d'une seconde, être sur le point de découvrir une si terrible et effroyable vérité qu'aucun être humain ne la pourrait supporter. Je me suis réveillée, le cœur battant la chamade, et obéissant à une brusque impulsion, je me suis dirigée vers la fenêtre et ai contemplé les pics lointains qui se dressent sous un ciel criblé d'étoiles. J'ai souhaité alors être un oiseau pour m'y envoler car je sais que c'est là-bas qu'il m'attend et que j'irai le retrouver. Encore une longue journée d'attente silencieuse.

Le 12 octobre.

Le message est arrivé. Un serviteur me l'a apporté. Un bref message, mais sans aucun doute écrit de sa main. Voilà ce qu'il contient : « Le moment est venu pour toi de me rejoindre. Vihar te conduira à moi. Pars avec lui et fais-lui confiance. Pendant le trajet, n'adresse la parole à âme qui vive. C'est un ordre que je te donne et si tu m'aimes toujours tu le suivras. *Je t'aime,* Stéphane. » Et moi, je vais à toi, le cœur plein de joie et d'espoir.

Le 13 octobre.

Quel étrange voyage, et quelle arrivée plus étrange encore ! Nous sommes partis avant le lever du jour, après que j'eus rassemblé les quelques objets indispensables à cette randonnée. Vihar y avait ajouté des couvertures, me disant qu'il ferait froid dans la montagne. À peine étais-je montée dans la berline qu'il fit claquer son fouet et nous nous enfonçâmes à toute allure dans l'obscurité. Je dus somnoler à plusieurs reprises, car de temps à autre un brusque cahot me réveillait et, ouvrant les yeux, je discernais la lumière grise du petit matin. Déjà nous avions pénétré dans les contreforts des Carpates où fermes et villages se faisaient plus rares. Nous ne croisions que quelques paysans conduisant leurs chariots, ou des bandes de romanis descendant des montagnes chercher leur subsistance dans la vaste plaine pendant le dur hiver. Au bout de quelques heures nous nous arrêtâmes à un relais, le temps de changer de chevaux, et je fus heureuse de descendre me dérouiller un peu les jambes. Déjà le soleil d'automne brillait bien que les lointaines montagnes fussent encore voilées de brume et de sombres nuages, et malgré ma fatigue je me réjouissais à l'idée de bientôt revoir Stéphane. Une chose cependant m'assombrissait, la sinistre présence de Vihar et les regards hostiles que me lançaient les paysans qui se groupaient autour de la berline et marmonnaient Dieu sait quoi dans mon dos en leur curieux dialecte. Nous repartîmes à une allure plus lente, car la route, à la fois plus accidentée et plus escarpée, serpentait entre une succession de hautes collines aux pentes raides et boisées d'où dévalaient en grondant des torrents et où, en bordure de chemin, surgissaient çà et là une cabane, un calvaire, de gros rochers. Par les portières j'apercevais les ruines d'imposants châteaux forts, vestiges d'un passé troublé où chrétiens et Turcs se disputaient chaque pouce de terre et où chaque seigneur faisait la loi dans son fief. Tantôt ils se dressaient dans toute leur imposante majesté, comme de grands vaisseaux au-dessus d'une mer de noirs sapins ; tantôt il ne restait, pour témoigner de leur gloire passée, qu'un amas de pierres qui semblait jeté là par la main de quelque géant, ou encore une muraille écroulée, une tour à moitié ruinée où seuls les oiseaux trouvaient refuge. Midi était depuis longtemps passé lorsque nous arrivâmes dans un pittoresque petit village qui comprenait en tout et pour tout une chapelle, une échoppe, quelques cabanes de bois et une auberge rustique. Comme j'y entrais pour m'y rafraîchir, Vihar me rappela avec calme mais fermeté que selon les ordres de son maître je ne devais révéler à personne le lieu de notre destination. Ces mots éveillèrent en moi un trouble que ne fit qu'aviver la façon dont les paysans me regardaient et le brusque silence qui se fit dans la salle à mon entrée. Cependant l'aubergiste m'accueillit avec toutes les marques d'une obséquieuse servilité et me conduisit cérémonieusement à une table un peu à l'écart où l'on m'apporta des viandes et du vin tandis que Vihar allait s'occuper des chevaux. Quelques minutes s'étaient écoulées lorsque j'entendis, venant de l'extérieur, l'écho d'une altercation suivie de gros rires et de violentes imprécations. Un instant plus tard, accueilli parce que je supposai être des lazzi et de grossières plaisanteries, je vis entrer un petit être difforme, aux jambes courtes et arquées, au dos bossu, vêtu d'une misérable veste de mouton, bien trop grande pour son corps de nain, coiffé de la haute toque de fourrure qu'affectionnent les tziganes et qui tenaient d'une main un tambourin et de l'autre une gibecière de peau de mouton. À son langage incohérent, à sa difficulté d'articuler chaque syllabe, au fait qu'il était en butte aux cruelles railleries des assistants, je compris que j'avais devant moi, non seulement un pauvre être difforme, mais un simple d'esprit comme on en trouve tant dans ces primitives régions montagneuses. Se détournant du comptoir, il m'aperçut et brusquement une expression rusée se fit jour sur son visage ridé de furet, tandis que dans ses petits yeux enfoncés s'allumait une lueur d'intelligence. À ma consternation, le pauvre hère s'approcha de moi et s'efforça de m'adresser quelques mots en mauvais allemand. « Pas bon ici ! parvint-il à me dire en bégayant. Pas bon ici pour vous ! Vous partir ! Lui mauvais ! » ajouta-t-il en m'indiquant du doigt Vihar qui venait de rentrer dans la salle. L'aubergiste, surgissant de derrière le comptoir, s'élança, prit le petit bossu au collet, le jeta dehors et vint me présenter ses plus plates excuses pour ce regrettable incident.

Après ce pénible intermède nous remontâmes dans la berline et suivîmes à un train régulier, pendant quelques kilomètres, un chemin qui montait vers ce que je supposai être un col. Le froid se faisait plus vif. Je me blottis sous les couvertures et m'endormis bercée par le roulis de la berline. Environ une heure plus tard, sentant que nous descendions une pente, je compris que nous avions franchi le col. Je regardai par la portière et constatai que nous nous engagions dans une étroite vallée aux pentes boisées. Le fouet claqua de nouveau, les chevaux se mirent à trotter et bientôt, après avoir traversé une magnifique forêt de bouleaux, nous commençâmes à escalader une colline escarpée. Jamais je n'avais vu région plus sauvage. Devant nous, derrière nous, ce n'étaient que roches éboulées, arbres déracinés, pics déchiquetés, témoignage éloquent du chaos et de la désolation que font régner à de telles hauteurs les éléments déchaînés. Le ciel était d'un gris de plomb, des écharpes de brume nous enveloppaient, mais de temps à autre un coup de vent les déchirait et j'apercevais alors de profondes et étroites vallées, des rivières sinueuses et de minuscules hameaux blottis au pied de pentes escarpées. Le vent se fit plus fort, dissipant les nuages, et enfin des pics neigeux se dressèrent devant nous dans toute leur gloire, se détachant sur un ciel d'un bleu turquoise illuminé par le soleil encore caché par des nuages. Un instant plus tard ce spectacle majestueux avait disparu sous un épais manteau de brume qui semblait monter du sol et nous envelopper. Le vent souffla de plus belle, l'air parut se raréfier, un autre pic surgit. Les immenses roches qui se dressaient de chaque côté du chemin menaçaient de s'écrouler sur nous, ce qui ajoutait à mon angoisse. Enfin la brume se dissipa et je pus apercevoir les sombres et vertigineuses murailles d'un immense château aux créneaux écroulés, aux tours massives, qui se dressait sur un éperon rocheux. Puis de nouveau la brume nous enveloppa comme nous arrivions devant un large portail et pénétrions dans une cour d'honneur dallée où deux serviteurs arrivant en courant me saluèrent très bas. Nous étions enfin arrivés au terme de notre voyage. Avant même que j'eusse le temps de me ressaisir, les valets qui s'exprimaient en une langue inconnue de moi se saisirent de mon bagage et me conduisirent à une chambre confortablement meublée et que rendait accueillante un feu de bois flambant haut dans la cheminée. On m'y apporta mon dîner et un message de Stéphane. Il me prie de prendre patience car il s'est vu dans l'obligation de s'absenter. Il m'assure qu'il reviendra très bientôt. On veillera à ce que je ne manque de rien. J'écris ces quelques lignes avant de me retirer pour la nuit.

Le 14 octobre.

Je suis malade. Malade ou folle. Ou peut-être les deux. L'atmosphère pesante de cette immense demeure doit être déprimante, car jamais je n'ai fait un rêve aussi impressionnant que cette nuit. Je vais essayer de coucher sur le papier ce dont je me souviens. Jusqu'au moment où je sombrai dans le sommeil je ne cessai d'entendre les hurlements des loups qui rôdent autour du château, hurlements qui me poursuivirent jusque dans mon rêve. Quelque chose m'oppressait, j'avais l'impression d'étouffer, de ne pouvoir ni respirer, ni bouger. Une force mystérieuse dont je ne pouvais déceler la source me retenait prisonnière. D'étranges et inquiétantes paroles prononcées dans une langue qui m'était étrangère éveillaient cependant un écho dans mon esprit fiévreux. Je me débattais au sein d'épaisses ténèbres, quand brusquement deux points lumineux brillèrent devant mes yeux comme deux feux follets. J'éprouvai une douleur vive, aiguë, suivie d'une délicieuse et langoureuse somnolence. Comme je reprenais lentement conscience et percevais à nouveau les hurlements des loups mêlés aux gémissements du vent en une sauvage symphonie, j'ouvris les yeux et vis, à la lueur bleuâtre des rayons de lune que laissait passer la fenêtre à meneaux, une ombre immense et informe se profiler contre le mur. Comme je la fixais, hypnotisée, cette ombre parut danser puis se dissipa. De très loin me parvinrent alors d'obscures paroles, mes paupières se fermèrent de nouveau et je tombai dans un bienheureux sommeil. Je m'éveillai beaucoup plus tard qu'à l'habitude et constatai que les nuages s'étaient dissipés et que le soleil brillait haut dans le ciel. Des serviteurs aux pas feutrés m'avaient apporté du café, du pain, des gâteaux, et sur le plateau d'argent je trouvai un autre message de Stéphane enfermé dans une enveloppe ne portant pas de timbre et qui avait donc été apportée au château. Un très court message. « Sois patiente, ma bien-aimée, je reviendrai bientôt auprès de toi. Jusque-là ne crains rien. Tu es en de bonnes mains. »

Cette longue randonnée en berline devait m'avoir fatiguée plus que je ne pensais, car j'avais à peine la force de marcher et dus passer encore deux heures étendue. Cependant lorsqu'on m'eut servi quelques viandes et deux verres d'un excellent vin rouge, je me sentis assez bien pour explorer ce vaste édifice qui sera sans doute mon nouveau foyer. Il ne semble y avoir, au château, que quatre ou cinq serviteurs fort peu communicatifs car à chaque fois que je m'approche d'eux pour obtenir quelque renseignement — par signes, car ils ne paraissent comprendre aucune langue civilisée — ils lèvent sur moi un regard vide et me tournent le dos avec une rare insolence. Me rendant compte que je n'avais aucune aide à attendre d'eux, j'entrepris de parcourir les aîtres, errant le long de vastes couloirs et de salles voûtées. Après avoir gravi un escalier en colimaçon qui m'amena à une petite plate-forme où l'on devait autrefois poster un guetteur, je me rendis compte, en voyant se dérouler à mes pieds ce paysage majestueux, que le château se dressait à l'extrémité d'un puissant rocher en éperon dont trois pans tombaient à pic à des centaines de pieds, dans une gorge où je vis briller les eaux argentées d'une rivière. Vu d'une aussi vertigineuse hauteur, ce paysage sauvage me parut plus impressionnant que de la berline, et je me plus à imaginer que les seigneurs qui avaient vécu autrefois dans cette citadelle devaient se sentir, tels des aigles dans leur aire inaccessible, à l'abri des assauts de leurs ennemis. Je redescendis les marches que j'avais gravies et fus frappée de nouveau par l'impression de désolation que donnait cette sombre demeure, mes appartements privés exceptés. La cour d'honneur, où la mauvaise herbe poussait entre les dalles brisées, parlait de siècles d'abandon, et dans la façade la plupart des fenêtres, tels des yeux aveugles, étaient dépourvues de vitres, tandis que d'autres, scintillantes, y avaient été récemment posées. Je me détournai de ce spectacle attristant, pénétrai dans l'immense hall d'où partait un majestueux escalier de pierre menant aux appartements et tombai en admiration devant une imposante cheminée sculptée. Comme je restais là à la contempler soudain un détail me frappa.

Bien qu'à demi effacé, le blason gravé dans la pierre me parut familier. Dans chacun de ses détails il était semblable à celui qui ornait la lourde chevalière que Stéphane arborait si fièrement à l'index de sa main droite. Les armes étaient les mêmes ! Mais j'ai vu aujourd'hui bien d'autres choses étranges qui ne font qu'augmenter ma nervosité et éveiller en moi de vagues et inquiétants soupçons.

Après cette étrange découverte, je me mis à explorer les appartements de l'étage supérieur. D'interminables couloirs, des galeries, des escaliers, des salles immenses s'étendaient devant moi, silencieuses et poussiéreuses. Rares étaient celles qui semblaient avoir été occupées et, dans la plupart d'entre elles, la couche de poussière était si épaisse que depuis des siècles aucun pas ne s'y était imprimé. Incapable de mesurer l'étendue exacte de ce château, j'errai ainsi pendant plus d'une heure, frappée par une impression générale de dégradation et d'abandon. J'arrivai dans une salle de plus modestes proportions où mon attention fut attirée par une petite porte cloutée de fer. Je la poussai à plusieurs reprises. Elle céda enfin. Elle s'ouvrait sur un petit escalier en spirale dans lequel je m'engageai et qui m'amena dans l'unique pièce qui semblait aménagée et habitable. Un fauteuil à haut dossier était placé devant un vaste bureau de chêne massif supportant une rangée de livres anciens, une écritoire et une pile de lourdes pièces d'or et d'argent. Sur un autre bureau, plus petit, disposé en angle, une sorte de pupitre, étaient entassés des livres, anciens eux aussi, et une pile de manuscrits dont certains étaient écrits en grands et mystérieux caractères comme je n'en avais jamais vu et qui, à mes yeux de profane, semblèrent être plutôt des idéogrammes que les lettres d'un quelconque alphabet. Mais ce ne fut pas cela qui m'intrigua le plus et qui augmenta le trouble que je ressentais à chaque pas davantage dans ce sombre et immense édifice. Non, c'était le portrait, dans un cadre d'or, d'une grande dame vêtue d'une robe foncée à la haute collerette de dentelle... une dame du temps passé dont les traits auraient pu être les miens. N'en pouvant croire mes sens abusés, je le décrochai du mur, m'approchai de la fenêtre pour le mieux voir. Non, cela ne faisait aucun doute... un examen plus approfondi de ce petit tableau ne fit que confirmer ma première impression. J'étais le modèle vivant de ce portrait. Qu'est-ce que cela signifie ? Me trouverais-je devant une aïeule inconnue à qui je ressemble trait pour trait ? Que fait ce tableau dans cette pièce isolée du reste du château ? Et où se trouve Stéphane ? La nuit tombe et je me sens de plus en plus nerveuse. À chaque bruit, à chaque grincement, mon cœur bat plus vite, et toujours ces loups qui hurlent dans le lointain, le vent qui siffle à travers les créneaux brisés et les fenêtres béantes. Le mélancolique état d'abandon et de dégradation où est tombé le château, ma solitude, l'air hostile et renfermé des serviteurs, tout cela me fait peur. J'ai entendu claquer une porte quelque part dans les profondeurs de cette inquiétante demeure. Le vent se fait plus fort et c'est avec angoisse que je me prépare à affronter seule et quasi prisonnière les mystères de la nuit.

Le 15 octobre.

Encore une nuit étrange. Je me suis éveillée les membres lourds et en proie à une terrible faiblesse, comme si j'avais été droguée. Je pouvais à peine me traîner dans ma chambre. Il m'a fallu un suprême effort de volonté pour rassembler les forces qui m'ont permis de descendre l'escalier. Le ciel est d'un gris de plomb où galopent de noirs nuages. Le vent qui gémit semble chanter l'hymne funèbre de l'année qui finit, et partout où je porte mon regard une brume automnale voile le paysage. Je remonte dans ma chambre et attends qu'on m'apporte quelque nourriture. Je mange et bois machinalement et incapable d'endurer plus longtemps cette solitude et ce silence je me distrais en écrivant ces quelques lignes. Je vais également retracer ici mon rêve de la nuit passée qui, s'il se répétait, me ferait, je le crains, perdre la raison.

Lorsque je fus couchée, le pressentiment de quelque menace diabolique me fit résister de toutes mes forces au sommeil qui m'envahissait. Pendant plus d'une heure je luttai pour garder les yeux ouverts tandis que dehors la tempête faisait rage. Je ne m'étonne point que des païens aient conçu des dieux nés du vent, de ce vent que j'entendais hurler, courber violemment la cime des arbres tandis que l'immense château répondait à cette violence par de sinistres craquements. Je venais de fermer les yeux lorsque je perçus dans le lointain le martèlement des sabots de chevaux tirant une lourde voiture sur un chemin rocailleux. Le portail s'ouvrit en grinçant, et le bruit qu'il fit en se refermant résonna comme un coup de tonnerre dans tout le château et sembla sonner un glas. Je me redressai dans mon lit, persuadée que Stéphane était de retour. Mais je ne perçus d'autre bruit que celui des éléments déchaînés. J'attendis ainsi plus d'une heure puis le sommeil s'empara de moi. Je me sentis cette fois entraînée dans des volutes de brume blanchâtre à travers lesquelles j'entrevoyais parfois de sombres silhouettes. Je me mis à m'enfoncer, à m'enfoncer et tout devint noir de nouveau. Quelqu'un me murmura, d'une voix que je crus connaître, des paroles démoniaques qui m'emplirent d'horreur bien que leur exacte signification m'échappât. Puis le murmure s'éteignit et je restai seule dans les ténèbres et dans un silence sépulcral, incapable de me mouvoir, incapable de parler, ou même de respirer. Un poids énorme s'abattit sur moi, à m'écraser la poitrine. Des étincelles dansèrent devant mes yeux. Je ressentis à nouveau une douleur vive et aiguë. Un éclair zébra les ténèbres, suivi d'un coup de tonnerre, et je m'éveillai. Un autre éclair illumina la chambre et l'espace d'un court et terrifiant instant je vis, penchée sur moi, une face aux yeux de braise... Oh, l'horreur de cet affreux rictus et de cette expression d'infernale exultation ! Je ne puis prendre sur moi de la décrire. Un tel être ne peut exister. Il doit faire partie de mon cauchemar. Mais pourquoi suis-je si faible, si épuisée, aujourd'hui ? Je me reconnais à peine dans le miroir. Je n'ai plus la force d'en écrire davantage.

Le 18 octobre.

Je suis restée morne et apathique toute la journée. Ai eu à nouveau un cauchemar.

Le 21 octobre.

Je suis mourante et seule cette certitude me donne la force de décrire mes dernières heures. Oui, c'est lui... lui, le Maître, et de lui je tire ma joie. En le servant, je sers Stéphane. Je suis en paix avec moi-même. L'amour est sacrifice. Et dans la mort je trouverai l'amour. Il m'appelle dans les obscures régions. Tout est bien.

Le 22 octobre.

Le Maître m'a parlé. Ce soir j'irai à lui. Plus que ces quelques mots et tout est accompli... Il approche, il est derrière la porte. Mon puissant Seigneur...

Journal intime d'Andrew Fuller

Le 26 octobre.

Nous avons roulé à vive allure, ne faisant que de brèves haltes à travers un pays sauvage, en direction de Tihucza et du col du Borgo. L'homme qui nous avait dit avoir vu passer là une femme étrangère n'était qu'un idiot, un simple d'esprit. Cependant quelques lueurs d'intelligence lui permirent de nous expliquer que cette femme était jeune, belle et qu'elle voyageait avec « un méchant homme ». Ce ne peut être qu'Elisabeth. Après que nous lui eûmes demandé s'il avait quelque idée sur la direction qu'elle avait prise, il rit bêtement puis les yeux baissés, resta muet un bon moment et finit par marmonner quelque chose au sujet « du château du maître ». C'est certainement celui dont Elisabeth a hérité et que Stéphane tenait tant à posséder un jour. Mais de quel château s'agit-il ? Il y a dans cette région de nombreux châteaux en ruine, ou à moitié en ruine, et nous n'avons sur celui que nous recherchons que de très vagues renseignements. Cependant tout indique qu'il doit se trouver dans les environs. Nous avons passé la nuit ici et reprendrons nos recherches dès demain. Il doit s'agir d'un des châteaux forts indiqués sur la carte et qui furent édifiés au Moyen Âge pour défendre la route menant au col.

Le 27 octobre.

Journée d'espoir et de déception. Nous nous sommes levés de bonne heure et étions sur le point de repartir lorsque nous vîmes notre ami, le pauvre demeuré, nous adresser de larges sourires et gesticuler comme un fou. Nous ne lui aurions pas prêté attention s'il ne s'était précipité vers nous. Il me saisit le bras et me montra un énorme chariot tiré par deux forts chevaux et conduit par deux romanis au visage basané qui traversait à grand bruit le village et se dirigeait vers le col. Comme je lui demandai ce qu'il voulait dire, il secoua la tête avec véhémence et me montra de nouveau le chariot qui déjà s'éloignait. Nous en conclûmes qu'il essayait de nous faire comprendre qu'il nous fallait prendre la même direction que ce chariot. Nous nous mîmes en route, suivant les romanis à une distance suffisante pour ne pas éveiller leurs soupçons. D'ailleurs nous pouvions parfaitement, sans les alerter, rouler derrière eux, car la route mène en Bukovine et nombre de voyageurs l'empruntent tant qu'elle n'est pas bloquée par les neiges. Nous traversâmes Tihucza, d'où est originaire notre nouvel ami, et nous mîmes à gravir des pentes plus hautes encore, dans une région plus sauvage et plus désolée encore, dominée par les cimes neigeuses des Carpates. Le col une fois franchi, nous nous mîmes à redescendre sur son autre versant. À peine avions-nous entrepris cette descente que nous vîmes le grand chariot qui nous précédait, quitter la route, s'engager dans un chemin de traverse puis disparaître à notre vue derrière un épais rideau de sapins. Nous accélérâmes l'allure et suivîmes ce chemin qui, après s'être enfoncé dans une étroite vallée, escaladait une colline puis traversait une forêt de bouleaux et de sapins. Là s'ouvrit devant nous un paysage si tragique qu'il en était dantesque, et enfin, à travers des lambeaux de brume, nous aperçûmes la masse imposante et les murailles à demi effondrées d'un des plus grands et des plus impressionnants châteaux forts de toute la région. Nous étions en train de nous demander comment nous procéderions lorsque nous arriverions à la poterne, lorsqu'une carriole conduite par des tziganes surgit de la direction opposée. Comme elle approchait, le cocher nous menaça de son fouet et se répandit en imprécations. Gardant tout son sang-froid, Ernest se posta en plein milieu du chemin, obligeant ainsi la voiture à s'arrêter. « Demandons à ces romanis qui habitent le château », nous dit-il sans se laisser impressionner par l'attitude hostile de ces tziganes qui, poignard à la ceinture et fusil en bandoulière, avaient tout de bandits de grand chemin.

Après avoir tenté de me faire comprendre d'eux grâce aux quelques mots des divers dialectes que je connaissais, je parvins finalement à m'entretenir avec eux dans un ruthène primitif. Je leur expliquai que nous étions des voyageurs anglais à la recherche d'un ami qui résidait dans la région. Pouvaient-ils nous dire si une jeune dame et son mari, un homme de haute taille, à l'air distingué, habitaient le château ? Pour toute réponse, les tziganes se contentèrent de secouer la tête. Dans ce cas, dis-je, insistant, qui est le propriétaire de ce château ? Les deux romanis se consultèrent du regard avant de répondre et déclarèrent enfin qu'il appartenait à un grand seigneur. Je sortis de ma poche quelques pièces d'or que je leur offris en échange de plus amples renseignements. L'aîné des deux sauta à bas de son siège, m'arracha les pièces d'or des mains, les renifla, les tâta d'un air rusé et me dit : « Oui, le château était habité par un jeune seigneur, mais il n'avait pas de femme. Et maintenant il l'a vendu à un vieux, très vieux seigneur et il est parti. Et le vieux châtelain vit seul ici avec quelques serviteurs. »

À l'ouïe de cette décevante nouvelle notre déception ne connut pas de bornes. Ernest nous pressa de continuer notre chemin et d'aller questionner ce nouveau châtelain, mais le tzigane nous dit encore que ce vieux seigneur détestait être dérangé. De mon côté je fis observer à Ernest que rien ne prouvait que le château ait appartenu auparavant à Stéphane et que nous avions sans doute fait fausse route. Mais rien ne put entamer la détermination d'Ernest de rester dans la région afin d'exercer une surveillance sur le château et ses environs. Nous arrivâmes finalement à un compromis. Près du sommet du col se trouvaient deux ou trois refuges que le gouvernement avait fait construire au cours des dernières années pour permettre aux voyageurs d'y faire halte. Ernest prendrait un de nos chevaux et s'installerait dans un de ces refuges, tandis que Meg et moi descendrions en direction de la Bukovine. Si dans aucun des villages que nous traverserions on ne nous signalait le passage d'une jeune femme, nous remonterions au col, puis retournerions tous trois à Bistritz et nous livrerions à une enquête pour savoir si un notaire ou un agent immobilier de cette ville (la plus importante de la région) aurait enregistré, au cours des deux dernières semaines, un acte de vente au nom de Stéphane, et si ce dernier lui aurait laissé une adresse. Ce soir Meg et moi couchons au petit village de Podjana Stampi, proche de la frontière, dans une charmante quoique rustique auberge. Demain nous reprendrons nos recherches. Je me demande comment est installé Ernest au refuge. Un des guides qui s'y trouvait nous a promis de veiller sur son confort.

Le 28 octobre.

La neige a commencé de tomber. Nous nous dirigeons en hâte vers la vallée de la Bistritz d'or. Je crains que nous ne nous soyons égarés. Nous avons croisé un tzigane qui a écouté nos questions avec un sourire rusé et qui nous a répondu avec gestes à l'appui qu'en effet une jeune femme avait passé tout récemment par là dans une berline. Je n'ai pas aimé la façon dont il a ricané en empochant la pièce d'argent que je lui tendais, et étant donné que nous n'avons pas retrouvé la moindre trace de cette berline, je suis maintenant persuadé qu'il nous a délibérément menti, ou lancés sur une fausse piste, soit par cupidité soit dans un sombre but. Nous sommes recrus de fatigue et terriblement abattus. Les routes sont mauvaises, l'hiver avance à grands pas et nous avons perdu toute trace d'Elisabeth. Demain nous ferons demi-tour.

Le 29 octobre.

Avons refait en sens inverse le long chemin. Il a commencé de neiger, quoique légèrement encore. Ernest nous attendait au refuge, le visage blême et ravagé. Pauvre ami... je suis sûr qu'il a à peine dormi ! Il a dû passer la journée entière à la recherche du moindre indice. Il est persuadé qu'Elisabeth se trouve tout près d'ici, mais se refuse à nous dire pourquoi. Il s'est montré étrangement renfermé, nous a dit que le gardien s'offrait à l'aider et, en dépit de nos instances, s'est obstinément refusé à repartir avec nous. Nous avons discuté en vain ; il tient à rester ici quelques jours encore et nous a promis de nous rejoindre ensuite à Bistritz. Que pouvions-nous faire ? Nous ne pouvions pas l'emmener de force. Nous allons donc l'abandonner à son sort pendant au moins deux jours. Meg est très inquiète. Le regard hagard d'Ernest, sa pâleur, lui font mauvaise impression. Il s'épuise et devra bientôt abandonner toutes recherches. Je n'aime pas, moi non plus, la manière dont il a insisté pour rester ici et dont il nous a pressés de le quitter. Je n'arrive pas à trouver le sommeil tant je me tourmente pour lui.

Le 31 octobre.

À l'hôtel de ville un fonctionnaire des plus obligeants nous a donné le nom et l'adresse du notaire qui, avec un de ses associés, dresse la plupart des contrats des transactions immobilières de la région. Nous nous sommes rendus directement à leur étude et ce que nous y avons appris nous a stupéfiés et alarmés.

Le château que nous avons vu était bien celui de Stéphane qui l'a vendu à un acquéreur dont le nom doit rester secret. Nous avons imploré le notaire, un homme grincheux au cœur aussi sec que les dossiers poussiéreux qui encombrent son étude, de nous dire à qui a été vendu le château, mais il nous a répété qu'aussi bien l'acheteur que Stéphane avaient insisté pour que l'identité du nouveau propriétaire ne soit révélée à personne. Quel droit Stéphane avait-il de vendre ce domaine ? Il en était sûrement copropriétaire avec Elisabeth. Son épouse n'avait-elle pas pris part aux transactions ? Le notaire, d'abord inflexible, s'adoucit un peu et finit par nous dire que tout s'était passé le plus légalement du monde, vu que son client, c'est-à-dire Stéphane, était muni d'une procuration signée par son épouse, lui donnant le droit de disposer du château à son gré. La vente avait été effectuée selon ses instructions transmises par écrit. Seul l'acheteur anonyme s'était présenté en personne à l'étude et avait dûment signé les documents légalisés. Le payement avait été ensuite effectué et versé au compte de Stéphane. Quant à l'endroit où se trouvait ce dernier, le tabellion n'en avait pas la moindre idée. Je crains que nous n'ayons de fort mauvaises nouvelles à donner à Ernest lorsqu'il nous rejoindra ici demain.

Le 2 novembre.

Pas le moindre signe d'Ernest de toute la journée. Nous sommes terriblement inquiets. Demain matin, je remonterai seul au col. Meg voulait m'accompagner. Je m'y suis refusé. Elle m'attendra ici.

Le 4 novembre.

Ernest n'est plus. Il est mort dans mes bras à la fin de l'après-midi. Le cocher qui m'a amené ici est retourné à Borgo Prund chercher un prêtre et un médecin et fera parvenir à Bistritz un message dans lequel je recommande à Meg de rester à l'hôtel jusqu'à plus ample informé. Je ne veux en aucun cas qu'elle me rejoigne ici. J'ai un devoir à accomplir après que notre plus cher et plus fidèle ami aura été mis en terre. Quand je suis arrivé à la cabane qui sert de refuge, le garde avait pris la fuite.

J'ai trouvé Ernest gisant, mortellement pâle, les yeux clos, sur une paillasse, trop faible pour se mouvoir, ses lèvres desséchées, dans son visage émacié, remuant avec peine. Finalement après que je lui eus de mon mieux prodigué des soins et envoyé le cocher chercher un médecin, ses paupières battirent, il sourit faiblement et tandis que dans ses yeux s'allumait une étrange lueur, il parvint à me dire : « Je suis heureux que tu sois venu, mon vieil ami. Je t'attendais, tout comme Elisabeth. Car elle est venue ici. Et elle sera bientôt avec nous. » J'ai constaté en lui, à part son épuisement, un affreux changement. Le cœur serré j'ai noté ses gencives découvertes, ses dents acérées, la façon quasi voluptueuse qu'il avait de me sourire et de me regarder, et ce qui a mis le comble à mon horreur, en bougeant légèrement sa tête j'ai vu sur sa gorge deux petites marques, telles les piqûres d'un insecte, ou les morsures d'un petit rongeur, *marques qui ont peu à peu disparu sous mes yeux.* Il a poussé un long et ultime soupir et tout était fini. Ernest est mort et je sais maintenant que les vampires ne relèvent pas du domaine de la superstition mais sont une terrible réalité, car si Ernest est parvenu à me dire qu'Elisabeth était venue le rejoindre dans cette cabane, *j'ai l'intime conviction qu'elle est morte elle aussi peu de temps auparavant.* Je veille seul sur la dépouille de mon ami tandis que la nuit s'avance et que d'épais flocons de neige commencent à tomber. J'ai fabriqué une croix grossière à l'aide de deux morceaux de bois. Elle ne viendra pas ici ce soir.

Le 8 novembre.

Ainsi, nous avons enterré Ernest à quelques milliers de kilomètres de son pays natal. Dans le rapport accompagnant le permis d'inhumer, le médecin fait état d'une anémie aiguë, d'un affaiblissement général dû au manque de sommeil et à des efforts excessifs qui ont provoqué un arrêt du cœur. C'est du moins ce qu'il a écrit dans son rapport officiel, mais en privé il a reconnu, tout comme moi, que le corps de mon ami avait été entièrement vidé de son sang. Étant donné la mystérieuse absence de toute blessure et le fait que deux cas similaires ont été récemment signalés dans la région, il doit inévitablement arriver à la même conclusion que moi. Si incroyable que cela puisse paraître à un esprit matérialiste et scientifique, un vampire hante de nouveau le pays pendant la nuit. J'ai fait de mon mieux pour dissimuler à Meg l'atroce vérité, mais je sais qu'elle a tout deviné. Bénie soit-elle pour la façon courageuse dont elle supporte tout cela ! Malgré ses objections et ses pressentiments, je suis enfin arrivé à la persuader de retourner à Budapest et de m'y attendre. Le médecin et le consul l'y accompagneront. Maintenant, avec l'aide du prêtre que j'ai mis dans la confidence, il me reste un terrible devoir à accomplir. Je vais retourner au col Borgo et là j'exécuterai la plus atroce des tâches. Dieu me donne la force d'y parvenir !

Le 10 novembre.

J'ai passé la nuit seul dans ce pays perdu où règne la peur. Mon retour a évidemment suscité parmi la population locale de nombreux commentaires et les gens me regardent avec méfiance et hostilité. Ils s'écartent sur mon passage et me fuient, tout comme ils s'écartent et se signent lorsque des tziganes toujours plus nombreux traversent le village et que de lourdes voitures cahotent la nuit sur les rues mal pavées. Mais je n'ai pas peur car je pars armé et résolu. Aux premières lueurs de l'aube j'irai détruire ce qui *fut* Elisabeth, et *celui* qui a fait d'elle l'instrument de la mort d'Ernest en jetant sur elle la malédiction des morts-vivants. Ce n'est ni plaisant ni aisé d'exhumer en cachette celui qui fut autrefois mon ami, de reconnaître chez lui les marques d'une survivance surnaturelle qui échappe à toute dégradation physique, de lui plonger un pieu dans le cœur et de lui trancher la tête. Mais j'ai une vengeance à accomplir, une dette à payer. Et je suis bien résolu, demain, avant la nuit tombée, à régler les comptes.

Le 11 novembre.

Peut-être est-ce la dernière fois que j'écris dans ce journal. Je ne puis que souhaiter que le moment est venu pour moi de m'en séparer, il tombe dans des mains amies. Quant aux autres documents, je vais en faire un paquet, y inscrire une adresse et le cacher quelque part dans ce refuge. *Ils* ne les retrouveront pas.

Comment je suis arrivé au château à l'insu des tziganes si agités en ce moment ? Comment, déjouant leur vigilance, je suis parvenu à y pénétrer ? Le temps me manque pour le relater ici. Qu'il me suffise de dire que si j'ai trouvé le château dans un incroyable état d'abandon et de dégradation, le nombre de malles et de caisses que j'y ai vues laisse à penser que le nouveau propriétaire a l'intention de remeubler cette demeure désertée depuis des siècles et de s'y installer. Comme je traversais une multitude de salles vides festonnées de toiles d'araignée, me perdant parfois dans un dédale de couloirs et d'obscurs recoins, un bruit de pas et de voix m'apprit que les serviteurs n'étaient pas loin. Je parvins enfin au grand hall d'entrée et gravis l'escalier monumental menant aux étages supérieurs. Je continuai mon exploration, craignant moins de tomber sur les domestiques et les ouvriers qui s'activaient, pour le moment tout au moins, dans les parties basses de l'édifice. Finalement, je débouchai dans une chambre richement meublée d'un magnifique lit à colonnes, de somptueuses tentures, d'un secrétaire d'acajou massif, et qui visiblement avait été récemment habitée par une femme. Le cœur battant, je m'approchai du secrétaire et découvris dans un des tiroirs un petit album relié de velours rouge, et frappé en argent aux armes de la maison des Sandor... le journal intime d'Elisabeth. Les dernières lignes qu'elle y avait tracées, et spécialement la description qu'elle y faisait du château m'apprirent tout ce que je voulais savoir et me confirmèrent mes suppositions quant à son sort. Il ne me restait donc qu'à retrouver sa dépouille et celle du vampire qui s'était emparé de son âme. Pendant des heures je fouillai ce château sépulcral tandis que le soleil disparaissait derrière la haute chaîne de montagnes. J'avais presque perdu espoir lorsque j'arrivai dans une salle au fond de laquelle je distinguai une lourde porte. Je l'ouvris, m'engageai sous un porche menant à un escalier en pas de vis qui s'enfonçait profondément dans les entrailles de l'édifice. Je débouchai dans un couloir obscur, poussai une porte qui s'ouvrait sur une chapelle en ruine remontant à des temps très anciens et où seule une faible lumière filtrant à travers le toit brisé me permit de me guider. Là, des marches me conduisirent dans d'immenses souterrains. Une autre porte menait à un passage s'enfonçant plus profondément encore dans le roc mais je n'eus plus besoin de poursuivre plus loin mes recherches. En effet dans une tombe de pierre dont la dalle avait été enlevée, comme endormie dans tout l'éclat de sa jeune beauté, les yeux ouverts et vitreux, ses lèvres incarnates légèrement entrouvertes laissant voir deux petites dents acérées, gisait le corps mort-vivant d'Elisabeth Morheim, née Sandor. Comme je la contemplais, fasciné, j'entendis un grand vent siffler à mes oreilles, ma vue se brouilla, je fus pris d'une sorte de torpeur et du désir impérieux de baiser ces lèvres sensuelles qui me promettaient toutes les voluptés. Devant une si radieuse beauté, ma tentation fut telle que seul saint Antoine dut en connaître une pareille. J'y aurais peut-être succombé si je n'avais perçu à cet instant le martèlement de sabots de chevaux tirant une lourde berline qui roulait avec bruit sur les pavés défoncés de la cour d'honneur. Je repris alors mes esprits avant d'être complètement envoûté. Au prix d'un ultime effort de volonté, je fermai les yeux, détournai la tête, pris les outils dont je m'étais armé et tout en adressant une prière au ciel, plaçai la pointe du pieu sur sa douce poitrine et l'enfonçai jusqu'au cœur d'un terrible coup de maillet. Un cri perçant, une dernière convulsion, de l'écume aux lèvres, un jet de sang et enfin un miséricordieux silence, tandis qu'à l'aide d'un poignard je tranchais cette gorge d'albâtre et détachais la tête du corps. Mais j'avais encore une tâche à accomplir avant la nuit tombée. Il me fallait sans perdre de temps trouver une autre tombe. Après avoir allumé ma lanterne je me précipitai dans une salle adjacente, déserte, où les empreintes de pas dans l'épaisse couche de poussière menaient droit à un mur. Quelques minutes après que j'eus fiévreusement exploré chaque pouce de ce mur, mes efforts furent récompensés et une porte secrète céda à ma poussée. Là, dans un autre caveau, se dressait un monumental catafalque, dont le couvercle massif portait un blason sculpté et de curieuses inscriptions médiévales. Mais ce fut en vain que je m'efforçai de soulever l'épaisse dalle. Je regagnai précipitamment le château à la recherche de quelque outil me permettant d'ouvrir cette tombe, et venais de découvrir un lourd levier oublié par quelque ouvrier, lorsque j'entendis résonner dans l'immense hall un bruit de pas. Le soleil avait disparu derrière les hauts pics, le château était plongé dans les ténèbres, la nuit et ses mystères étant descendus sur la terre. Les pas se firent de plus en plus distincts. Je levai haut ma lanterne. Sur les dernières marches de l'escalier monumental se dressait un vieil homme de haute taille, vêtu de noir des pieds à la tête, son étroit visage au nez aquilin convulsé par une haine atroce, tandis que sous ses épais sourcils il me foudroyait du regard. Grâce à Dieu j'avais emporté un crucifix. Il allait peut-être me sauver la vie. Comme le vieil homme descendait vers moi, je brandis la sainte croix, guidé plutôt par mon instinct que par ma volonté. Poussant un rugissement, il remonta à reculons de quelques marches. Pendant de longues minutes qui me parurent une éternité nous restâmes cloués sur place à nous regarder sans dire mot. Aucune parole ne pourrait rendre l'expression d'incroyable méchanceté de ce visage. Enfin, poussé par le désespoir et le désir d'en finir, je me mis à gravir les vastes marches de pierre tandis qu'il reculait devant moi. Un rictus aux lèvres, il leva la main comme pour se protéger du crucifix. À ce moment, mon regard tomba sur *la lourde chevalière qu'il portait à la main droite,* un terrible soupçon s'empara de moi, et se transforma bientôt en une atroce certitude. Ma vue se brouilla, la tête me tourna, mes pensées se firent confuses et je fus transformé en une statue de pierre. Un lourd et long silence pesa, puis suivant la direction de mon regard frappé d'horreur, le vieil homme dit d'une voix sépulcrale emplie d'une joie impie :

— Et maintenant, mon ami, vous savez tout.

Luttant pour ne pas perdre le peu de raison qui me restait, je reculai à mon tour. Comme mon bras retombait, le vieil homme descendit une marche, et dans un chuchotement démoniaque à peine plus fort que le souffle du vent, il prononça ces terribles paroles :

— TU NE TE TROMPES PAS, MON AMI. J'ÉTAIS STÉPHANE !

Ils ont commencé de me cerner. Je ne puis plus tracer que quelques lignes. Les deux coups de revolver que j'ai tirés m'ont procuré un court répit. Fasse que le monde trouve ce journal et délivre l'humanité de ce monstre. Que sa destruction soit totale. Seule la croix m'a sauvé, mais que puis-je faire contre les Szgani, ses fidèles ? Ils sont bien décidés à me tuer.

Je dispose encore de cinq balles. Adieu, Meg ! Je sais que je mourrai en brave. Dieu te bénisse et te protège, mon aimée ! Il se montrera miséricordieux. Adieu, ma bien aimée !

Son nom — ce nom que le notaire de Bistritz s'est refusé à nous révéler : DRACULA !

Lettre de Marguerite Fuller
au professeur Johannes Arminius.

Cher Professeur Arminius,

Merci de votre lettre si affectueuse. Comment vous dire ma joie à l'idée qu'Andrew a échappé à une mort atroce. Tous disent que c'est vraiment miracle qu'ils l'aient retrouvé en pleine tempête. Il a enfin cessé de délirer, mais on ne peut dire encore quelles traces laisseront dans son esprit les terribles épreuves qu'il a traversées. Je ne puis que prier pour lui. Il y a un trou dans sa mémoire. Il ne fait que répéter que tout ira bien maintenant, mais en dehors du fait qu'il est parvenu à atteindre le col, il ne se souvient de rien. Une fois de plus je lui ai lu la lettre calme, rassurante, que j'ai reçue d'Elisabeth à peine avait-il quitté Bistritz, et où elle nous demandait de ne pas nous rendre au château. Stéphane et elle quittaient le pays pour faire un voyage à l'étranger après avoir vendu le château au mieux de leurs intérêts. Ainsi ils ne s'y trouvaient pas. Mais alors, qui y résidait, à part ce vieil homme ? Quand je l'ai questionné à ce sujet, Andrew a eu l'air gêné, a paru faire un effort désespéré pour rassembler ses souvenirs, puis, résigné, a poussé un léger soupir. Quels qu'ils soient, peut-être vaut-il mieux qu'il ne s'en souvienne plus. Quelque chose a causé la mort du pauvre Ernest, et Andrew a détruit ce quelque chose... mais à quel prix ! Il est épuisé, a besoin de repos et de tranquillité. Nous repartons, la semaine prochaine, pour l'Angleterre, et ne manquerons pas, sur le chemin du retour, de vous rendre visite.

En toute affection et gratitude,

Marguerite.

Quelques années plus tard

Lettre de Johannes Arminius,
de l'université de Budapest,
au docteur Abraham van Helsing, d'Amsterdam.

Le 16 septembre 1890.

Mon bon et cher ami,

De celui dont vous voulez tout savoir, j'ai beaucoup à vous dire. La nouvelle que Dracula existe toujours a été pour moi comme un coup de tonnerre. Je croyais cette malédiction détruite à jamais. Hélas, il n'en est rien ! Je vous joins, sous pli séparé, un certain nombre de notes...

Johannes Arminius.

Télégramme envoyé le 7 novembre 1890 de Bistritz par Abraham van Helsing au professeur Johannes Arminius, à l'université de Budapest.

Tout va bien. Nous l'avons abattu. Helsing.

De la même main inconnue

Ainsi van Helsing et ses compagnons ont abattu le Dracula qui gisait dans son cercueil et ils se sont imaginés avoir mis le point final à ce drame. J'ai lu et relu les dernières pages de l'ouvrage de Stoker. Van Helsing parle de tombes se trouvant dans la chapelle et de ce sarcophage « plus seigneurial que tout autre », mais de cet autre tombeau, ce « monumental catafalque » que Fuller découvrit dans une salle voûtée, ils ne savent rien. Comment le pourraient-ils ? S'ils avaient découvert les journaux intimes qui furent dérobés à Fuller alors qu'il gisait inconscient ; si le souvenir de ce qu'il avait exhumé n'avait pas été effacé de sa mémoire par les soins du comte qui s'est retenu de l'égorger de crainte que sa disparition n'amène au château d'autres intrus, alors ils auraient compris que le véritable secret, le plus important de tous, restait à dévoiler. Ce « monumental catafalque » n'a cessé de hanter mes pensées. Maintenant que j'ai retrouvé le journal intime de Fuller ainsi que celui d'Elisabeth, je ne tarderai pas à découvrir l'emplacement exact de ce catafalque ; le secret qu'il renferme sera mien et je connaîtrai enfin la réponse à cet autre rébus : *Qu'est-il advenu du corps de Stéphane ?* Quand je saurai cela, ne me serai-je pas rendu maître du mystère que renferme cette tombe et n'est-ce pas mon droit d'agir ainsi ? Insensés qu'ils étaient !... N'ont-ils donc pas compris que cette lignée ne s'éteindrait jamais ? *N'ont-ils jamais découvert qu'Elisabeth Bathory avait eu un autre descendant qui se rendit en Angleterre au* XVIII*e siècle ?* Miklos et Stéphane n'ont acquis que la hideuse immortalité et la puissance criminelle des vampires. Où ils ont échoué, moi je réussirai. Le destin de la maison des Dracula n'est pas encore totalement accompli. L'honneur m'en reviendra. Et si j'échoue... alors je régnerai, moi aussi, sur le royaume des ténèbres. Le poète n'a-t-il pas dit que mieux vaut régner en Enfer que servir au Ciel ?

Du *Daily Post,* 18 juillet 19..

D'après une dépêche des bureaux de l'agence Reuter à Budapest, un touriste anglais dont on ignore l'identité aurait disparu au cours d'une ascension dans les Carpates, à la frontière de la Bukovine. L'enquête menée par la police n'a jusqu'ici donné aucun résultat. On signale également que la population tzigane de cette partie du pays aurait donné des signes d'agitation et de nervosité, et que de sombres rumeurs, faisant revivre de très anciennes superstitions, terrifient les habitants des villages perdus dans la montagne. Dans cette région, une des plus primitives de la Transylvanie, d'autres disparitions, non moins mystérieuses ont été signalées au cours des dernières années.

Table

Cet ouvrage a été composé
par C*MB* Graphic
et achevé d'imprimer en octobre 1997
par la Société Nouvelle Firmin Didot
Mesnil-sur-l'Estrée
pour le compte des Éditions Denoël

Dépôt légal : octobre 1997
N° d'édition : 08881 - N° d'impression : 40165
Imprimé en France